삼
부
녀

삼부녀

초판 1쇄 인쇄 | 2010년 08월 20일
초판 1쇄 발행 | 2010년 08월 27일
지은이 | 손창섭
펴낸이 | 이승은
펴낸곳 | 예옥
등록 | 제 2005-64호(등록일 2005년 12월 20일)
주소 | 서울시 마포구 동교동 200-16 101호
전화 | 02.325.4805
팩스 | 02.325.4806
ISBN 978-89-93241-17-4 (03810)

삼부녀
三父女

손 창 섭 장 편 소 설

예옥

일러두기

- 『삼부녀』는 1969년 12월 30일부터 1970년 6월 24일까지 『주간여성』(한국일보사)에 29회 연재되었던 장편소설을 엮은 것이다.
- 소설이 연재되던 무렵의 분위기를 살리기 위해 당시 『주간여성』에 실렸던 삽화 21컷을 본문에 포함하였다. 삽화를 그린 사람은 화가 김훈(金薰)이며, 저작권자의 연락처를 확인하는 대로 삽화 게재에 관한 동의를 구할 예정이다.

차 례

묘한 대화

~~~ 1 ~~~

인생은 사십부터라는 말이 있긴 하지만 아무래도 그것은 억지다. 사십 내외의 중고품 인간들이 눈앞에 다가온 낙조의 초조감을 감추기 위해 허세를 부려본 자위적인 구실에 불과한 것이다.

인간에게 있어서 가장 싱싱하고 아름답고 빛나는 시기는 역시 이십 전후다. 체력에서 오는 넘치는 활력은 물론, 정신면에서도 온갖 가능성을 내포한 화려한 꿈이 아침 햇살처럼 치솟는 나이다. 한창 나이란 그런 시절을 두고 하는 말일 것이다.

그러나 지내놓고 보면 그 좋은 시절도 어느새 흘러가버렸는지 모른다. 누구나 속절없이 늙어가게 마련이다. 전문가가 쓴 글을 읽어보면, 여자는 스물서넛부터 남자는 스물대여섯부터 벌써 노화작용이 시작된다고 한다. 삼십만 넘어서면 여자는 더 말할 나위도 없지만 남자에게 있어서도 이미 내리막길이 시작되는 것이다.

우선 체력이 그 한계선을 넘어섰기 때문에 도저히 젊은이를 당해내지 못하게 된다. 특수한 경우를 제외하고는 운동선수들이 삼십을 넘어서면 대개가 은퇴해버리는 것을 보아도 짐작할 수 있는 일이다.

인간에게 있어서 뭐니 뭐니 해도 가장 기본적인 밑천은 건강한 육체다. 그 육체의 기능이 차츰 쇠퇴해간다는 것은 그만큼 그 사람의 인생 전체가 노후해간다는 것을 뜻하는 것이다.

그러기에 사람은 누구나 자기의 연령과 체력에 관심이 크다. 즉 늙는다는 것이 서글픈 것이다. 조금이라도 더 젊음을 누리고 싶은 것이 인간의 상정이다. 그것은 빛나는 업적을 남긴 인물이거나 무위하게 살아온 범부거나 마찬가지다. 옛 시조에서도,

한 손에 막대 잡고 또 한 손에 가시 쥐고,
늙은 길 가시로 막고 오는 백발 막대로 치렀더니
백발이 제 먼저 알고 지름길로 오더라.

이렇게 늙는 것을 탄식하고 있다. 그 심정에는 옛 사람이나 지금 사람이나 조금도 다를 것이 없다.

누구보고나 젊어 보인다고 하면 만면에 희색이 넘친다. 그것이 빤한 인사치렌 줄 알면서도 사람들은 그 말이 싫지 않은 것이다. 그러므로 요정이나 바, 카바레 같은 접객업소의 여자 종업원들은 으레 손님의 나이를 실지보다 두세 살 적게 보아준다. 밑천 안 들이고 간단히 손님을 만족하게 해주는 비법으로 알고 있기 때문이다.

그만큼 사람들은 누구를 막론하고 젊어지고 싶은 것이다. 늙기가 싫은 것이다. 사람을 풀어 불로초를 구하러 보냈던 진시황의 심정이 바로 그것이다. 늙는 것이 싫다 못해 억울하고 원통했던 것이다. 하필 진시황 때뿐이

랴. 오늘날도 신문, 라디오, 텔레비전의 광고란을 메우고 있는 것은 일종의 불로약이다. 소위 갱년기 장애의 특효약이라는 것들이나 강장제니 정력제니 하는 약들이 따지고 보면 모두 그런 종류다. 그런 것이 없으면 약장사가 안 될 만큼 판을 치고 있다.

우리 강인구 씨는 아직 그러한 불로약을 사용해본 일은 없지만, 늙는다는 것을 의식하기 시작한 지는 이미 오래다. 마흔여섯이라는 나이도 나이지만, 대학에 다니는 스무 살짜리 보경이와 고교생인 열일곱 살짜리 보연을 바라보며 '얘들이 과연 내 딸인가?' 하는 놀라움을 씨는 스스로 금하지 못할 때가 있다. 그 자신이 이만큼 성숙한 딸들의 아버지라는 것이 거짓말만 같은 것이다. 그러나 어느새 벌써 이만한 딸들을 갖게 되었는가를 생각할 때 아무리 젊은 체해 보려고 해도 무리였다.

그것은 단순히 심리적인 현상만이 아니라 완만하나마 뚜렷이 육체적인 결과로도 나타나기 시작했다. 첫째로 완연히 느낄 수 있는 것은 권태감이었다. 무슨 일에나 몸을 움직이기가 싫었다. 본시는 부지런한 편이어서 아침마다 뜰이나 대문 밖을 쓰는 것은 물론 실내 청소까지도 맡고 나서서, 헤어진 아내와 딸들에게 곧잘 핀잔을 맞던 인구 씨지만 요즘은 비를 들기는 고사하고 손가락 하나 움직이기도 귀찮았다.

그만큼 몸이 쉬 피로했다. 조금만 바쁜 일로 거리를 쏘다니고 나면 금방 피로를 느끼게 되는 것이다. 그리고 젊었을 때는 아무리 고된 일로 녹초가 되었다가도 하룻밤만 자고 나면 언제 그랬더냐는 듯이 씻은 듯이 피로가 가시고 거뜬했다. 하지만 근래에 와서는 가벼운 피로도 쉽사리 풀리질 않았다. 하룻밤이 아니라 며칠 밤을 자고 나도 피로감은 그대로 남았다. 그런 것이 젊었을 때와는 판이하다. 역시 나이 탓이구나 깨닫게 된다.

또 하나는 까닭 없이 어깨가 뻣뻣하게 켕기는 일이다. 어렸을 때 아이들에게 어깨를 두들겨달라는 어른들을 보고 어깨가 켕긴다는 게 도대체 무슨 소린가 했더니 어느새 인구 씨 자신이 그것을 실지로 경험할 나이가 된 것이다.

이러한 연령기에 있어서 또 하나 일반적으로 나타나는 생리적 현상이 있다. 그것은 한방의들이 흔히 말하는 양기(陽氣) 부족이다. 대개의 남성족들이 갱년기 이후에 겪어야 하는 은밀한 고민의 하나이기도 한 것이다.

좀 지저분한 얘기 같지만, 언젠가 어느 친구가 주석에서 이런 말을 했다.

"우리 사무실 변소는 자네들도 알다시피 대변소와 소변소가 엇비슷이 마주 보이게 돼 있지 않나. 그런데 한번은 대변소에서 용변을 보다가 문판장이 조금 갈라진 틈으로 밖을 내다봤더니, 웬 노인이 소변소에 다가서서 악전고투를 하고 있는 중이야. 마침 겨울이라 가뜩이나 옷을 두둑이 껴입은 데다 남성의 그것이 조그맣게 말라붙어서 살 속에 손가락을 넣고 휘저어도 잡히질 않는 거야. 노인은 오만상을 찌푸리고 한참이나 수색전을 벌인 끝에야 시들어버린 그놈을 간신히 끄집어냈어. 보나마나 눈을 비집고 봐야 알아볼 만큼 비참하게 말라 꼬드라졌더군. 저쯤 되면 인간은 마지막이란 생각이 들던데."

이 말을 들었을 때 동석했던 친구들은 우선 웃음을 터뜨렸다. 그러나 일동은 이내 웃음을 뚝 그치고 덤덤히 입들을 다물어버렸다. 왜 그런지 그저 간단히 웃어넘길 수만은 없었던 것이다.

그 뒤로 인구 씨는 소변을 볼 때마다 나는 아직 그렇게까지는 안 되어서 다행이라고 느끼는 반면에 전에는 미처 깨닫지 못했던 새로운 생리 현상을 발견하고 삭막한 기분이 들기도 했다. 즉 소변 줄기가 젊었을 때처럼 힘차게 죽죽 내뿜지를 못하고, 소 오줌 누듯 맥없이 줄줄 흘러버리고 마는 일이다. 젊었을 때는 그렇지가 않았다. 소년 시절에는 아이들과 멀리 뻗치기

내기를 할 정도로 소방서 호스에서 물줄기 내뿜듯 세차게 내뻗쳤었다.

이게 다 노쇠 현상이라 생각하니 인구 씨는 입맛이 썼다. 이제는 정말 인간으로서 또는 남자로서의 좋은 시절은 다 지나갔구나 하는 생각이 씨에게는 새삼 들었다.

친구에게 그 얘길 했더니,

"이봐, 그러면 자네도 소변을 볼 때마다 위축된 그놈을 끄집어내느라고 악전고투할 날이 멀지 않았어. 그러니 언제까지나 홀아비로 손해만 보지 말고 어서 펑펑한 새 마누라도 맞아들여서 완전히 폐물이 되기 전에 마지막으루 재밀 좀 보도록 하라구."

이런 농담을 해왔었다.

그 말을 들었을 때, 어쩌면 나는 남성으로서 남달리 조로한 편이 아닌가 하는 생각이 인구 씨에게는 들었다. 아내와 헤어진 지 어언 햇수로 3년째다. 그동안 주위에서는 재혼을 권해주는 사람도 있었지만 흐리멍덩한 태도로 일관해왔다.

거기에는 물론 첫 번째 아내에 대한 복잡한 감정이 아직 깨끗이 정리되지 않은 탓도 있었고, 장성한 딸들을 둔 이 나이에 새 여자를 맞아들여야 하는 쑥스러움과 번거로움을 꺼리는 이유도 있긴 했지만, 딴 사람에 비해 여자에 대한 욕망이 약했기 때문이 아닌가도 반성이 되었다.

금욕주의자가 아닌 이상 그것은 뭐 반드시 자랑스러운 얘기는 아니다. 도리어 수치스러운 일인지 모른다. 남성에 있어서 여자에 대한 욕망의 강도는 그 사람의 활기와 정력을 재는 바로미터이기도 하니 말이다. 그렇다고 도가 지나서 호색한이 되어도 곤란하지만, 나이에 비해 그러한 욕망이 쇠약한 남자는 이미 남자로서의 가치가 희박해진 반 폐물인 것이다.

그러기에 왜나라의 속언 가운데는, 아침녘에도 그것이 제대로 발동하지 못하는 사내에게는 돈을 꾸어주지 말라는 말이 있다. 그런 친구는 다된 남자란 소리다. 그처럼 무기력 무능력한 사내에게 돈을 꾸어주었다가는 떼이기 꼭 알맞으니 조심하라는 뜻이다. 그것이 어느 정도 믿을 만한 소린지는 모르지만, 덮어놓고 무시해버릴 말만은 아닌지 모른다.

인구 씨 자신 주위의 친지들을 놓고 눈여겨보아도 웬만큼 들어가 맞는 말 같다. 처자도 만족하게 거느리지 못해 빌빌하고 돌아가는 친구는 역시 대개가 그 방면에는 약한 게 분명하다. 반면 무슨 일에나 정력적이고 패기와 활동력이 왕성한 친구는 거의 틀림없이 그 문제에도 강하다. 실지가 인구 씨의 중학교 동창생인 김창갑이나, 그리고 박병관 같은 친구는 본시가 플레이보이의 기질이 농후하여 여자관계가 난잡할 정도지만 생활력은 놀랍도록 강한 친구들이다. 한편, 중학교 시절부터의 단짝으로 씨의 가장 가까운 친구인 계명부동산의 사장 계명호만 해도 더없이 착실한 인물이면서도 내막적으로는 마누라만으로는 만족하지 못하는 친구다.

그러한 그들에 비하면 인구 씨 자신은 빌빌하는 부류에 속할지도 모른다. 아직까지 가족에게 극심한 생활고를 겪게 한 일은 없지만, 그렇다고 풍족하게 호강을 시켜본 일도 없다. 그런 만큼 활동력이나 생활력에 있어서 아주 무능한 축은 아닐지 모르되 결코 유능하고 강성한 편은 물론 못된다. 말하자면 별반 두드러진 야심도 패기도 없이 그저 그럭저럭 살아가는 사람이다.

그것을 친구들 중에서는,

"자네에게 사업적 박력이 모자라는 건 여자에 대한 정열이 부족한 탓이야. 무슨 사내가 그 모양인가, 삼 년이나 홀아비로 지나면서도 여자 한둘 거느리지 못하니."

이런 식으로 해석하는 패도 있다. 그렇다고 물론 아무러면 그로서도 아

내와 헤어진 이래 근 삼 년 동안을 얌전하게 금욕생활을 고수해온 것은 아
니다. 치사한 얘기지만 아무도 모르게 값싼 방법으로 간혹 욕망을 풀어보
기도 했다. 그렇지만 그의 연령과 체력에 비해 볼 때 그런 정도는 일반 남
자로서는 너무나 소극적인 자세라 하겠다. 그 점을 누구보다도 동정(?)하
고, 못내 안타까워하는 친구가 계명부동산의 사장 계명호다.

"이 사람아. 여자 재밀 볼 수 있는 것도 앞으로 고작 몇 해뿐이야. 오십
이 넘어봐. 그땐 아무리 양귀빌 갖다 안겨줘도 맘대로 되지 않는다는 걸
알라구."

계 사장은 술기운이 얼근히 돌면 이런 투로 허두를 내놓고 나서,

"그러니 늙어서 괜히 후회하지 말고 어서 재혼을 하든가 아니면 딴 방법
으로라도 적당히 어떻게 좀 해보란 말이야."

권해 오기가 일쑤였다. 그때마다 인구 씨는,

"글쎄, 말은 쉽지만 그게 어디 간단한 얘긴가."

이렇게 건성으로 넘겨버리고 말곤 하였던 것이다. 그런데 오늘 저녁은
계 사장의 얘기가 여느 때 없이 구체적이었다. 그들이 잘 가는 왜식집 이
층에서 반주와 함께 저녁식사를 나누면서다.

"그래 자넨 영 독신으로 늙을 각온가?"

"뭐 일부러 각오까지 한 건 아니지만 재혼엔 도무지 자신이 없어."

"무슨 소리야 그건? 체력에 자신이 없단 말인가?"

"온 사람도. 그런 뜻이 아니라 말이야, 이제 몇 해만 지내면 오십 아닌가.
게다가 딸애들두 제법 어른이 됐구. 그러니 지금 와서 낯선 여잘 집안에 끌
어들인다면 모든 게 원만히 가겠어, 어디."

"원만히 안 갈 건 또 뭔가. 애들도 어른이 됐으니까 도리어 더 잘 이해해
줄 거 아냐."

"단순히 애들과의 문제만도 아냐. 젊었을 때와 달라서 겉만 보고 아무나 선뜻 맞아들일 수도 없잖아. 더구나 중년끼리의 재혼이고 보면 양쪽에 다 복잡한 사정이 따를 거구. 그러한 객관적 조건이라든지, 그 밖에 인품이며 성격, 취미 등 모든 게 젊은 시절처럼 쉽사리 조화가 되겠느냐 말이야."

"그럼 아예 처녀장갈 들면 어때? 노처녀 골라서 말이야. 오죽 좋냐 말이야. 그러면 자네도 젊어질걸."

"말 같잖은 소리 좀 말아."

두 사람은 가볍게 같이 웃었다. 계 사장은 인구 씨의 빈 잔에 술을 따르고 나서,

"그럼 남성문젠 대체 어떡할 텐가? 그렇다고 아주 신부나 중이 돼버릴 순 없을 테고 아직. 지저분하게 프로 여자만을 상대하기도 뭣할 거고."

그런 걸 다 걱정해주었다.

"그거야, 뭐……."

인구 씨가 웃으며 어물어물하니까,

"어때, 근사한 젊은 아가씨 하나 소개해줄까? 다룰 자신 있어?"

계 사장은 엉뚱한 말을 끄집어냈다.

"근사한 아가씨라니?"

"멋진 여대생이 있어."

"여대생?"

인구 씨는 어리둥절한 낯으로 계 사장을 멀뚱히 지켜보았다.

～⌘ 2 ⌘～

"그래. 쓸 만한 애야. 학교성적도 좋은 편이구."

계 사장은 웃으면서 인구 씨를 마주보았다. 이래도 구미가 동하지 않느냐는 듯이.

인구 씨는 멋쩍은 얼굴이 되어 젓가락 끝으로 괜히 안주를 헤적이며,

"여대생 창녀란 말이지."

짐작이 간다는 듯이 중얼거렸다. 그런 엉뚱한 계집애들이 간혹은 있다는 얘기를 인구 씨도 들어서 대강은 알고 있었던 것이다.

"창녀란 가혹한 말이야. 그렇게 지저분한 앤 아냐."

"돈 받고 몸을 팔면 창녀지 뭔가."

"돈만 주면 아무에게나 몸을 파는 그런 앤 아니래두 그래."

"그럼, 상댈 가려서 판단 말인가?"

"말하자면 그런 셈이지. 맞선을 보고 나서 맘에 들어야 비로소 조건을 붙여 오니까. 그리구 일단 계약이 성립되면 정식 부부 사이처럼 한 남자에게 정절을 지켜주거든. 그게 좋단 말이야."

"그렇다면, 일종의 첩 아닌가."

"그렇다고도 할 수 있지. 임시적인 계약 부부가 되는 거야."

"그러니까, 나더러 딸 같은 여대생 첩을 두란 말이로군."

"그야, 첩이든 세컨드든 걸프렌드든 명칭이야 아무렴 어떤가. 서로 좋으면 그만 아닌가."

"보나마나 자네의 회물이겠군, 그래. 실컷 재미보구 나서 싫증이 나니까 내게 떠맡기자는 거 아냐?"

"과거에야 누구와 어쨌든 무슨 상관인가. 내가 손댄 앤 아니지만, 그렇다

고 숫처녈 린 없을 거구. 현재만 깨끗하면 그만이지 뭘 그래."

"그렇게 근사한 아가씨라면 왜 자네가 차지하질 않고 내게 양보하려는 건가?"

"말두 말아. 내가 십 년만 젊었다면야 자네 차지에 가겠어. 셋이구 넷이구 나 혼자 독차지하지."

계 사장은 농담 삼아 이런 소리를 하고 웃었다. 그 여대생이 아니라도 거느리고 있는 여자가 여럿이어서 그 이상은 감당해낼 수 없다는 말투다. 어쩌면 농담만이 아닌지 모른다.

인구 씨 자신 첩이란 것을 생각해본 일이 전혀 없는 것은 아니다. 정식으로 재혼할 의욕이나 자신이 서질 않으면 우선 아무도 모르게 첩이라도 가져볼까도 했다.

하지만 그 역시 간단한 얘기는 아니다. 신문 광고를 내서 첩 후보자를 널리 공모할 수도 없는 노릇이다. 그렇다고 복덕방 모양 여자만을 전문적으로 소개하는 곳이 있는 것도 아니다. 하기는 사실 직업소개소 가운데는 여자들의 인신매매를 하는 곳도 있긴 한 모양이다. 그렇지만 그런 곳을 거쳐 나가는 여자들의 질이란 뻔할 것이요, 설사 쓸 만한 여자를 고를 수 있다 하더라도 그런 곳에 찾아가서 그런 부탁을 할 수는 차마 없는 일이다.

그렇다면 우연히 알게 된 여자와 눈이 맞아서 그렇게 돼야 할 터인데, 씨가 아는 여자 중에는 그럴 만한 여자라고는 하나도 없다. 게다가 이왕 비용을 대주면서 특수한 관계를 맺을 바에는 여자의 용모와 인품 같은 것을 가리지 않고 그저 여자면 좋다는 식으로 나갈 수도 없는 일이다.

또한 돈만 노리고 덤비는 여자도 곤란한 일이다. 서로가 물심양면에서 과도한 부담감 없이, 육체적으로나 정신적으로나 위안이 되고 즐거움을 같이 나눌 수 있는 상대라야만 할 것이다. 만약 그런 여자가 있다 할지라도

남의 눈에 안 띄자면 어떤 처소에서 어떻게 만나느냐도 실은 문제다. 부부
나 형제와 함께 살고 있는 여자의 집에 공공연히 찾아갈 수는 도저히 없는
일이다. 하긴 과히 비싸지 않은 아파트나 전셋집 같은 것을 얻어주어서 혼
자 살게 하는 방법도 있다. 그것이 가장 무난한 방법일 것이다.

하나 그 역시 이웃의 눈을 일일이 피해가며 거기에 드나든다는 것은 인
구 씨의 성격으로는 체면상 할 짓이 아니다. 그렇다고 한 번 두 번도 아니
고 만날 때마다 여관이나 호텔 같은 데만 찾아다닐 수도 없는 노릇이다.

삼 년 가까이나 혼자 지내다 보니 은근히 그래보고 싶은 생각은 있으면
서도, 이래저래 인구 씨는 아직 어떤 여자와 임시적인 인연을 맺는 방법마
저 실현을 보지 못하고 있었다. 그러던 참에 계 사장이 마침 여대생 얘기를
꺼내주니, 겉으로는 태연한 체하면서도 기실 속으로는 귀가 솔깃한 인구
씨긴 하였으나, 대학에 다니는 딸을 생각할 때 저절로 마음이 주춤거려지
는 것이었다.

젊은 여자일수록 좋아하는 것이 남자들의 지저분한 근성이긴 하지만 젊어도 정도 문제지, 딸과 비슷한 여자와 그런 관계를 갖는다는 것은 씨로서는 상상만 해도 열적고 수치스럽게 느껴졌다. 그러기에,

"어떤가? 이제 그 얘기……."

계 사장의 독촉을 받고서도,

"난 아직 자네처럼 딸자식 같은 계집애와 놀아날 만치 여자에 미치진 않았어."

농담조로 일단은 물리쳐버렸더니,

"흥, 그럼 어디 얼마나 점잖은 체하나 두고 볼까. 나중에 애가 타서 사정하며 매달려도 그땐 몰라."

계 사장이 이래서,

"걱정 마. 차라리 콜걸을 상대할망정 자네 신센 안 질 테니까."

큰소릴 쳐 보이고 서로 한바탕 웃고 헤어지긴 했으나, 인구 씨의 가슴속 한구석에는 손에 넣을 수 있는 보물을 놓친 듯이 아쉬운 마음이 언제까지나 남았다.

그 아쉬움은 시일이 흐를수록 더욱 부풀어만 갔다. 그때 눈 꾹 감고 그 여대생을 한번 만나게 해달라고 부탁해둘걸 하고 후회되기도 했다. 이상하게 심신이 허전해서 쉬 잠을 이룰 수 없는 밤에는 본 일도 없는 그 여대생의 싱싱한 모습이 멋대로 상상되어 황홀하게 눈앞에 떠오르기조차 했다.

이제라도 계 사장에게 넌지시 그 아가씨의 얘기를 물어볼까 하는 생각이 여러 번 들었다. 그러나 사무실이나 다방 같은 데서 딴 친구들이나 손님들과 동석한 자리에서 그런 얘기를 입 밖에 낼 수는 없는 일이었다. 음식점 같은 데서 계 사장과 단둘이 마주 앉은 자리라야 한다. 술이 몇 잔 오고 간 뒤면 더욱 좋다. 그런 경우엔 자연스럽게 여자 얘기도 나오게 마련이니,

'아 참, 접때 그 여대생, 창년가 첩인가 어떻게 됐어?'

이렇게 지나가는 얘기처럼 슬쩍 던져볼 수가 있는 것이다.

한데 이상하게도 요즘 와서는 계 사장과 둘이서만 주식을 같이할 기회가 없다. 그런 기회를 일부러 만들게 되면 속이 빤히 들여다보일 것 같아서 인구 씨 쪽에서는 의식적으로 피했지만, 웬일인지 저쪽에서도 좀처럼 그런 기회를 베풀려 하지 않는다. 계 사장도 이쪽이 궁금해할 걸 알고 고의적으로 속을 달게 해보자는 것인지 모른다.

그렇다고 젊은 나이도 아니고, 여자라면 사족을 못 쓰는 호색가도 아닌 인구 씨로서, 알지도 못하는 계집애 하나 때문에 몸살이 나서 못 배길 지경으로 대뜸 속이 달아오를 리는 없다. 그래서 인구 씨는 계 사장 쪽에서 다시 그 얘기를 먼저 비쳐주기를 은근히 바라면서 겉으론 잊어버린 체하고 지냈다.

이렇듯 허물없는 친구 앞에서까지 체면이나 위신을 앞세울 만큼 씨에게는 자존심이 강한 일면도 있다. 지금까지 씨가 비교적 복잡한 여자관계 없이 지내온 것은 여자에게 담담한 성품이어서라기보다도 이러한 자존심 탓일지도 모른다. 한 여자를 장중에 넣기 위해서는 체면이고 위신이고 다 떼어버리고 염치없이 덤벼야 하게 마련인데, 씨의 성미로서는 차마 그럴 수가 없는 것이다. 여자를 손아귀에 넣어서 얻어지는 천한 즐거움과, 그로 인해 받게 될 자기 인격의 손상과를 주판질해서, 마이너스가 된다고 판단했을 때는 아무리 탐나는 여자라도 손을 댈 수 없는 씨인 것이다.

하나 오랜 홀아비 생활을 해오는 데다가 차츰 노경에 다가서게 되니 성현군자가 아닌 담에야 아무러한 인구 씨로서도 점잖만 빼고 있을 수는 없다. 어떻게 좀 해봐야겠다는 욕망이 불끈불끈 치미는 것이다. 마누라가 없는 몸이니 꺼릴 사람도 없다. 따라서 홀아비가 여자 하나쯤 거느리거나 바람을 피운다고 그게 그리 엄청난 타락일 리도 없다.

그러면서도 씨에게는 은근히 신경에 걸리는 상대가 있다. 장성한 딸들이다. 추호도 딸들에게 그런 눈치를 보여서는 안 되기 때문이다. 그러므로 어쩌다가 간혹 여자 접촉을 갖는 날도 인구 씨는 절대로 외박을 하는 일은 없다. 밤이 늦어서라도 반드시 집에 돌아온다. 그런 때는 딸애들이 캐어물을까 봐 슬그머니 속이 켕기었다.

딸들에 대해서만은 어디까지나 '점잖은 아버지' 고 싶었던 것이다. 하기야 독신인 아버지가 이따금 여자와 비밀을 갖는다고 해서 그것이 반드시 점잖지 못한 일은 아니다. 어른들이라면 이해하고도 남을 일이다. 아니, 도리어 동정할 일이다. 그렇지만 아무리 성장했다고 해도 이제 겨우 스무 살이 되었거나 사춘기를 넘어선 딸애들에게 그러한 아버지의, 아니 성인의 비밀을 이해해달라는 것은 무리다. 더구나 어미 없이 쓸쓸하게 지내는 그것들에게 아버지에 대해서마저 아름답지 못한 의심이나 오해나 실망으로 마음에 혼란과 상처를 주고 싶지 않았다.

그러기에 인구 씨는 아내 없는 집 안의 공허감이 싫어서 친구들과 혹은 혼자서라도 밤거리를 헤매며 울적하고 삭막한 심사를 발산해보고 싶은 적이 자주 있었지만, 딸애들의 눈치가 보여서 되도록 일찍 귀가하기에 힘썼던 것이다. 그렇더라도 술자리 같은 데 어울리다 보면 열한 시가 넘어서야 집에 돌아오게 되는 밤도 가끔 있었다.

오늘 밤도 그랬다. 인구 씨는 오래간만에 만난 친구들과 휩쓸려 술집을 몇 군데 돌다가 열한 시 반이 넘어서야 집에 돌아온 것이다. 그런데 큰딸인 보경이 방에는 아직도 불이 켜져 있었다. 늙은 식모가 열어주는 대문을 거쳐, 인구 씨는 딸의 이 층 방에 신경을 쓰며 조심조심 내실로 들어갔다. 그러자 씨가 옷도 채 갈아입기 전에 보경이 이 층에서 내려와,

"아버지, 인제 돌아오셨어요?"

이러며 들어섰다.

"오냐, 오래간만에 친굴 만나서 끌려다니느라고 그만 늦었다."

"여자친구한테요?"

"뭐?"

인구 씨는 넥타이를 끄르던 손을 멈추고 딸을 돌아보았다.

"그럼 남자친군가요?"

"그야 물어보나 마나 아니냐. 여자친구라니 무슨 그런 쓸데없는 소릴 하는 거냐."

"아버지에게도 여자친구 한둘은 있을 거 아네요."

"너, 정말 이상한 소릴 하는구나."

"이상할 것도 없어요. 옷이나 어서 갈아입으세요."

보경은 아버지 옷 갈아입는 시중을 들고 나서,

"저녁은 물론 잡숫고 들어오셨을 테고, 어깨 두들겨드릴까요."

이러며 인구 씨의 등 뒤로 돌아가 앉았다.

"너, 무슨 일이라도 있었니? 이렇게 늦게까지 잠두 안 자구 어쩐 일이냐."

"아무 일도 없었어요."

보경은 아버지의 어깨를 두드리기 시작했다. 아버지에게 무슨 청이 있든지 긴히 할 얘기가 있을 때마다 하는 버릇이다.

"그럼 왜 아까부터 이상한 소리만 하느냐 말이다."

"뭐가 이상하다고 그러세요. 너무나 당연한 말이죠."

"당연하다니? 아버지에게 여자친구 한둘은 있을 거라는 말이 당연해?"

"그럼요, 아직 오십도 안 된 나이에 홀아비로 지내시면서 여자친구 몇 명쯤 없다면 그게 도리어 이상한 거 아네요."

이러한 보경의 언동이 인구 씨에게는 더욱더 수상하게만 여겨져서, 어깨를 두드리고 있는 딸의 손을 뿌리치고 돌아앉으며

"얘야, 너 도대체 무슨 말을 하고 싶어 이러는 거냐? 아버지한테."

따지듯이 물었다. 보경은 배시시 웃으면서,

"아버지, 장가들고 싶지 않으세요?"

일층 묘한 말을 물어온 것이다.

3

"장가? 네가 점점 못하는 소리가 없구나."

인구 씨는 어처구니가 없다는 듯이 멀뚱히 딸을 지켜보았다.

"제가 아니구 그럼 아버지 걱정을 누가 해드려요."

보경은 재미난다는 듯이 웃으며 부친의 안색을 살폈다.

"누가 너더러 그런 걱정 해달래. 쓸데없는 소리 말구, 넌 네 앞치레나 잘 해나가라."

"쓸데없는 소리라뇨? 그럼 아버진 여자 생각 안 나세요?"

"여자 생각? 내가 무슨 난봉꾼이라더냐? 아무튼 애비에게 그런 거 따져 묻는 게 아냐, 버르장머리 없이."

인구 씨는 노상 위엄을 갖추고 딸을 나무란 다음, 읽을 생각도 없이 괜히 옆에 있는 신문을 집어들었다. 씨는 딸 앞에서 무엇인가 떳떳하지 못한 생각이 들었던 것이다.

"씨이, 제가 뭐 언낸 줄 아세요. 이젠 어른이란 말예요. 진정으로 아빠 걱

정을 해서 말씀드린 건데 괜히 야단이셔."

보경도 못마땅한 듯이 뾰로통해졌다.

"글쎄, 네가 이 애비 걱정을 해주는 건 고맙지만 그런 쓸데없는 걱정일랑 하지 말란 말이다."

"그게 왜 쓸데없는 걱정이에요? 한 남자에게 있어서 아내가, 한 가정에 있어서는 주부가 없다는 게 얼마나 중대한 문젠데 어째서 쓸데없는 걱정이에요?"

보경은 이제는 웃지도 않고 항의하듯 했다. 그 얼굴에는 진지한 기색마저 감돌았다. 하기는 보경의 나이도 스무 살이다. 제 말마따나 의젓한 어른인 것이다.

그러한 딸을 인구 씨는 덮어놓고 윽박지를 수만은 없어서,

"그야 네 말도 그럴듯하다만 아내가 없이도 주부가 없이도 해나갈 수만 있으면 되는 게 아니냐. 도리어 속을 잘 모르는 새어머니가 들어오는 것보다는 너희들에겐 이대로가 좋을 줄 아는데……."

타이르는 말투로 말했다.

"하기야 맘에 안 맞는 새어머니가 들어오는 것보다는 저희에겐 차라리 지금대로가 날지 몰라요. 하지만 아버지에게만 좋으면 저흰 상관없어요."

"너희에게 좋은 어머니가 될 수 없는 여자가 내게만 좋은 아내가 될 수 있겠느냐? 하여간 나와 같은 처지에선 원만한 재혼이란 어려운 거다."

"그렇다구 언제까지나 궁상스레 혼자 지내실 순 없잖아요?"

"혼자 왜 못 지내, 얼마든지 지낼 수 있지. 그러니깐 내 걱정일랑 아예 말래두."

"그렇지만 여자가 남자 없인 지낼 수 있어두 남잔 여자 없인 혼자 못 지낸다면서요?"

보경은 야릇한 말을 하고 아버지의 낯빛을 살폈다.

"거 어디서 그런 당치도 않은 소릴 주워듣고 다니는 거냐?"

"다들 그러던데요, 뭐. 아버지두 저희들 몰래 밖에서 만나는 여자가 있을 거라구요."

"뭐라구? 누가 그런 소릴 해?"

인구 씨는 부지중 눈을 부라렸다.

"이모도 그러시구, 동네 아주머니들두 그러시던데요. 그러니까 어서 아버지 장갈 드시게 하라는 거예요."

보경은 주저하는 빛도 없이 태연히 말했다. 인구 씨 부부의 이혼과 밀접한 관계가 있는 전의 처제나, 남말 하기 좋아하는 동네 여자들이 그런 소리를 하는 건 무리가 아니다.

"그 밖에 무슨 딴소리들은 않더냐?"

"밤 열 시 이후에 돌아오시는 날이 한 달에 몇 번 정도 되느냐는 거예요. 그런 날은 수상하대요."

"수상하대?"

"밖에서 몰래 여잘 만나고 오신다는 거죠. 그래요? 정말. 오늘 밤도 그래서 늦으셨어요?"

보경은 엄숙하리만큼 정색을 하고 캐어물었다.

"너도 그따위 실없는 험구를 곧이듣느냐?"

이러긴 하면서도 인구 씨의 그 말이나 표정에는 자신이 없었다. 오늘 밤만은 무사히 돌아왔지만 전에는 가끔 그런 일이 있었기 때문이다. 딸의 말을 듣고 생각해보니 그런 날은 으레 열 시나 열한 시가 넘어서야 귀가했던 것이다.

"엄마와 헤어지고 나서부터는 전에 없이 좋아하지 않는 술두 하시게 됐구, 또 밤늦게 돌아오시는 날이 잦으니까 그렇죠, 뭐. 이달만 해도 오늘이 겨우 이십일 일인데 열 시가 넘어서 돌아오신 날이 구 일이에요. 거의 하루 건너 한 번씩은 늦게 돌아오신 폭이란 말씀이에요."

이 말에 인구 씨는 내심 찔끔하였지만

"아, 넌 할 일이 없어서 그런 거나 세고 앉아 있니. 그야 남자들이란 친구들과 얼려 다니다가 밤늦게 돌아오는 것두 보통이지, 그렇다구 모두가 난봉을 피우다가 늦는 건 줄 아냐."

화를 내다시피 하고 돌아앉아버렸으나, 언동에는 조금도 위엄이 따르질 않았다. 감수성이 예민한 시기의 보경이 그걸 눈치 못 챌 리가 없다. 보경은 빙그레 미소조차 지으며,

"그렇다구 아버지가 꼭 난봉을 피우신다는 얘기두 아니구, 한편 난봉을 피우신다구 나쁠 게 뭐예요. 부인이 있구서 놀아나면 그건 약간 곤란하지만 아버지의 경운 할 수 없잖아요."

노상 어른 같은 말투다.

"네가 이 애빌 놀리는 거냐. 난 피곤해서 그만 잘 테니 너도 어서 올라가 잠이나 자라."

이러고 인구 씨는 일어나 이불을 내렸다. 보경이 냉큼 그걸 받아서 펴주었다. 딸과 이런 종류의 이야기를 길게 나눈다는 것은, 인구 씨로서는 견딜 수 없이 난처하기만 했던 것이다. 그래서 딸을 속히 내쫓아버리려고 한 것이다. 그러나 보경은 아버지의 잠자리를 펴놓고도 엉거주춤 그 옆에 도로 앉아버렸다.

"남자들이 여잘 감춰놓고 밖에서 만나게 되면 비용이 더 든대요. 그리고 돈으로 거래되는 여자란 거의가 점잖지 못하구요. 그러니까 그럴 바엔 차라리 재혼하는 편이 훨씬 낫대요."

보경은 기어이 어떤 결론을 얻고 싶은 눈치였다.

"글쎄, 그만하구 어서 올라가 자라니까 그러는구나. 재혼을 하든 난봉을 피우든 그건 아버지 문제니까."

"어째서 아버지만의 문제예요. 아버지가 재혼을 안 하시면 저흰 안심하고 시집도 못 갈 거 아니에요."

인구 씨는 어이가 없다는 듯이

"시집? 오오라 그게 걱정이 돼서 그러니. 그렇다면 맘놓고 얼마든지 시집을 가라. 아버진 혼자서도 잘살 수 있으니까."

쓰디쓰게 웃어보였다.

"그렇지만 늙으신 아버질 혼자 남겨놓고 어떻게 훌쩍 떠나요. 그러니깐 재혼을 하시도록 하세요, 네? 아버지께서 좋아하는 여자가 있으면 그분도 좋구, 없으면 제가 골라드려도 되구요. 안 그러면……"

보경은 여기서 잠시 말을 끊었다가,

"헤어진 엄마와 다시 합치면 더 좋구요."

이러고 부친의 눈치를 살폈다. 인구 씨는 누웠던 상반신을 벌떡 일으키며,

"너, 엄마와 자주 만나니?"

나무라듯 물었다.

"이따금요."

"만나지 말랬잖아."

"그건 무리예요. 저희가 아버지와 같이 살 자유가 있듯이 엄마와 만나는 것도 자유 아니에요."

그건 옳은 말이다. 그러나 인구 씨의 감정은 그 정당성을 인정하지 않는다.

"그런 여자와 만나서 이로울 게 하나도 없으니 말이다. 다신 만나지 마."

통하지 않을 말인 줄 알면서도 엄격하게 일러놓고 씨는 딸 쪽으로 등을 대고 도로 누워버렸다.

"부부 싸움이란 칼로 물 베기라는데 아빠와 엄마 같은 사람은 첨 봤어. 성격이 안 맞는다구 싸우구 헤어지는 것도 너무하지만 삼 년이 다 되도록 감정을 못 푸는 건 뭐예요."

보경은 화풀이하듯 했지만 인구 씨가 그 말엔 대꾸를 하지 않고 돌아누운 채 잠자코 있으니까,

"아버진 엄마가 그렇게도 싫으세요? 난봉을 피우구 싶으신 거죠? 이 여자 저 여자하구 놀아나구 싶으신 거죠? 정말은 그래 그러신 거죠?"

쏘아대듯 했다. 이 말엔 인구 씨도 진정으로 화가 나서,

"듣자 듣자 하니까, 이년이 정말 못하는 소리가 없구나. 썩 올라가 자지 못해."

버럭 고함을 질렀다.

"그럼 좋아요. 아버지도 엄마도 바람을 피우든 놀아나든 맘대로 하세요. 저도 제멋대로 할 테니까요."

보경이도 발끈해서 방을 나가 이 층으로 뛰어올라가 버리고 말았다.

인구 씨는 불을 끄고 잠을 청하려 하였지만 아무리 시간이 흘러도 잠이 오질 않는다. 보경이가 한 말 가운데서 씨의 머릿속에 콱 박혀서 떨어지지 않는 몇 마디가 있기 때문이다. 남자는 여자 없이는 지낼 수 없다느니, 아버지 같은 홀아비의 경우는 바람을 피워도 나쁘지 않다느니, 그럴 바엔 차라리 누구와든 재혼을 해버리라느니, 엄마와 다시 합치면 어떠냐느니, 끝으로 아버지도 어머니도 바람을 피우든 놀아나든 맘대로 하라고 내쏜 말들이 그 것이다.

물론 수다스런 여편네들의 말을 주워듣고 옮긴 말이긴 하겠지만 여자에 비해 남자가 훨씬 육욕주의적이며 일상생활면에서도 혼자 살기 불편하게 되어 있는 것만은 부인할 수 없는 사실이다. 그렇다면 홀아비의 여자 도락을 인정한다는 것은 당연한 일이다. 그러기에 인구 씨가 재혼을 하지 않는 것은 여자에 대해 대범하기 때문이 아니라 반대로 한 여자만으론 만족할 수가 없으므로 맘놓고 실컷 여자 재밀 보고 싶기 때문일 것이라고 비꼬는 친구도 있었다.

아무튼 보경이 그러한 남성의 비밀을 알아주니 인구 씨로서는 열적은 중에도 한편 다행이기도 하다. 그럴 바엔 차라리 만판으로 바람이나 실컷 피워볼걸 하는 후회도 없지 않았다. 몸가짐을 삼간다고 아무도, 딸까지도 믿어주지 않을 바에야 괜히 자기만 손해를 보는 것 같았기 까닭이다.

그러나 보경이가 진정 하고 싶은 말은 딴 데 있는 것 같다. 즉 부친의 재혼을 촉구하는 체하면서 실은 부모의 재결합을 권하고 싶었나 보다. 딸의 입장에서는 더구나 부모가 이혼까지 하게 된 진정한 원인을 모르고 있는 보경으로서는 무리도 아니다.

　이혼의 이유가 성격상의 불일치라는 것은 집안의 체모를 생각하고 아이들에게 이중의 타격을 주지 않기 위한 표면적 구실에 불과한 것이다. 사실은 여자 쪽에 추잡한 남자관계가 있었던 것이다. 그것도 어쩌다 깜박 실수를 했다든가, 남남 사이에 저지른 일도 아니었다. 친동생의 남편과 상습적으로 여관이나 호텔을 출입할 정도였다.

　수상히 여겨온 처제가 미행 끝에 현장을 덮치게 되어서야 발각이 났다. 분한 생각을 해서는 두 남녀를 한데 묶어 당장 집어넣고 싶었지만, 집안 망신도 이만저만이 아니기 때문에 처제와 처남이랑 논의 끝에 다시는 눈앞에 나타나지 않는다는 약속 하에 그저 내쫓는 것으로 그치게 되었던 것이다.

　본시가 보경의 어미는 이성관계에 있어서는 헤픈 데가 있었다. 호색적이라거나 음란하다기보다는 그런 행위에 대해서 심각한 죄의식을 느낄 줄 모르는 여자였다. 인물은 예쁜 편도 미운 편도 아니지만 어딘지 모르게 전신에서 육감적인 매력을 발산했다. 유혹적인 매력이었다.

　인구 씨와 맺어진 시초도 그랬다. 세 번째 만났을 때, 홀린 듯이 잡아끄니까 여자는 반항도 않고 따라와주었다. 그러다가 임신을 했다기에 서둘러 결혼을 해버렸지만, 나중에 알고 보니 그전부터 벌써 남자관계가 있었다. 장녀인 보경이도 팔 개월 만에 낳았는데 무슨 말끝에 인구 씨의 실자(實子)가 아님을 밝혔다.

　이상하게도 그런 데는 대범한 인구 씨여서 보경을 친자식으로 여기고 길러왔고, 아내에 대해서도 결혼 후만 몸을 단정히 가져준다면 그전 일은 불문에 부치기로 하고 별 탈 없이 부부생활을 이어왔던 것이다.

　하지만 아무러한 씨로서도 지긋한 나이에 동생의 남편과 일을 저지른 데는 참을 수 없었던 것이다. 그러한 인구 씨가 아무리 딸이 원하고 권한다고 간단히 그 여자와 도로 합칠 수 있겠는가.

　이러한 사정을 모르는 보경은 그 뒤로 며칠 동안은 아버지와 말도 하지 않았다. 어찌된 일인지 보연이마저 아버지를 쌀쌀히 대했다. 아무래도 눈치가 이상했다.

　그런 어느 날, 계 사장에게서 접때의 그 여대생 얘기를 비치며 직장으로 묘한 전화가 걸려온 것이다.

～∞ 4 ∞～

　직장이라야 네댓 평짜리 이름도 없는 사무실이다. 테이블 세 개가 아무렇게나 놓여 있다. 직원이 셋뿐인 것이다. 이를테면 사장 격인 강인구 씨와 씨를 도와서 실무 전반을 맡아보고 있는 삼십여 세의 변이란 청년과 급사 겸 사무원인 열일곱 살짜리 송 양뿐이다.

　인구 씨도 계 사장의 본을 떠서, 아니 계 사장의 지도로 부동산업을 하고 있는 것이다. 주로 땅을 샀다 팔았다 한다. 시유지를 찾아내서 불하받아 팔면 재밀 본다. 싼 땅을 잡아서 집을 지어 팔면 이중으로 남는다. 물론 아직은 영세자금이라 소규모로 한다. 자금이나 기술면에서 힘이 달릴 때는 계 사장의 협력을 얻는다. 수입이 일정하진 않지만 이 정도라도 월급쟁이에는 비할 바가 아니다. 생활에 여유도 생기고 자본도 모르는 새에 차츰 늘어가고 있었다.

　만일 인구 씨에게 조금만 더 박력과 용기가 있어서 모험성 있는 일거리를 물고 늘어질 수 있었다면, 벌써 제법 굵어졌을지도 모른다. 그럴 만한 기회가 몇 번인가 있었던 것이다. 그러나 인구 씨는 모험은 안 한다. 무리도 않는다. 위험한 재간도 안 부린다. 자기 힘에 알맞은 일거리만 골라서 실수 없이 처리해나가는 성미인 것이다.

생각하기에 따라선 여기에 커다란 비약이나 도약을 기대할 수 없는 사업가로서의 결함이 있다. 하지만 씨 자신은 그것을 결함이라고 생각지 않는다. 도리어 인간으로서나 사업가로서나 정당하고 안전한 자세라고 믿고 있는 것이다.

그러므로 씨는 별로 불만 없이 구멍가게 같은 이 사무실을 끈기 있게 지키고 앉아 있는 것이다. 정면 벽에 붙어 있는 커다란 서울특별시의 지도를 바라보며 변 군이 보내오는 새로운 정보를 기다리고 있는 것이다. 변 군은 날마다 순찰 돌 듯 변두리 복덕방을 뒤지고 다니며 싼 땅이나 집 같은 것을 뚫어내는 것이 일이다.

그날도 마침 귀가 솔깃한 땅이 있어서 그 내막을 캐보러 나간 변 군의 연락을 기다리고 있을 때에 계 사장에게서 전화가 걸려온 것이다.

"이봐 인구. 어지간히 참구 버티는군."

"무슨 소린가? 밑도 끝도 없이."

계 사장의 말뜻을 짐작하면서도 인구 씨는 시치미를 뗐다.

"흥, 어디까지나 시치밀 떼긴가. 좋아, 그럼. 오늘이 마지막 기회니까 이따 여섯 시까지 박촌으로 나올 테면 나오구 말 테면 말아."

이러고 전화를 끊으려 하기에,

"이봐 계 사장……."

인구 씨가 무슨 말을 하려고 하니까,

"딴소린 필요 없어."

일단 막아놓고,

"자네의 궁상이 보기에 딱해서 지금까지 간신히 저쪽을 붙들어놨지만 자네의 체면에 걸린다면 알아서 해. 다만 오늘을 놓치면 다시는 이런 기회가 없다는 것만 알아둬."

계 사장은 저 할 소리만 하고 전화를 탁 끊어버렸다. 속으로는 이 자식 어디 두고 봐라, 네가 안 오고 배기나 이러고 웃을 것이 뻔하다.

인구 씨는 내심 적이 당황하지 않을 수 없다. 그동안 계 사장에게서 그 여대생에 대해서 무슨 연락이 오기를 은근히 기다릴 만큼 관심과 호기심이 쏠렸던 인구 씨긴 하지만 친구의 소개로 공개리에 계집애와 거래를 터야 한다는 것이 어쩐지 개운치 않은 것이다.

역시 어떤 여자와 비밀을 갖는다는 것은 아무도 모르는 게 좋다. 정식 결혼이 아닌 이상 아무리 가까운 친구에게도 눈치 채이지 않아야 한다. 성장한 딸을 가진 초로의 아버지로서는 더욱 그러하다.

그렇다고 이런 기회를 놓쳐버리기에는 아까운 생각이 든다. 언제 어디서나 돈만으로 쉽사리 거래될 수 있는 여자라면 몰라도 계 사장이 저렇듯 큰소리를 치는 것으로 보아서 흔히 얻어걸릴 수 있는 계집애는 아닌 모양이다.

그야 여대생이라고 해도 가짜 여대생일지도 모르는 일이요, 설사 가짜 여대생이 아닐지라도 학생의 신분으로 비밀히 남자를 둘 정도라면 그 소성이 뻔한 일이긴 하나 그런대로 색다른 신선미 같은 것은 느낄 수 있을 것이다. 그것도 계 사장의 말로는 '멋진 여대생'이라고 한다.

이런 생각을 할수록 인구 씨는 나이 보람도 없이 부쩍 구미가 동하였다. 하긴 인구 씨가 아니라고 해도 이런 경우에 그 유혹을 물리칠 만한 사내는 쉽지 않을 것이다. 사내란 본시가 그렇게 되어먹은 족속인 것이다.

다섯 시가 넘어서 사무실을 나선 인구 씨는 목적도 없이 한동안 번화가를 거닐었다. 여느 때 없이 젊은 아가씨들의 싱싱한 모습이 유난히 눈에 뜨

인다. 괜히 마음이 들떠서 어느 쪽으로든 쉽사리 자신 있게 방향을 정할 수
가 없다. 이냥 얌전히 집으로 돌아가버릴까 아니면 눈 딱 감고 박촌엘 들러
볼까 망설이며 인구 씨는 인파에 밀리듯 그 속에 휩쓸려 걸었다.

박촌이란 분위기가 조용해서 가까운 친구들과 종종 주식(酒食)을 하러
들르는 왜식집이다. 계 사장의 말투로 보아서 오늘 저녁은 아예 그 여대생
을 그리로 데리고 나왔는지도 모른다. 인구 씨는 부쩍 호기심이 움직였다.
그렇게까지 일을 꾸며주는데도 이쪽에서 주저만 한다면 도리어 사내 체면
이 말이 아니다. 나중 일이야 추이에 따라 결정하더라도 어떤 아가씬지 얼
굴이라도 보아두고 싶다. 그러면서도 한편으로는 누가 뒤에서 목덜미를
잡아끄는 것같이 개운치 않은 기분이었다. 그런 가운데도 씨는 어느새 박
촌 정문 앞에 당도해 있었다.

일부러 호기 있게 문을 밀고 들어서는 그를, 낯을 아는 종업원이,

"어서 옵쇼오."

달려나와 맞아주면서,

"계 사장님이 먼저 와 기다리고 계십니다."

이 층으로 인도했다.

"혼자시냐?"

"아닙니다."

"그럼 일행과 함께냐? 모르는 분이더냐?"

"네. 따님과 따님의 친구분이신가 봐요."

"그래."

태연한 체하면서도 인구 씨는 은근히 긴장을 느끼며 안내된 방으로 들어섰다.

과연 계 사장은 낯선 두 아가씨와 탁자를 사이에 하고 마주앉아 있었다.

"어때, 내 말이 맞지? 안 오고 배기나."

계 사장은 소녀들을 향해 이런 말을 하고 조금 자리를 비켜 앉았다. 인구 씨는 약간 어색한 태도로 계 사장 옆에 잠자코 앉았다.

씨는 의식적으로 아무 말도 하지 않았다. 자신의 본심을 굳이 숨기고 싶지도 않았고 그렇다고 일부러 노출시키고 싶지도 않았기 때문이다.

그는 그저 말없이 두 아가씨를 번갈아 보았다. 아가씨들 쪽에서도 수줍어하거나 어려워하는 기색 없이 똑바로 인구 씨를 바라보았다. 아가씨들은 역시 신선하고 청초한 느낌이 있었다. 머리, 얼굴, 복장 어느 하나 야단스럽게 꾸민 데가 없다. 그럴싸해서 그런지 학생 티가 역력했고 앳되게 보였다.

계 사장 맞은쪽에 앉아 있는 핑크색 스웨터를 입은 아가씨는 평범한 용모이긴 하지만 제법 미인 축에 들었다. 인구 씨 맞은 자리의 눈이 검고 큰

아가씨는 핑크색 스웨터만큼 예쁜 맛은 적지만 그 대신 어딘지 짙은 개성
미를 풍기고 있었다. 말하자면 핑크색 스웨터의 아가씨는 미모인 대신 평
범하고 속된 인상이었고, 눈이 검고 큰 아가씨 쪽은 두드러지게 예쁘지는
못해도 독특하고 고상한 매력이 있었다. 만일 두 아가씨 중 하나를 고르라
면 어느 쪽을 택해야 할지 망설일 정도였다.

"자, 그럼 우선 성만이라도 소갤 해야지."

계 사장은 이러고, 눈이 검고 큰 아가씨를 가리키며,

"이 아가씨는 모 대학교 정외과 삼 년생인 안 양. 그리고 이분은 부동산
업을 하고 계시는 강 선생."

정말 이렇게 간단히 소개하고 말았다. 뿐만 아니라 핑크색 스웨터의 아
가씨는 아예 소개할 생각조차 하지 않은 채 곧 식사로 들어갔다.

초로의 남자들과 이십이 갓 넘었을 아가씨들과 대좌한 좌석은 아무래도
어색하게 마련이다. 더구나 초면인 인구 씨가 끼었고, 서로들 상대방의 내
용을 잘 모르는데다가 만나게 된 목적마저 수상하고 보니 더욱 그럴 수밖
에 없다.

아가씨들을 작부처럼 함부로 대할 수는 없는 것이다. 인구 씨는 자연 아
가씨들에게 신경이 쓰였다. 하기는 계 사장이나 인구 씨나 본시가 작부를
상대로도 지저분하게 구는 편이 아니다. 주석에서라면 으레 여자를 들볶
는 친구들이 있다. 여자의 손목을 잡는 정도는 아무것도 아니다. 여자의 불
룩한 가슴 속에 손을 넣는다든지, 끌어안고 볼을 비비며 엉덩이를 투덕거
린다든지, 심지어는 치마나 스커트 밑으로 깊숙이 팔을 들이미는 친구도
있다. 그러나 인구 씨와 계 사장은 그런 취미를 별로 좋아하지 않는다. 점
잖아서라기보다 실없이 인격이나 깎이고 실속 없는 짓을 하고 싶지 않은
것이다. 어쩌면 그들은 유들유들하게 억지 무드를 탐내는 편이 아니라 직

접적인 행동파인지 모른다.

아가씨들도 양가댁 규수처럼 얌전하기만 하다. 식사하던 손을 멈추고 이따금 저희끼리 무어라고 소곤거리고는 소리 없이 웃었다. 계 사장이 술을 권하니까 꼭 한 잔씩만 받아 마시고, 볼이 달아오르는지 두 손바닥으로 자주 양 볼을 싸쥐듯 했다. 도무지 남자와 비밀을 가질 아가씨들 같지가 않다. 인구 씨는 딸이 생각나서 마음이 안 좋았다.

"미스 안은 어느 학교지?"

딸이 다니는 대학교 이름을 연상하며 눈이 검고 큰 아가씨에게 씨가 이런 걸 물었더니, 그 아가씨는 친구와 또 얼굴을 마주보고 나서 웃으면서,

"아직 그런 거 밝힐 사이가 아니잖아요."

대답을 거부하는 데 놀랐다. 그러자 계 사장이 얼른 맡고 나서서,

"이봐, 아직 그런 프라이버실 침범해선 안 돼. 만일 거래가 성립되지 않을 땐 서로들 내용을 모르는 채 헤어지는 게 무사하니까 말이야."

이런 설명을 해주었다.

"아가씨들끼린 친군가?"

인구 씨가 이번엔 두 소녀를 번갈아 보며 물으니까,

"네, 중고교 시절의 단짝이에요. 대학은 다르지만."

대답하는 핑크색 스웨터에게,

"아가씨 이름은 뭐지? 아니 성만 말이야."

인구 씨는 궁금해서 물었다.

"저까지 아실 필욘 없으셔요."

핑크색 스웨터가 웃으며 거절했고,

"이 사람아, 이 아가씬 번지수가 달라. 자네가 선을 보고 있는 아가씬 그쪽이야."

계 사장이 마치 핀잔을 주듯 했다.

인구 씨는 그제야 뒤늦게 그 핑크색 스웨터의 아가씨는 바로 계 사장의 전속임을 짐작할 수가 있었다.

식사가 끝나고 나서다.

"자, 그럼 이것으로 내 역할은 일단 끝난 셈이니까 이제부터는 본인들끼리 직접 흥정을 하지. 앞으로 실컷 재미들을 보게 되거든 결코 내 공을 잊어선 안 돼. 이것만 명심해두라고."

자리를 일어서기 전에 계 사장은 인구 씨와 미스 안을 번갈아 보며 이런 말을 하고 웃었다.

음식점을 나온 일행은 당연히 두 패로 갈라졌다. 인구 씨는 딸 같은 낯선 아가씨를 데리고 번다한 거리를 걷는 것이 마음에 걸렸다. 숨듯이 근처의 아무 다방으로나 들어가 자리를 잡았다. 마주 앉아 차를 시켜놓고도 씨는 별로 할 말이 없었다. 사생활에 관한 얘기를 피하자니 자연 화제에 궁했던 것이다. 본심과는 거리가 먼 대화를 흥미 없이 몇 마디 나누다가,

"아까 그 아가씨, 계 사장과는 어떤 사인가?"

궁금했던 일을 물었더니,

"남의 일에 관심 가지실 필욘 없어요."

또다시 보기 좋게 거절을 당했다. 인구 씨는 속으로 요것 봐라 했다. 아까부터 여간이 아니다. 똑바로 인구 씨를 쳐다보며 해죽이 웃는 소녀의 눈에는 총기가 있었다.

"그럼, 남의 얘기는 않기로 하고, 이제부턴 우리 얘기를 좀 해볼까."

이 말에 미스 안은 뭐라고 대답은 않고 마주보며 웃기만 했다. 함부로 다룰 계집애가 아닌 것 같다. 그런 만큼 호기심과 흥미는 일층 더했다.

새로 사람을 사귄다는 것은 또 하나의 미지의 세계에 접근하는 일이어서 자연 신선한 관심을 갖게 되고 나아가서는 가벼운 흥분마저 느끼는 수가 있다. 상대가 젊은 이성일 경우는 더욱 그러하다.

"계 사장이 날 뭐라고 소개했지?"

인구 씨가 흥미를 갖고 묻는 말에,

"겉으로는 체면만 앞세우면서 점잖은 체하는 분이랬어요. 속은 그렇지도 않으면서."

의외의 대답이라 씨는 내심 약간 당황하여,

"체면만 앞세우며 겉으로는 점잖은 체하는 사람이라……."

혼자 중얼거리듯 하고,

"그럴지도 모르지. 그렇게 생각하면 틀림없어. 난 말하자면 그런 사람이야."

자인하고 고소를 금하지 못했다.

미스 안은 역시 웃으면서 인구 씨를 마주 쳐다볼 뿐 말이 없다. 비교적 말수가 적은 소녀인가 보다.

"그 밖에 무슨 딴 얘긴 없었나?"

"사리와 경우가 밝은 분이니까 안심하고 사귀어보랬어요. 물질적으로나 정신적으로나 결코 손해를 끼칠 분이 아니라는 거예요."

인구 씨는 고개를 주억거리고 나서,

"맞았어. 그것도 정확한 평이야. 상대가 누구든 간에, 또 무슨 일로 사귀었든 간에 나는 남에게 덕을 입히지는 못할망정 손해는 끼치지 않는 사람이야. 이게 나의 신조야."

"첫인상이 그래 보였어요."

"미스 안에게도 그렇게 보였단 말이지?"

"……."

소녀는 말없이 웃으면서 고개만 까딱해 보인다.

여기서 대화는 일시 중단되었다. 두 사람은 무료히 잔에 남아 있는 차를 한 모금씩 마셨다.

인구 씨는 딸과 같은 소녀를 상대로 무슨 말을 어떻게 끌어가야 할지 몰랐다. 아니, 무슨 말인지 모르지는 않는다. 할 말은 애초부터 자명하다. 계 사장이 이 소녀를 씨에게 소개한 동기나 인구 씨가 다소 주저하면서도 그 소개를 받아들인 목적, 그것이 바로 해야 할 말이요 진행시켜서 명확히 결론을 얻어야 할 내용인 것이다. 좀 더 까놓고 말하면 이 소녀를 씨의 전속으로 임대 계약하는 일이다.

그러나 상대가 공개적인 창녀나 작부가 아닌데다가 나이가 어리고 어엿한 여대생이고 보니 다짜고짜 흥정조로 나갈 수도 없고, 한편 딸과 비슷한 나이의 아가씨라는 생각이 자꾸만 머릿속을 오락가락해서 씨는 미스 안을 한 '여자로만' 다루기에는 여러 가지로 거북살스러웠던 것이다. 그렇다고 언제까지나 침묵만 지키고 앉아 있을 수도 없고, 그것은 더욱 갑갑하고 어색한 노릇이어서 적당한 대화의 실마리를 찾아내려던 인구 씨는,

"미스 안은 속으로 날 경멸하고 있는 거 아냐?"

이런 뚱딴지같은 소리를 묻는 것이 고작이었다.

"왜요? 저한테 무슨 경멸당할 일이라도 하셨어요?"

"이런 나이에 미스 안 같은 어린 아가씨에 흥밑 갖고 쫓아다니니 말이야."

"먼저 어리단 말만은 빼주세요. 전 어엿이 투표권을 갖고 있어요. 결혼을 했으면 아기 둘 정돈 문제없이 낳았을 나인걸요."

이번에는 미스 안은 웃지도 않고 말했다.

"그렇게 생각하면 그렇긴 하지. 하지만 나하군 나이가 너무 차이가 지니까 하는 말이야."

"정식으로 결혼하는 것도 아닌데 나이 차이가 무슨 상관이에요. 저 같은 젊은 여자 싫으세요?"

"아니지, 싫을 리야 있나."

인구 씨는 부지중 실토를 해버렸다.

"그거 보세요. 남자들은 나이 먹을수록 젊은 여잘 좋아한다면서요?"

"누가 그래? 계 사장인가?"

"다들요."

미스 안은 또 배시시 웃었다. 아무튼 웃기는 잘하는 소녀다.

"그건 속일 수 없는 사실이야. 남자치고 싱싱한 젊은 아가씨를 싫어하는 사람은 없을 테지. 간단한 예가, 버스나 기차 같은 것을 탔을 때 젊고 예쁜 아가씨가 옆 자리에 와 앉으면 괜히 기분이 좋거든. 그렇지만 반대로 중년 아주머니나 남자와 같이 앉게 되면 왜 그런지 징그러워 싫단 말이야. 자리를 같이할 때만이 아냐. 거리에서고 어디서고 젊은 아가씨들이란 그냥 보기만 해도 즐거워요. 꽃을 보는 것처럼 말이야. 이건 숨길 수 없는 남성족의 공통된 심리일 거야."

"그렇지만 전 별로 예쁘지 않아서 실망하셨죠?"

"아냐. 미스 안에겐 범속한 아름다움보다 더 매력적인 고상한 개성미가 있어요. 그래서 솔직히 말하면 내가 약간 얼었어. 함부로 접근하기가 주저돼서 말이야."

"그럼 오프리미트? 물러서시려는 거예요?"

"그럴 순 없지. 이왕 알게 된 이상, 미스 안이 거절만 않는다면 친교를 맺어봐도 좋아."

"만일 제가 거절하면요?"

"그러면 할 수 없지."

"제게 별로 흥미가 없으시군요?"

"아냐. 그럴 리가 있나."

"그렇지만 남자들이란 대개 탐나는 여자가 있으면 어떤 수단으로든 손 아귀에 넣으려고 하잖아요."

"난 그런 취미 싫어해. 상대방의 의사를 무시하고 내 욕심만 채우려 들 수 있어?"

"계 사장님 말씀대로군요."

"뜨뜻미지근해서 싫은가?"

"담담해서 좋아요."

"그럼 합격인가, 맞선 결과는?"

"사무적인 조건만 합의가 된다면요."

"아직 그런 게 남아 있나?"

"구체적인 얘긴 아무것도 안 했잖아요."

"하긴 그렇군. 그래 그 사무적인 조건이란 어떤 건가? 말해봐요."

"선생님부터 먼저 말씀해보세요. 제게 대한 희망이나 요구 조건이 있을 거 아니에요."

"내 희망이란 뻔하지 뭐."

이쯤 되고 보면 피차 대화도 자연스럽게 풀려나왔고 얘기도 다 된 거나 다름없기 때문에 인구는 소녀를 마주보며 의미 있게 빙그레 웃어보였다.

"그렇지만 구체적으로 말씀하셔야 알죠."

"구체적으로라. 그러니까 나와 가끔 만나서 즐겁게 지내주었으면 하는 거지."

"그런 거 말예요? 누가."

소녀는 약간 낯을 붉히며 가볍게 눈을 흘겼다. 불쑥 딸 같은 기분이 들어 인구 씨는 가슴이 뭉클했다.

"그런 거 말고 뭐가 있지?"

"좋아요. 그럼 제가 말씀드릴게요."

미스 안은 이러고 나서 조그만 백 속에서 수첩과 볼펜을 꺼내더니,

　① 교제 기간

　② 데이트 횟수와 장소

　③ 외면상의 호칭과 태도

　④ 연락 방법

　⑤ 그 밖의 주의사항

예쁜 글씨로 능숙하게 갈겨쓰고는

"이런 거 말이에요."

장난스럽게 웃으며 인구 씨를 쳐다보았다.

"정말 미스 안은 사무적이군 그래."

인구 씨는 감탄하듯 하고 나서,

"교제 기간이란 걸 미리 정해둘 필요가 있나?"

궁금해 물었다.

"그러믄요. 그런 걸 미리 정해놓지 않으면 나중에 옥신각신하게 될 경우가 있잖아요."

"딴은 그럴 수도 있겠군. 한쪽에선 교제를 끊고

싶은데 한쪽에선 계속 하자고 할 수도 있을 테니까."

"그러기에 미리 기간 약속을 해둬야 해요."

"얼마가 좋을까? 이 년? 삼 년?"

"어마, 그렇게 길게요?"

"그게 뭐가 길어?"

"그동안에 전 학골 졸업하게 될 거구요, 그 뒤부터는 제겐 저대로의 새로운 인생 계획이 있으니까요."

"그럴 테지. 언제까지나 중늙은이와의 따분한 교제를 계속할 순 없을 테니까."

인구 씨는 정색을 하고 고개를 주억거렸다.

"그러니까요, 육 개월로 하면 어때요?"

"육 개월? 그거야 금방 아냐?"

"전셋집 같은 것도 보통 육 개월 계약 아니에요. 일단 육 개월로 정해놓고, 쌍방에 이의가 없을 때는 자동적으로 육 개월씩 연장하는 식으로 약속해 놓으면 되잖아요."

이런 말을 할 때의 미스 안의 말투는 무척 사무적이다.

"그래도 좋겠지."

"그러면 기간은 육 개월로 합의가 됐구요."

이러면서 그 내용을 미스 안은 수첩에다 기입했다. 그러고는,

"다음, 데이트 횟수와 장소는요?"

두 번째 조건을 물었다.

"횟수는 미리 정해둔다는 게 좀 곤란하지 않아? 미스 안이나 나나 서로 각자의 사정에 의해서 한동안 만날 수 없을 때두 있구 반대로 자주 만나게 될 때두 있을 테니까."

미스 안은 진지한 표정으로 천장 한구석을 쳐다보며 그 크고 검은 눈을 깜빡거리다가 살그머니 낯을 붉히더니,

"그렇지만 너무 자주 만나는 건 곤란해요. 그러니까 일정한 제한 횟수는 정해놔야 해요."

새침한 태도로 잘라 말했다.

"그것도 미스 안 생각대로 말해봐. 나야 미스 안같이 청초한 아가씨와 자주 만나 이야기두 나누고 하면 그것만으로도 즐겁고 젊어지는 기분이겠지만, 미스 안이야 어디 그럴라구. 창피할 테지."

"창피해서가 아니라요, 너무 자주 만나면요, 현실적으로 여러 가지 의미에서 곤란한 점이 많아요."

"어떤 점이?"

"건 나중에 좀 더 친해진 담에 말씀드릴게요."

"좋아. 그럼 어느 정도로 하지? 교제 횟수를?"

"한 주일에 한 번요. 불만이세요?"

"미스 안 좋도록 해요."

소녀는 수첩에다 데이트 횟수를 '일 주, 일 회'라고 기입하고 나서

"다음, 장소는요?"

사무적으로 물었다.

"글쎄, 어디가 좋을까?"

"갑자기 좋은 장소가 떠오르지 않으면 그건 나중에 다시 상의해서 정해도 좋아요. 그럼 호칭은 어떻게 하죠?"

"호칭이라니?"

"제가 뭐라고 부르는 게 좋겠느냐고요. 선생님? 사장님? 아저씨?"

"미스 안은 정말 꼼꼼하기가 여간 아니군그래."

"꼼꼼해서가 아니라요, 서로 간의 편리를 위해서예요."

"격에 없는 사장님은 우습구, 그저 무난하게 선생님이라면 어떨까? 아니면 아저씨가 좋을까?"

"아저씨가 무난하고 편리할 것 같아요. 서로 대하는 태도도 집안 아저씨와 조카딸처럼 하구요. 그러면 남들이 수상하게 여기지도 않을 거 아니에요."

"외면적으론 숙부와 질녀 행셀 하잔 말이지? 그렇지만 아는 사람을 만나면 어떡하지?"

"그땐 친구의 딸이라면 되잖아요. 제겐 아버지의 친구구요."

"그러자면 이거 연기력도 길러둬야겠는걸."

인구 씨는 왜 그런지 무안하여 부지중 쓰디쓰게 웃었다.

"그럼 서로 연락은 어떻게 하죠?"

"그것도 천천히 좀 연구해보기로 하지."

"그래요, 그럼. 그리고 피차 엄수해야 할 주의사항은 저희의 교제 내용을 일생을 두고 절대로 비밀로 할 것, 동감이시죠?"

"그래야지. 미스 안의 장래를 위해서 절대로 비밀을 지키지."

"아저씨의 체면과 위신을 위해서두요."

"이걸로 끝났나? 수속은?"

"끝으로 가장 중요한 문제가 남았어요."

"뭐가 그렇게 복잡하지?"

"등록금요."

"등록금?"

묻고 나서 인구 씨는 그 말의 뜻을 곧 알아차렸다. 은근히 속으로 궁금했던 문제다.

"얼마나 필요하지? 다달이."

"아저씨가 먼저 말씀해보세요."

인구 씨는 섣불리 입을 뗄 수가 없었다. 그래서 그 문제는 다음번에 만나 결정하기로 하고, 일단 찻집을 나와 소녀와 헤어진 것이다.

씨는 술에 취한 듯 몽롱한 흥분에 들떠 밤거리를 거닐었다. 벅차도록 황홀한 심정이기도 하고, 반면 왜 그런지 울고 싶도록 서글프기도 했다.

딸들

1

일요일이면 늦잠을 자는 것이 강인구 씨의 오랜 습관이다. 남의 직장에 매여 있지 않은 근래의 인구 씨로서는 물론 평일일지라도 얼마든지 늦잠을 즐길 수는 있다. 그러나 십오 년간이나 은행원으로 샐러리맨 생활을 해온 습성이 아직도 남아 있어서 토요일만 되면 해방된 기분으로 마음이 들떠 괜히 거리를 쏘다니게 되고, 일요일 아침이면 으레 늘어지게 아침잠을 즐기는 것이다. 하기는 여느 날은 애들이 학교에 가느라고 수선을 피우기 때문에, 아무리 시간에 매여 있지 않은 몸이라 해도 시끄러워 자연 잠이 깨게 마련이지만, 일요일 아침만은 애들은 물론 식모 아주머니까지도 평일보다 한 시간 이상이나 늦게 일어나므로 인구 씨는 만판 나른한 아침잠에 취해볼 수 있는 것이다.

역시 젊었을 때와는 달라서 실컷 자고 나도 몸이 거뜬하게 풀리질 않는다. 까닭 없이 고단하고 무거워서 성큼 일어나지질 않는 것이다. 오늘 아침만 해도 씨는 벌써 눈을 뜬 지는 오래지만, 푹신하고 따뜻한 잠자리를 뜨려

하지 않는다. 어렴풋이 잠이 들었다 깼다 하면서 여러 가지 실없는 공상과 환상에 빠져들어 가는 것이다.

인구 씨의 감은 눈앞에 자꾸만 떠오르는 것은 안이라는 그 여대생의 청초한 모습이다. 오밀조밀하거나 깜찍하게 예쁘지는 않아도 기품 있는 개성미가 신선한 매력을 발산하고 있는 유난히 눈이 크고 검은, 웃기 잘하는 소녀다. 살갗도 희고 몸매도 사슴의 사지처럼 날씬하고 싱싱하다. 육체의 풍만한 완숙미는 부족하지만 그 대신 발랄한 젊음의 생기가 전신에 넘쳐 흐른다. 그 소녀의 팽팽한 나체를 상상해보며 인구 씨는 소년 모양 정직해졌다. 그러고는 당황히 눈을 뜨고 두리번거렸다. 딸들이 그러한 아버지를 엿보고 있는 것 같아서다.

꿈에서 깨어난 것처럼 씨는 떨떠름한 낯으로 천장을 쳐다보고 누워 있다가 문득 오늘은 인자한 아버지 노릇을 해야겠다고 생각했다. 사과하는 뜻에서라도 딸들을 데리고 나가 그 애들이 원하는 것을 한 가지씩 사주고 맛있는 점심을 같이 먹고 영화를 본다든지 아니면 택시를 빌려 드라이브라도 하리라 마음먹었다.

그러고 보니 부녀가 다정하게 함께 외출을 해본 지도 오래다. 부인과의 파국을 겪은 이래 거의 없었던 것 같다. 딸들을 무척 사랑하는 씨였지만 이제 생각하니 근래에 와서는 애들에게 너무 소홀했던 감이 없지 않다. 물론 이제는 부모의 간섭이 필요 없을 만큼 성장한 탓도 있겠지만, 부부생활에 파탄이 있은 뒤로는 씨의 마음이 가정을 떠나 외부로만 방황하고 있었다는 증거도 된다. 그러므로 씨는 불현듯 보경이와 보연이 측은하게 여겨지기도 하고 미안하기도 해서, 오래간만에 부녀간의 정을 맛보며 애들을 기쁘게 해주고 싶어진 것이다. 그것은 어쩌면 젊은 아가씨와 비밀을 가지려는 아버지가, 떳떳지 못한 마음을 무의식중에 카무플라주(위장)하고 속죄

하기 위해선지 모른다. 어쨌든 씨는 그러기로 하고 자리에서 벌떡 일어났다. 벌써 아홉 시가 가까운 시간이었다. 인구 씨는 바삐 옷을 챙겨 입으며,

"아줌마."

부엌 쪽을 향해 불렀다. 이 년 이상이나 이 집 살림을 맡아 보아주고 있는 오십이 넘은 식모 아주머니가,

"일어나셨습니까?"

미닫이 밖에서 물었다.

"그만 늦잠을 자버렸군. 아침 준빈 됐소?"

"네, 무척 고단하셨던가 보죠."

식모 아주머니는 이러면서 방을 치우러 들어왔다.

"애들도 여태 안 일어났소?"

"아니에요. 벌써들 나간걸요."

"나가다니? 일요일인데두?"

"어디 약속이 있다면서 일찌감치들 나갔어요."

"둘이 다? 아침들도 안 먹구?"

"네. 저, 아, 아뇨. 식빵을 한 조각씩 구워 먹고들 나갔어요."

그 말이 잘 믿어지지가 않았다. 나이가 들면서 잠귀가 밝아지고, 더구나 아침잠이란 깊이 들지 못하는 씨로서 아무런 기척도 몰랐다는 것이 이상하다. 두 애가 변소엘 드나들고 세수를 하느라고 이 층을 오르내리면 씨가 모를 리가 없다. 게다가 식모 아주머니의 자신 없는 대답이라든지 어젯밤 열 시 전에 귀가했는데도 애들 방에 불이 다 꺼져 있었던 사실도 수상해서,

"사실은 난 새벽녘에 눈을 뜬 채 쭉 잠이 깨어 있었는데 그 애들이 대체 언제 나갔다는 거요?"

씨는 추궁하듯이 캐어물었다.

"아버지의 단잠을 깨우면 안 된다면서 조심조심히들 일어나 나간걸요."

이러는 식모 아주머니의 말투나 태도가 아무래도 시원칠 않아서,

"이봐요, 아줌마. 바른 대로 말해보세요. 아줌만 무언가 날 속이고 있죠?"

따지고 들었더니 식모 아주머니는 아무 말도 못하고 단번에 기운 없이 낯을 푹 숙여버렸다.

"가뜩이나 어미 없는 집안이라 나 혼잔 감독이 불충분해서 걱정인데 애들의 행위를 덮어놓고 감싸주면 안 돼요. 그 애들 어젯밤에 안 들어왔죠?"

인구 씨가 은근히 타이르듯 나무라듯 하니까,

"네, 미안해요."

식모 아주머니는 마침내 솔직히 시인했다. 인구 씨는 별안간 전신에서 기운이 푹 빠져버리는 것 같았다. 눈앞이 몽롱해졌다.

"대체 그 애들이 어딜 갔지? 어디서 자구 온대요?"

불쾌한 예감을 느끼며 씨는 힐난하듯이 식모에게 물었다.

"……."

순박한 이 시골아주머니는 선뜻 대답을 하지 못하고, 난처한 듯이 주인의 얼굴을 쳐다보고 이내 도로 외면해버렸다.

"어서 말해봐요. 그 애들이 제 어미한테 간 거 아뇨? 그렇죠?"

모르는 새 인구 씨는 식모를 쏘아보고 있었다.

"그런가 봐요."

식모 아주머니는 기가 죽어서 들릴락 말락 하는 소리로 간신히 대답했다. 인구 씨가 예측한 대로였다. 씨는 딸들에게마저 배신당한 것같이 쓸쓸한 기분이었다.

"그 애들이 전에도 제 어밀 찾아가 자고 온 적이 있소?"

"첨이에요."

"자주 만나긴 했죠?"

"전 잘 몰라요."

"그 애 어미가 어디 있는지 아우?"

"제가 그걸 어떻게 알아요."

식모 아주머니는 정말 그 이상은 모르는 눈치였다. 식욕 없는 늦조반을 간단히 먹어치우고 나서도 인구 씨는 기분이 개운하지가 않았다. 딸들의 태도가 맘에 걸렸기 때문이다.

최근에 와서 보경이가 제 어미와 몰래 만나고 있는 기미를 인구 씨도 벌써부터 알고는 있었다. 그것이 결코 씨에게 유쾌할 까닭이 없고 여러 가지로 염려되는 점도 많지만 그렇다고 열 살 미만의 어린것도 아니고 장성한 딸을 강제로 단속할 도리는 없었던 것이다. 도리어 제 어미와의 밀회를 강압적으로 막으려 든다면 애들의 반발을 살 우려가 있다. 그래서 내심 불쾌하고 불만인 가운데도 애들 쪽에서 먼저 그 문제에 대해 얘기를 걸어오기를 은근히 기다리며 좀 더 관망하기로 하고 있었던 것이다.

그러고 보니 얼마 전에 보경이가 아버지에게 재혼을 권하는 체하다가 모친과의 재결합을 요구한 것이라든지 또는 그 뒤로 보경이뿐 아니라 보연이까지도 아버지에게 냉랭하게 대하려 드는 태도가 모두 그 어미와 접촉하게 되면서부터 나타난 변화만 같다.

부모가 단순히 성격의 불일치 때문에 이혼한 것으로만 알고 있는 딸들 입장에서 볼 때 아버지보다도 오히려 쫓겨난 어미 쪽에 동정이 가고 정이 끌리는 것도 무리는 아닐 것이다. 잘못하다가는 나쁜 아버지요, 좋은 어머니로 애들이 착각할지 모른다. 아니 어쩌면 애들은 벌써 그렇게 오해하고 있기 쉽다. 그 어머니와 접촉을 하면 할수록 애들의 그러한 그릇된 판단은 더욱더 굳어질 것이다. 그 어미가 애들에게 암암리에 그러한 인식을 심어주고 있을지도 모른다. 인구 씨는 그것이 불쾌한 것이다. 그럼에도 그 어미의 추행사실을 폭로하는 외에는 아이들의 인식 착오를 시정해줄 방법이 없다. 그 점이 또한 씨로서는 억울한 것이다.

'차라리 보경에게만은 사실을 밝혀버릴까.'

성인이 된 보경에게는 그래도 무방할 것 같기도 하다. 그러나 아버지로서 사춘기를 갓 넘어선 딸에게 그 어미의 추잡한 간통행위, 더구나 이모부와의 불륜행위를 폭로하기란 차마 못할 일이다. 문제는 애들의 어미가 딸들 앞에 나타나지 말아야 할 일이다. 진심으로 자신의 과오를 뉘우칠 줄 아는 여자라면 그래야 할 것이다. 하기는 헤어질 당시에는 그러기로 약속이 되어 있었다. 다시는 인구 씨나 동생 내외와 딸들 앞에 나타나지 않으마고 다짐하고 떠나갔던 여자다. 그 뒤로 부산에 있다느니 대구에 있다느니 하는 풍문을 어렴풋이 들어왔었는데 어느새 또 서울에 되돌아와 가지고 이렇게 말썽인 것이다.

보경이나 보연에게 부모의 이혼이 가져다준 정신적 타격이 얼마 동안은 계속되었다. 본시 말이 적고 내성적인 보연은 말할 것도 없고, 비교적 쾌활한 편인 보경이 역시 생기 잃은 침울한 표정으로 꼭 필요한 말 이외에는 말들이 없었다. 집에 돌아오면 으레 제 방에들만 처박혀 지냈고, 한번 외출하면 어둡기 전에는 집에 돌아오지 않았었다.

그러나 시일이 흐르고 나이가 들어감에 따라 차츰 마음의 상처도 아무는 듯 눈에 띄게 애들은 본래의 모습을 회복해갔다. 근 일 년 전부터는 전이나 거의 다름없는 제 자세로 되돌아왔던 것이다. 그랬는데 뻔뻔스럽게도 제 어미가 다시 나타나 잔잔한 연못에 돌을 던지기 시작한 것이다.

그렇지만 그 어미란 것도 낯짝이 있지 설마 이렇게까지 나오리라고는 인구 씨는 생각지 않았다. 인정상 보고 싶은 정에 끌려 어디서고 한두 번 잠깐씩 만나보고 헤어져 도로 행방을 감추려니 했지, 애들을 자기 처소에 불러다가 밤을 같이 지낼 줄까지는 몰랐던 것이다. 생각할수록 씨는 그 소행이 괘씸하기 짝이 없었다. 가뜩이나 감수성이 예민하여 외부의 자극이나 영향을 받기 쉬운 나이의 딸들에게 씨는 부당한 동요나 충격을 주고 싶지 않았다. 아내와의 사이에는 불행한 파탄이 있었지만 그 영향을 딸들에게 미치게 하고 싶지는 않았던 것이다. 부모의 죄나 불행은 어디까지나 부모들 자신이 걸머지는 데 그치고 싶었다.

인구 씨는 곰곰 궁리 끝에 애들 이모에게 전화를 걸었다. 처제는 애들 어미에 관한 일을 잘 알고 있을지도 모르므로 먼저 그쪽과 의논해보고 싶어서였다. 마침 처제가 직접 전화를 받아주었다.

"나 보경이 애비요."

"어머, 형부. 오래간만이에요."

간단한 인사말이 한두 마디씩 오가고 나서,

"나 처제와 긴히 의논할 일이 있는데 지금 곧 시간 좀 내줄 수 없을까?"

의사를 물었더니,

"언니 서울에 와 있는지 알구 계셨군요?"

풀 죽은 소리로 이런 말을 하고, 만나주겠다는 대답이었다. 장소와 시간을 약속하고 인구 씨는 전화를 끊었다.

그가 옷을 갈아입고 막 집을 나서려는 때였다. 전화벨이 요란하게 울어서 수화기를 떼어 드니까,

"여보세요, 거기 미스 강네 집이죠?"

굵은 사내의 목소리가 울려왔다.

"미스 강이라니? 보경이 말입니까?"

"네, 맞아요. 보경이 좀 바꿔주세요."

"실례지만 댁은 누구요?"

"전 보경이 친군데요. 열한 시에 약속해 놓고 나타나질 않아서 그래요. 미안하지만 잠깐 좀 바꿔주세요."

"보경인 나가고 지금 없는데……."

씨의 말이 채 끝나기도 전에,

"아, 그래요. 실례했습니다."

이러고 전화가 뚝 끊겼다. 인구 씨는 어리둥절하여 수화기를 든 채 서 있었다. 그의 얼굴에 차차 불안한 빛이 번져갔다.

～～ 2 ～～

어른 몰래 딸이 밖에서 남자와 만난다는 것이 인구 씨는 유쾌하지 않다기보다도 은근히 걱정이 되는 것이다. 하기는 씨가 대학에 다니던 시대와는 달라서, 요즘은 대학생쯤 되면 이성교제가 있는 것은 보통인 모양이다. 전화를 걸어온 청년도 단순한 남자친구인지 모른다.

친구라고 해도 그렇다. 한마디로 간단히 친구라고 하지만 친구에도 여러 종류가 있다. 그것이 여자친구라면 문제가 아니지만 남자친구인 경우는 사정이 다르다. 거기에는 의식적이든 무의식적이든 위험성이 따르기 때문이다.

사회 경험이 풍부하지 못한데다가 감정에 흐르기 쉽고 낭만적인 기분에 젖어 있는 미숙한 연령층일수록 그 위험도는 높다. 어른이 모르는 상대일수록 더욱더 그러하다. 남녀 공학이 아닌 여자대학교에 다니고 있는 보경이가 도대체 어떤 남자들과 어떤 교제를 갖고 있는지 인구 씨는 궁금하고 불안한 것이다. 앞으로는 보경의 이성교제에 주의를 게을리하지 말아야겠다고 생각하며 씨는 떠름한 기분으로 집을 나섰다. 버스로 곧장 처제와 약속한 S호텔로 갔다.

호텔 앞에는 몇 대의 승용차 가운데 처제의 자가용인 듯싶은 감색 세단도 멎어 있었다. 인구 씨는 누구와 중대한 의논이 있을 때는 가두의 일반 다방이 아니라 주로 호텔의 티룸을 이용했다. 거기가 훨씬 조용하고 분위기도 엄숙하고 차 맛도 다소 나았기 까닭이다. 계단을 올라가 다실 문을 열고 들어섰더니, 과연 처제는 먼저 와서 기다리고 있었다.

"미안해요, 기다리게 해서."

"저도 금방 온걸요."

인구 씨가 처제의 맞은편 의자에 앉자, 보이가 커피를 날라왔다.

"나도 커피."

여자는 차를 마시고 인구 씨는 담배를 피우며 잠시 말없이 앉아 있었다.

처제라고 하지만 아내와 남이 된 지금에는 엄밀히 따지면 처제가 아니다. 게다가 저쪽 남편과 이쪽 아내가 패륜 행위를 저지른 사이니 얼굴을 대하기가 어색하다. 같은 피해자이면서도, 동류의식에서 오는 동정보다 먼저 무안하고 거북살스럽기만 하다. 그래서 꼭 필요한 용건 없이는 그들은 의식적으로 만나지 않는 사이였다.

인구 씨가 시킨 커피가 왔다. 그걸 한 모금 마시고 나서,

"언닐 만난 일 있나?"

경어를 쓰는 것도 우스워서 전처럼 반말로 물었다.

"없어요."

영애(처제)는 우울한 태도로 대답했다.

"어디서 뭘 하는 모양인가?"

"무교동 어디에 다방을 냈대요."

"다방?"

"아주 근사하게 차려놓았나 봐요."

그러고 보니 부산과 대구에서도 다방을 한다는 소문이었다.

"무슨 돈으로 그런 걸 차렸을까?"

"그게 수상하단 말예요."

영애의 표정은 더욱 어두워졌다. 인구 씨의 머릿속에는 유들유들한 박병관의 모습이 떠올랐다. 처형과 놀아난 영애의 남편이다. 비위 좋고 배짱도 두둑하고 신수도 훤해서 돈 잘 벌고 바람도 잘 피우는 인물이다.

다방 차릴 비용을 그가 댔을지도 모른다. 영애는 그렇게 생각하고 있는

모양이다. 그럴 것 같기도 하다. 그렇다면 그자와 영실(이혼한 인구의 처)은 아직도 추잡한 관계를 계속하고 있단 말인가. 완전히 남이 되어버린 지금 그들이 어떤 사이건 인구 씨로서는 관여할 바가 아닐지 모르지만 그래도 그렇게 생각하니 불쾌한 감정을 금할 수가 없다. 아직도 그자와 부부의 인연을 끊지 못하고 있는 처제로서는 더욱 그럴 것이다.

"그 사람 요즘은 어때? 좀 철이 들었나?"

"제 버릇 개 주겠어요."

처제는 내뱉듯 하고 나서,

"우리가 어리석었나 봐요. 체면이고 뭐고 생각할 거 없이 아예 그때 두 사람을 집어넣고 말걸 그랬어요."

이러고 지그시 입술을 깨물었다.

동생의 남편과 처형 간의 추행의 꼬리를 잡았을 때 간통죄로 당장 고소해버리느냐, 집안 망신이니 분한대로 묻어두고 마느냐로 일시는 무척 망설였지만 마침내 인구 씨와 처제는 후자를 택하기로 했던 것이다. 사건이 표면화되면 아무래도 집안과 이쪽도 큰 망신이요 사춘기의 애들에게 수치스런 타격을 주고 싶지도 않았으며 지금은 고인이 된 장인과 초등학교 교장으로 있는 처남의 체면도 생각하지 않을 수 없었고, 일방 본인들도 그 당시는 진심으로 뉘우치는 것 같았기 때문이었다. 그래서 다시는 그들 삼부녀 앞에 나타나지 않는다는 약속만을 받고, 인구 씨는 합의이혼의 형식을 밟아주었던 것이다.

그러나 처제는 차마 남편과 헤어지지도 못하였다. 아이들 문제를 위시해서 여러 가지 사정 때문에 여자로서는 선뜻 이혼해버릴 수도 없는 모양이었다. 다만 앞으로는 절대로 처형과 만나지 않는다는 남편의 서약을 받은 다음, 살고 있는 고급주택의 명의를 자기 앞으로 고쳐놓는 외에 자기 몫의

전용 자가용을 따로 두기로 하는 조건으로 사건은 일단 낙착을 지었던 것이다.

그런 지 3년이 채 못 되어서 영실은 서울에 되돌아왔고 병관이와도 계속 접촉이 있는 눈치니, 영애로서는 물론 인구 씨에게 있어서도 심각한 문제가 아닐 수 없다.

"지나간 일을 후회하면 뭘 해. 그때 고소를 했다 해도 고생을 좀 하고 나오긴 했겠지만 풀려나오고 나면 결국 마찬가질 걸."

"그렇다고 내버려둘 수도 없잖아요? 제 멋대로들 놀라구."

"그럼 어떡해? 총으로 쏴죽일 수도 없구."

"형분 이혼해버린 사이니까 그런 말씀 하실지 몰라도, 전 달라요."

"나도 남이 되어버렸다고 해서 그 여자가 어떻게 굴든 속이 편한 건 아냐. 나하군 남이 됐지만 애들에겐 역시 친엄마니까."

"참말, 어떻게 아셨어요? 언니가 서울에 돌아온 걸."

"애들이 나 몰래 만나고 있어."

"어머, 그래요?"

"그냥 만나는 정도가 아냐. 어젯밤엔 두 애가 다 거기 가서 자고 돌아오지도 않았어."

"언니도 정말 뻔뻔하군요. 이젠 애들까지 충동질하는 거 아니에요? 빼가려구."

"그래서 말이야. 처제하고 그 문젤 좀 의논하려고 만나자고 한 거요."

영애는 잠시 생각에 잠기듯 하더니,

"형분 어떠세요? 애들 없인 못 사시겠어요?"

별안간 이런 질문을 던져온 것이다.

"못 살 정도야 아니지, 어차피 그 애들이 장차 결혼하게 되면 난 혼자 남아야 하니까."

"그러시다면 차라리 애들을 저희 어머니한테 돌려줘버림 어때요? 그러고 나서 형분 하루빨리 재혼을 하시는 거예요. 그게 좋잖아요?"

"애들 앞에서 그런 말을 했나?"

"아뇨. 그저 아버지가 더 늙으시기 전에 재혼하시도록 해드리는 게 도릴 거라고만 했죠."

"그래서 언젠가 보경이가 나한테 재혼을 권했었군."

"그 앤 나이가 나이니깐 제 말을 이해할 수 있었나 보죠."

"그렇지만 보경의 본심은 어머니와 다시 합치라는 거야."

"어머나."

영애는 의외란 듯이 눈을 깜박거리며 인구 씨를 쳐다보았다.

"그걸 내가 거절했더니 그 뒤로는 애들이 말도 잘 않고 쌀쌀하게 날 대하는 거야. 그러다가 마침내는 어미한테 가서 자고 집엔 돌아오지도 않구."

"설마, 언니가 애들을 충동이는 건 아니겠죠."

"그야 알 수 없지. 하여간 애들이 저희 어머니 쪽을 동정하고 날 나쁘게 생각하고 있는 것만은 틀림없나 봐."

"그거야 말이 돼요, 어디?"

"그래서 말이야, 영애가 언닐 한번 만나봤음 좋겠어. 약속대로 애들과 은미(처제의 딸) 아비 앞에서 행방을 도로 감춰달라구 말이야. 그렇지 않으면 애들에게 이혼의 원인이 된 언니의 비행을 모두 폭로해버리겠다고 해봐. 그러면 저도 생각이 있을 테지."

"그러겠어요. 그러잖아도 한번 만나서 따지려던 참이니까요."

인구 씨로서는 우선 그 방법밖에 없었던 것이다. 처제 말대로 아이들을 그 어미에게 보내버리고 싶은 생각은 추호도 없었다. 이유는 여러 가지다.

첫째는 지금껏 정을 쏟아온 그것들을 끝까지 자기 손으로 보살피다가 곱게 시집을 보내고 싶은 어버이의 정에서다. 둘째는 그 애들이 만일 어머니 한테 가서 살게 되면 씨는 영원히 나쁜 남편이요, 나쁜 아버지의 누명을 벗지 못할 것 같아서다. 셋째는 행실이 단정치 못한 여자에게 묘령기의 딸들을 맡기고 싶지 않아서다. 넷째는 주위에 대한 체면 유지를 위해서다. 다섯째는 그 어미보다 자기가 데리고 있는 편이 좋은 혼담이나 좋은 상대가 걸려올 것 같아서다.

"어쨌든 영애네 가정을 위해서나 우리 삼부녀를 위해서나 언닐 다신 우리 앞에 얼씬도 못하게 해야겠어."

"저도 그렇게 생각하고 있어요. 하지만 강제로 어떡할 수도 없는 일이구 언니가 말을 들을지 모르겠어요."

"그러니까 듣질 않으면 그 추행을 폭로해버리겠다고 넌지시 협박을 해보란 말이요."

"그랜 보겠지만 그렇다고 겁을 낼지 모르겠어요."

"아무리 철면피라도 그런 추행 사실이 딸들 앞에 폭로되는 건 원치 않겠지."

"글쎄요. 은미 애비나 보경이 어마나 그런 짓들을 저지를 종류들이니, 어디 보통 사람들이야 말이죠."

생각만 해도 더럽고 창피하다는 듯이 영애는 낯을 찡그리며 외면해버렸다. 아닌 게 아니라 치사한 일이다. 이런 문제로 처제와 이런 얘기를 나눠야 한다는 것은 인구 씨로서도 우울한 노릇이다. 속 시원한 해답이나 결론이 나오질 않고 보니 일층 그러하다.

두 사람은 무슨 언쟁이라도 한 사이처럼 덤덤히 앉아 있다가 그대로 헤어지고 말았다. 호텔 앞에서 자가용으로 돌아가는 처제를 보내고 나서, 인구 씨는 방향도 정하지 않고 초겨울의 서울 거리를 걸었다.

겨울답지 않게 포근한 날씨인데다가 일요일이 돼서 그런지 거리마다 인파가 붐볐다. 모두들 즐거워만 보였다. 인구 씨는 자기만이 소외당한 것 같은 느낌이었다. 도대체 그 여자는 어떤 심정으로 서울 바닥에 되돌아와 아이들을 꾀어내는지 모르겠다. 어쩌자고 아물어가는 상처를 도로 건드리려는 건지 모르겠다. 그만큼 영실은 자신의 불륜행위를 진심으로 뉘우칠 줄 모르는 것일까. 혹은 나를 얕잡아보는 데서 나온 소행일까. 아니면 서울을 떠나 영원히 눈앞에 나타나지 말아달라는 이쪽 요구가 지나친 것일까.

인구 씨는 어떻게 해석하고 어떻게 판단해야 될지 알 수가 없었다. 다만 이제 겨우 적적한 대로 평화를 되찾은 가정에 불행한 풍파를 다시는 일으켜주지 말기를 바랄 뿐이다. 외롭고 쓸쓸한 대로 차차 마음잡아 학업에 전념하려는 아이들에게 부당한 혼란과 충격을 주지 말기를 바랄 뿐이다. 그러나 이미 인구 씨 가정의 평화는 한쪽 모서리에 금이 가기 시작하였고, 보경이와 보연의 마음속에도 커다란 변화를 가져오고 있었던 것이다.

그날 저녁 인구 씨가 식사 전에 귀가해보니, 딸애들도 한 걸음 앞서 돌아와 있었다. 그렇지만 인구 씨는 저녁식사를 끝내기까지는 아무 말도 꺼내지 않았다. 아이들도 함부로 입을 열지 않았다. 식모 아주머니에게서 무슨 말을 들었는지, 두 애가 다 굳어진 표정으로 아버지와는 시선도 마주치려 하지 않았다.

딱딱하고 어색한 침묵 속에 되는 대로 저녁식사가 끝나고 나서다. 보경이와 보연은 저희끼리 몇 번이나 얼굴을 서로 마주보고 나서,

"아버지에게 드릴 말이 있어요."

큰애 쪽에서 먼저 긴장한 태도로 말을 꺼냈다.

"오냐, 너희와 할 얘기가 있다."

인구 씨가 이렇게 받았더니,

"저희들 엊저녁에 어머니한테 가서 자고 왔어요."

이런 말을 불쑥 내던지는 투가 사뭇 도전적이다.

◦◦◦ 3 ◦◦◦

순간 인구 씨는 뭐라고 해야 할지 몰라 망설였다. 덮어놓고 나무랄 수만
은 없었기 때문이다.

"알구 있다."

간단히 대답해놓고 씨는 잠시 생각할 여유를 갖기 위해서 천천히 담배를
붙여 물었다. 보연은 여전히 굳어진 채로 아버지의 다음 말을 기다리는 눈
치였지만, 보경은 일단 말을 꺼내고 나니 긴장이 풀리고 배짱이 생긴 듯 평
소의 자연스러운 태도로 돌아가 입가에 가벼운 미소마저 지었다.

본시가 보경은 계집애치고는 넉살이 좋은 편이다. 누구와도 잘 사귀고
윗사람도 어려워할 줄 모른다. 하고 싶은 말을 속에 품고는 못 배기는 성미
지만 진담도 농담 삼아 지껄이는 버릇이 있기 때문에 별로 모는 나지 않는
다. 한마디로 보경은 그렇게 비위가 좋다. 시험 때가 되면 제 동생인 보연
은 걱정이 되어 식욕도 잃고 밤을 새워 공부를 하지만 보경은 평시와 마찬
가지로 태평이다.

"넌 어떻게 시험을 치르려고 그러니?"

도리어 어른이 걱정을 해도,

"내 실력대로 적당히 하는 거죠 뭐. 자신이 없을 땐 기술적으로 재간도

좀 부리구요."

태연히 이러는 보경이다. 그러한 언니에 비하면 보연은 소심한 새침데기요, 입이 무거워 할 말도 잘 안 하는 애다. 따라서 보연은 사소한 일도 어물어물 넘겨버리는 일 없이 언제까지나 속에 품고 되씹고 생각하는 편이다.

보경은 그와 반대다. 억울하거나 분한 일도 그때뿐이요, 쉬 풀고 잊어버린다. 좋게 말하면 대범하고 나쁘게 말하면 헤프다. 그러한 보경이로서도 부모의 이혼과 생모와의 재회는 간단히 잊어버리지 못하는 것으로 미루어 그만치 심각한 문제인 모양이다.

지금도 보경은 자기 쪽에서 말을 서두르고 있다.

"왜 잠자코만 계세요. 저희가 엄말 찾아가 만나고 거기서 자구 오는 게 싫으세요, 아버진?"

"내가 어떻게 생각하느냐보다도 먼저 너희들의 생각부터 들어보구 싶다. 너희들은 왜 나 몰래 어머닐 찾아다니구, 어째서 나 몰래 거기 가 자구 오느냐?"

"그게 나쁜가요, 뭐? 자식이 어머니와 만나구 같이 자고 오는 게 나빠요?"

"나쁜 일이 아니면 왜 아버지에게 숨기지? 어째서 도둑고양이처럼 아버지 몰래 찾아다니느냐 말이다."

"아버지가 허락하지 않으실까 봐 그랬어요."

"왜 내가 허락하지 않을 거라고 생각했니? 그 이유가 뭐냐 말이다. 그건 너희들 스스로가 너희들의 그런 행위를 떳떳지 못하다고 자인하기 때문이 아니냐?"

"저흰 하나도 떳떳지 못한 게 없어요. 친어머닐 찾아가 만나는 게 왜 떳떳지 못한 일이에요?"

이때 잠자코 듣고만 있던 보연이가,

"아버지가 싫어하실 거라구, 엄마가 말하지 말랬어요."

한마디 거들었다.

"내가 싫어할 거라고 생각한다면 내가 싫어할 짓들을 하지 않으면 될 거 아니냐. 너희 엄마란 여잔 나와 헤어질 때, 다시는 우리 앞에 얼씬 않기로 약속하고 떠나간 사람이야. 그럴 수밖에 없는 내막이 있었던 거야. 그런 사람이 왜 돌아와가지고 나 몰래 살살 너희를 꾀어내구, 너희는 또 내가 싫어할 줄 알면서 왜 숨어서 찾아다니느냐 말이다."

"엄마가 아버지와 저희들이 보고 싶어 돌아오셨다면요? 그래도 싫으세요?"

보경은 마침내 엉뚱한 소리를 하고 벌씬 웃었다.

"부부가 헤어진다는 건 장난이 아니야. 그 여자가 날 보고 싶어할 리도 없구, 그럴 자격도 없어. 너희들에게 대해서두 마찬가지다. 어머닌 체하고 너희 앞에 나타날 체면두, 어머니 노릇 할 자격두 없는 여자야. 그러니 너희들도 값싼 인정에 끌려 찾아다니지 말구, 그 여잔 어머니가 아니라구 깨끗이 단념해버리란 말이다."

"아버진 왜 그렇게 완고하세요. 엄만 그래도 만날 때마다 아버지 걱정만 하시는데, 아버진 너무하시지 뭐예요? 남자가 옹졸하게."

사뭇 보경은 아버지를 나무라는 말투다. 이혼의 정확한 이유를 모르는 딸들이 아버지를 완고하고 옹졸하게 보는 것은 무리도 아니다. 그렇다고 사실을 사실대로 밝힐 수 없는 아버지의 심정은 난처하기만 하다.

"너희들은 아버지의 처지를 잘 몰라서 그래. 조강지처와 왜 헤어지지 않으면 안 되었는지를 너희들은 깊이 모른단 말이다. 만일 내게 잘못이 있다면, 너희들의 이모와 외삼촌은 어째서 내 편을 들어 너희 어머니와 절연을 했겠니. 너희가 표면적으로 생각하듯 인간관계란 그렇게 간단한 게 아냐."

"정말 그게 이상해요. 이모와 삼촌까지 왜 엄말 싫어하는지 몰라요."

아무래도 그 점이 석연치 않다는 듯이 보연이 말을 끼웠다. 그러자 보경이 냉큼 그 말을 받아가지고,

"얘, 얘, 이상하긴 뭐가 이상하니? 좋으나 궂으나 참고 살지 않고 다 늙어서 이혼 소동을 벌이니까 남부끄러워 그런 거겠지."

일소에 붙이고 나서,

"아버진 인간관계를 너무 복잡하게 보시는 모양이지만 별로 복잡할 것도 없잖아요. 살다 보면 싸우고 헤어지는 수도 있고, 헤어졌다 도로 합칠 수도 얼마든지 있잖아요."

자기주장을 굽히지 않았다.

"우리 경운 달라. 단순한 감정싸움이 아니니까."

"결국은 감정 문제지 뭐예요. 남들 보니까 잘들 그러데요. 안 산다고 보

따리 싸갖고 나갔다가 도로 기어 들어오기도 하고, 남편 쪽에서 머릴 숙이고 데려오기도 하고요. 아버지에겐 그런 멋진 낭만이 없단 말예요. 거기 비하면 엄마에겐 무드가 있어요."

"무드?"

"그래요. 아버지 걱정을 얼마나 하신다구요, 엄마가. 식사는 잘 하시느냐, 밤엔 대개 몇 시쯤 돌아오시느냐, 더 늙기 전에 왜 재혼을 안 하신다더냐, 혹시 좋아하는 여자라도 있는 게 아니냐, 그렇다면 너희들이 권해서 속히 결혼하시도록 해야 한다, 아직 여자 없인 못 지낼 나이신데 오죽 쓸쓸하시겠니, 별의별 걱정을 다 하신단 말예요. 그지, 보연아."

보경은 동생의 동의까지 청해 보이고 나서,

"얼마나 멋있어요. 헤어진 남편을 위해서 그런 걱정까지 하시는 걸 보고 전 감탄했어요. 엄만 아직 아버질 잊지 못하고 계신 거예요. 그런데 아버진 뭐예요. 설사 엄마 쪽에만 잘못이 있었다 해요. 그렇더라도 이만큼 세월이 흘렀음 이젠 남자답게 속을 확 풀고 너그러이 맞아들여야 할 게 아니에요. 난 아버지처럼 꽁한 남잔 싫어."

여기서 보경은 다시 동생을 돌아보며,

"넌 어떠니? 너도 그렇지?"

보란 듯이 또 동의를 구했다. 보연은 아까 모양 거기엔 응답하지 않고 잠자코 아버지의 얼굴만 지켜보았다.

이런 말을 듣고 보니, 인구 씨에겐 그게 모두 영실의 전략만 같았다. 그 여자는 인구 씨의 가정에 되돌아오고 싶은지 모른다. 의식적이든 무의식적이든 애들을 통해서 영실은 그런 심정을 인구 씨에게 반영시켜보려는 것이 아닐까.

뻔뻔한 여자다. 하기는 좋이 그럴 만한 여자다. 뻔뻔하다기보다는 본래부터 이성관계에 대해서 죄의식이 희박한 여자인 것이다. 결혼 직후에 영실이 자기와 알기 전에 이미 동정이 아니었음을 눈치 챈 인구 씨는 그 점을 따져 물은 적이 있었다. 그때 영실은 추호도 당황하거나 후회하는 빛이 없이, 긍정도 부인도 않고 그저 황홀하게 웃었다.

그 웃는 모습이 저렇도록 섹슈얼해서 인구 씨는 부지중 아내를 덥석 끌어안고,

"내 화 안 낼게, 바른 대로 말해봐요. 그런 일이 있었지? 여러 번 있었지?"

독촉을 하였더니, 의외로 영실은,

"그럼 당신은 그런 일이 없으셨어요?"

신기하다는 듯이 이런 말을 물었던 것이다.

한번은 씨가 대구에 출장을 가서 술김에 오입을 한 일이 있었다. 그 결과 수치스런 병을 얻었다. 아내에게는 전염이 되었을 게 뻔해서 며칠을 벼르던 끝에,

"당신 몸에 무슨 이상이 없소? 하부에 말요."

물은 다음 낯을 제대로 들지 못하고 실토를 했더니, 영실은 뜻밖에도,

"그 여자 예뻤어요?"

엉뚱한 말을 하고는 또 그 황홀한 미소를 머금었을 뿐 골을 내거나 나빠하는 기색도 없이 순순히 치료를 받으러 다녔던 것이다.

영실이 그런 여자고 보니, 자신이 저지른 과오의 중대성 같은 것도 시일이 흐름에 따라 풍화작용을 거치듯 희미해져서, 이제 와서는 옛 가정으로 돌아오고 싶어질 법도 하다.

인구 씨로서도 근 이십 년간에 든 정이라든지, 잊을 수 없는 어떤 매력과 그 밖의 좋은 점들을 회상해서라든지, 어머니를 그리는 애들의 정상을 보아서라든지, 주부 없는 스산한 가정을 돌이켜볼 때 영실이 모르는 남자와

의 사이에 저지른 실수라면 그 허물을 잊고 도로 받아들일 용의도 없는 것
은 아니다.

그러기에 결혼 전에 이미 남자관계가 잦았음을 알았을 때도, 보경이 자기
의 친자가 아님이 드러났을 때도, 그 이후로도 몇 번인가 영실의 소행에 미
심한 점을 느꼈을 때도, 사람이란 특히 영실이와 같은 여자에겐 그럴 수도
있을 거라 여기고 불문에 부치고 모르는 체 의좋게 살아왔던 것이 아니냐.

인구 씨는 그런 문제에 관해서는 결코 완고하거나 엄격한 편이 아니다.
도리어 아내의 탈선을 책할 자격을 갖춘 남편이 세상에 과연 몇 사람이나
되겠느냐면서, 남편족과 동등한 선에서의 아내족의 개방을 주장하는 사람
이기도 한 것이다. 그러나 친동생의 남편과, 그것도 어쩌다 저지른 실수가
아니라 여러 차례의 패륜 행위를 가졌다는 사실은 아무리 그런 면에 관대
한 씨로서도 용서할 수 없는 일이었다.

그래서 인구 씨는 딸들을 향해,

"요는, 너희 어머니란 여자가 우리 가정에 다시 돌아오고 싶어서 너희들
을 충동이는 눈치요 너희들도 그러기를 바라는 모양이지만, 아직은 나로
서는 그것만은 허락할 수 없다."

분명히 딱 잘라 말했다.

"그럼 아버진 끝내 홀아비로 늙으실 셈이에요? 자신 있으세요? 아버지가
그렇게 고집을 부리신다면, 앞으로 재혼을 하시려 해도 보연이와 전 절대
로 새어머닐 받아들이지 않을 테니 그리 아세요."

보경이도 지지 않고 이제 와서는 흡사 협박조다.

"난 재혼도 안 한다. 그러니 너희들도 아예 어머닐 데려올 생각은 하지도
말고 다신 찾아다니지도 말란 말이다."

인구 씨가 이러고 할 말 다 했다는 듯이 돌아앉아 새로 담배를 꺼내 물려

니까,

"그럼 좋아요. 아버지가 그처럼 지독한 에고이스트라면 우리도 우리 멋대로 하겠어요. 보연이와 전 어머니한테 가서 거기서 같이 살겠단 말이에요."

보경은 이런 투로 나왔다.

"뭐라고? 그게 아비에게 진정으로 하는 소리냐?"

인구 씨도 그 말은 귀에 거슬려 보경을 사납게 노려보았다.

"아버지는 너무하시지 뭐예요. 엄마가 비록 죽을죄를 졌더라도 그럴 순 없을 거예요. 그렇게 인정도 이해심도 없는 아버지가 싫어졌어요, 전."

보경은 뾰로통하게 토라져 내쏘듯 말을 마치고는 발딱 일어나서 안방을 나가 이 층으로 올라가버렸다.

인구 씨는 못마땅한 가운데도 딸의 심정도 이해가 안 가는 바 아니어서 착잡한 표정으로 멍하니 보경이 사라진 문만 바라보고 있었다. 그러자,

"아버지. 엄마 모셔오도록 해주세요. 그러지 않으면 엄만 타락해버리고 말 거예요."

보연이 눈물이 글썽해서 아버질 쳐다보았다.

"타락? 왜 엄마에게 무슨 그럴 만한 일이라도 있었니?"

인구 씨가 궁금해 묻는 말에, 보연은 잠시 머뭇거리다가,

"엄마가 다방을 하면서 아파트에서 혼자 사는 거 전 싫어요."

직접적인 대답은 피하고 이런 말을 했다. 그 말에서는 어떤 암시적인 느낌이 풍겼다.

씨는 슬며시 호기심이 동해서 좀 더 자세히 캐묻고 싶었지만 아직 나이 어린 보연에게 그럴 수가 없어서,

"네 뜻은 알겠다. 나도 잘 생각해볼 테니 오늘은 이만 올라가보아라."

좋은 말로 타일러서 올려 보냈다.

4

　별로 말이 많지 않은 보연이가 엄마를 저대로 내버려두면 타락할 거라
고 했다. 엄마에게 다방을 내고 아파트에서 혼자 살게 하는 게 싫다고도
했다. 보연은 소녀다운 민감한 감수성으로 그 어미의 처신에 대해서 어떤
불안감을 느끼고 있는 눈치다. 단지 느끼는 데 그칠 뿐 아니라, 엄마의 건
전치 못한 어떤 모습을 보았는지도 모른다. 이성에 대한 거부 능력의 결여
라든지, 침실 행위의 탐닉도로 미루어볼 때 그 여자가 다방을 경영하면서
아파트에 혼자 살고 있다면 온갖 이성관계의 가능성을 부인할 수는 없는
일이다.

　그렇다고 헤어진 여자더러 수절해달라는 건 물론 아니다. 인구 씨 자신
어떤 형태로든 가끔 여자와의 비밀 행위를 갖듯이, 저쪽에서도 심신의 공
허를 메우기 위한 원시적인 이성교제는 어쩔 수 없을 것이다. 남자의 경우
와 마찬가지로 여자에게도 그런 자유는 허용되어야 할 것이다. 그것은 과
히 나쁜 일은 아니다. 다만 남의 눈에 띄지 않게 기술적으로 처신해주기를
바랄 뿐이다. 절제 없이 드러내놓고 이놈 저놈과 추잡하게 얼려 돌아간다
면, 애들에게 주는 영향은 물론 인구 씨에게도 불쾌하고 창피한 일이기 때
문이다.

　인구 씨에게는 그러한 영실의 문제가 무겁게 마음에 걸렸지만, 당장 어
떻게 하는 도리가 없으므로 처제에게서 무슨 소식이 오기를 기다리는 일
방, 아이들의 동태를 유심히 살피면서 시일을 보냈다.

　보경이 큰소리친 대로 혹시 집을 나가 제 어미한테 가서 돌아오지 않으
면 어떡하나 인구 씨는 은근히 걱정을 했지만 보경은 그렇게까지 나가지는
않았다. 밤에도 아버지 몰래 어머니를 찾아가 자고 오는 일이 그 뒤로는 없

었다. 그러나 낮에 외출했던 길에 찾아가 만나보고 오는지는 알 수 없었다.

그런 어느 날 기다리던 처제에게서 전화가 걸려온 것이다.

"언닐 만나봤어요. 다방이 아주 조용해요."

"그래, 결과는?"

"만나보나 마나였어요."

"왜?"

"애들이나 은미 아버지나 언니 쪽에서 자진해서 만나는 게 아니라는 거죠. 저쪽에서들 찾아오는 걸 어떡하느냐는 거예요."

"서울을 떠나달라구 그래보지?"

"그랬어요. 약속이 틀리지 않느냐구요. 그러니 도로 우리 앞에서 사라져 달라구요."

"뭐래? 그러니까."

"그렇지만 이왕 여기다 가게까지 벌여놨는데 어떻게 그걸 걷어치우고 떠날 수 있느냐면서요, 앞으론 형부나 제게 부당한 걱정은 끼치질 않을 테니 관대히 대해달라고 사정을 하지 뭐예요. 그러니 어떡해요."

"만일 도로 행방을 감추지 않으면 지난날의 추행을 아이들 앞에 폭로해 버리겠다고 해보라니까."

"소용없어요. 그래도 할 수 없다는 거예요. 차라리 언니 쪽에서 자진해서 아이들 앞에 사실을 숨김없이 털어놓고 속죄할까 한대요. 그러면서 이상한 소릴 해요."

"이상한 소리라니?"

"보경의 출생에 관한 비밀도 솔직하게 본인에게 알려주고 싶은데 형부가 어찌 생각할지 모른다니, 그게 무슨 소리죠?"

그 일은 처제조차 모르는 사실이다. 인구 씨와 애들 어미만이 알고 있는

두 사람만의 비밀인 것이다. 인구 씨는 약간 당황하여,

"그게 무슨 소릴까요?"

짐짓 시치밀 뗐더니,

"글쎄 따져물어도 사실은 말 안 해요. 형부 양해 없인 아무에게도 발설할 수 없는 일이라면서요. 형부도 생각 안 나세요? 무슨 일인지."

무척 궁금한 눈치다.

"잘 모르겠는데……."

인구 씨는 얼버무려 넘길 수밖에 없었다.

"그리고요. 또 한 가지 보경이 일인데요……."

처제는 이런 말을 내놓고는 계속하기가 거북한 듯 머뭇거리기에,

"보경이가 어쨌다는 거지?"

인구 씨가 재촉을 하니까,

"보경이가 제 엄마 다방에서 아르바이트를 하고 있어요."

너무나 뜻밖의 말을 했다.

"무슨 소리야? 그게."

"제가 다방엘 찾아갔더니 카운터에 글쎄 보경이가 앉아 있질 않겠어요. 그래서 언니에게 물었더니 돈도 벌고 사회 경험도 쌓을 겸 마다는데도 억지로 나와서 하루에 몇 시간씩 카운털 본대요."

"으음!"

인구 씨는 부지중 신음 소리를 내듯했다.

"그렇지만 보경에게 너무 야단만 하지 마세요. 그러면 집을 나와버릴지도 모르니까요."

"알았소."

인구 씨는 풀기 없이 대답했다.

"그리고 어제 보연이가 절 찾아왔어요."

"무슨 일로?"

"아버지에게 잘 말해서 어머닐 도로 맞아들이도록 해달라는 거예요."

"뭐랬소? 그래서."

"그것만은 안 될 거라고 했어요. 그러니 아버지 심정을 이해해드리라고 했어요. 그랬더니 수상해하는 눈치예요."

"수상해하다니?"

"외삼촌을 찾아가 부탁해도 똑같은 말을 하니, 도대체 엄마가 무슨 몹쓸 짓을 했기에 모두들 그렇게 미워하고 따돌리느냐고 캐묻잖겠어요. 아직 철부진 줄만 알았더니 그 애가 도리어 제 언니보다도 엉큼하고 눈치가 빠른 것 같아요. 어물어물 달래 보내느라고 아주 진땀을 뺐어요."

그 밖에 처제는 앞으로 언니의 다방을 자주 드나들며 부단히 동정을 살피다가 조금이라도 무슨 일이 있으면 곧 연락을 하겠노라고 하고 전화를 끊었다.

인구 씨는 수화기를 놓고 나서도 한동안 전화대 앞을 움직일 줄 몰랐다. 그만큼 심사가 복잡했던 것이다. 과거의 비행을 아이들 앞에 폭로하겠다는 말을 겁내지 않을 뿐 아니라 오히려 영실이 쪽에서 자진해서 그 수치를 털어놓겠다는 것이라든지, 한 걸음 더 나아가서 보경의 출생에 관한 비밀까지 밝혀버렸으면 하는 그 여자의 심산은 과연 무엇일까. 당자의 말대로 그만큼 참회의 마음이 깊어졌기 까닭일까. 아니면 반대로 인구 씨에 대한 은근한 심리적 압력이나 협박일까. 아무튼 그 비밀이 밝혀진다면 아이들에게 줄 충격과 영향은 클 것이다. 그러므로 인구 씨로서는 아이들에게만은 그 비밀을 영원히 묻어두고 싶었던 것이다.

그리고 보경이 제 어미가 경영하는 다방에 나가 아르바이트를 한다는 의외의 사실도 씨에게는 놀랍고 불쾌한 일이었다. 돈이나 사회 경험을 위해서란 표면적인 핑계에 불과할지 모른다. 그것도 모녀가 짜고서 벌이는 어떤 작전이 아닐까. 보경이 아버지보다도 어머니 쪽으로만 기우는 것 같아서 인구 씨는 서운했다.

한편 보연의 움직임도 아프게 마음에 걸렸다. 이혼의 확실한 이유도 모르고 부모의 재결합을 위해서 힘이 될 수 있으리라고 믿는 외숙과 이모를 찾아가 협조를 청하다 거절당한 어린것의 심정을 생각할 때 인구 씨는 가슴이 따르르하다.

그렇다고 그 문제들이 서둘러서 간단히 해결될 일이 아니다. 도리어 영실이나 아이들에게 조급하게 섣불리 덤비다가는 일층 그릇된 결과를 초래하기 쉽다. 좀 더 시일을 두고 적절한 방안을 신중히 모색하기로 하고, 인구 씨는 당장은 아이들을 향해 그 문제에 관해서는 아무 말도 않기로 했다.

그 뒤로는 아이들 쪽에서도 그 건에 관한 말은 입 밖에 내지 않았다. 그러나 보경이와 보연은 무척 대조적인 현상으로 나타났다. 보경은 그 일은 깨끗이 잊어버렸다는 듯이 전 이상으로 쾌활하게 굴었지만 반대로 보연은 더 우울해져서 아버지뿐 아니라 언니와도 말을 잘 하지 않았다. 그럴수록 인구 씨의 마음도 무거웠다.

'직접 장본인인 영실을 한번 만나서 담판을 지어볼까.'

인구 씨는 마침내 그런 궁리를 해보기도 했다. 생각하기에 따라서는 그것이 순서요 원칙일 것 같기도 하다. 그러나 왜 그런지 영실을 직접 만나는 것만은 씨에겐 주저되었다. 그토록 미워서도 겁나서도 아니다. 어쩌면 도리어 은근히 한번 만나보고 싶은지도 모른다. 그러면서도 주저되는 심리를 씨는 스스로도 이해할 수가 없었다.

사무실에 나와 앉아서도 그런 생각에 곧잘 잠겨보았지만 좀처럼 결단을 내리지 못하였다. 그러한 씨에게 마침 오랜만에 계 사장에게서 전화가 걸려온 것이다.

"도대체 어떻게 된 거야? 싱싱한 풋과일 맛을 보더니 얼이 빠졌나. 그렇더라도 이 중매쟁이에게만은 어떻다는 경과보고나 사례가 있어야 할 거 아냐."

계 사장은 이런 투로 다짜고짜 안이라는 그 여대생 건을 들고 나왔다.

"그러잖아도 자넬 한번 만나려던 참이야."

아닌 게 아니라 내일 모래가 미스 안과 만나기로 약속한 날이어서 인구 씨는 그 전에 그 방면의 선배요 모범생인 계 사장을 꼭 한번 만나보고 싶었던 것이다. 미스 안이 말하는 그 등록금의 액수를 어느 정도로 정해야 될지도 알 수 없었고, 그 밖에 그런 소녀를 다루는 예비지식도 다소는 필요했기 때문이다.

"암, 그래야지. 내가 아니면 그런 보물을 자네 같은 꽁생원이 감히 장중에 넣을 엄두나 내겠나."

이러고 계 사장은 갑자기 음성을 낮추어,

"어때? 숫제 신혼 기분이지?"

귓속말을 하듯 물었다.

"온 사람두. 그날 저녁 차만 한 잔씩 마시구 헤어져선 여태 만나지도 못했는데 무슨 잠꼬대 같은 소릴 하는 거야."

"그게 정말이야? 그렇다면 자네도 이젠 다 됐군그래. 고목이 다 됐어. 아니면 그 또 점잖은 체하느라고 그러는 건가?"

"어쨌든 전화로 이럴 게 아니라 한번 만나자구. 난 오늘 저녁이라도 좋다. 어떤가, 자네 형편은?"

요즘은 비교적 한가한 철이라 계 사장도 심심하던 판인지 선뜻 그러자고 했다. '박촌'에서 만나 저녁식사를 같이하기로 하고 전화를 끊었다.

요즘 한동안 서울에 되돌아와 다방을 냈다는 헤어진 아내와, 그 여자를 둘러싼 딸들의 불안한 움직임에 정신이 팔려서 어수선하고 불쾌한 가운데 날을 보내고 있었지만, 그렇다고 인구 씨는 '안'이라는 그 여대생을 잊어버리고 있었던 것은 아니다. 씨의 나이나 성격으로 보아서 그 소녀는 계 사장 말대로 좀처럼 손에 넣기 어려운 보물일지 모르는데 그렇게 쉽사리 잊어버릴 수 있겠느냐.

혼자 잠자리에 들어서 잠이 잘 안 오는 밤에는 으레 젊음과 개성적인 독특한 매력이 넘치는, 웃기 잘하는 미스 안의 모습이 씨의 눈앞에 떠오르기 일쑤다.

그런 때면 씨는 소년처럼 공상력이 한껏 부풀어 올라 마음속으로 소녀를 어루만져도 보고 꼭 끌어안아도 보고 겉옷에서부터 속옷에 이르기까지 차례차례 옷을 벗겨도 보고, 그때그때 소녀의 얼굴에 아니 전신 구석구석에 나타나는 심리적 반응을 즐기기도 하며 곧장 점잖지 못한 장면으로 돌입하는 것이다. 하지만 이것은 아직 공상에 지나지 않기 때문에 씨는 충분히 만족하지는 못한다. 하긴 다음 약속일에 만나면 즉각 실행에 옮길 수 있는 일이긴 하다.

그러나 연령에서 오는 체면 때문에 씨의 심중은 복잡하다. 어차피 그렇게 되기는 하겠지만, 그렇게 되기까지의 과정이나 결과가 개운치 않은 것이다. 순진성과 정열이 퇴색해버린 내부에 윤기와 탄력이 빠져버린 육체의 초로의 남자와, 풋과일처럼 싱싱하고 풋병아리 모양 팔팔한 이십을 갓 넘은 소녀를 결합시킨 상상도는 아무리 에누리를 해서 생각해보아도 조화를 잃은 회화요 추태지, 정열이 폭발하는 아름답고 황홀한 장면은 결코 아니다.

그러기에 인구 씨는 미스 안을 알고 난 요즘처럼 자신의 나이를 거추장스럽고 원망스럽게 느껴본 적은 없다. 내 나이 서른만 되었다면, 아니 서른다섯, 아니 마흔만이라도 좋겠다는 생각이 요즘의 씨에게는 퍼뜩퍼뜩 안타깝게 들곤 하였다. 도리어 그러한 노화감과 초조감이 그의 체면을 무너뜨릴 만큼 젊은 이성의 매력과 체온에 끌리게 되는지 모른다.

이러한 인구 씨는 반드시 심중이 개운하지만은 않으면서도, 앞으로 펼쳐 나갈 미스 안과의 은밀한 교제 계획을 속으로 짜보는 것이었다.

소녀상

1

퇴근시간이 지나 사무실을 나온 인구 씨는 '박촌' 이란 왜식집까지 스적스적 걸었다. 거리는 한창 붐비는 시간이다. 거추장스럽게 발에 차일 정도로 흐르는 인파 속에는 수많은 묘령의 아가씨들이 섞여 있다. 겨울인데도 허벅다리까지 거의 노출하다시피 한 옷차림의 아가씨들은 언제 보아도 신선한 매력이 넘쳐흐른다. 그것은 젊음과 건강의 매력이다. 보는 사람의 마음마저 즐겁게 해준다.

고리타분한 도학자 풍의 인사 중에는 무릎 위로 점점 기어 올라가는 아가씨들의 스커트 길이에 무척 신경을 쓰는 모양이지만 인구 씨는 아무리 짧아져도 좋다고 생각하고 있다. 그것은 반드시 눈요기를 위한 야비한 욕심에서가 아니라 아가씨들의 그 빛나는 젊음을, 젊음의 건강미와 특권을 마음껏 누리게 해주고 싶어서다.

발랄한 젊음과 그 젊음만이 갖는 육체미, 특히 각선미에 자신이 없는 중년 이상의 여자들로는 도저히 흉내 내지 못할 스타일이다. 그만큼 뭐 점잖아서가 아니다. 탄력성을 잃은 무토막 같은 본때 없는 다리와 한아름이나 되는 징그러운 엉덩이 위에 짧은 스커트를 걸쳐보라. 그야말로 눈 뜨고 볼 수 없는 비참한 광경이기 때문이다.

역시 인간에게 있어서는, 더더구나 여자에게 있어서는 젊음은 보배다. 나이가 들수록 인구 씨는 그것을 한층 실감해왔다. 거리에서 건강한 젊은 아가씨들을 볼 때마다, 인구 씨는 전에는 으레 딸애들을 연상했다. 저 아가씨는 우리 애만큼 몸매가 날씬하지 못하다, 저 아가씨는 우리 애보다 미모구나, 우리 애도 저만큼만 예뻤으면……, 아니 뭇 사내가 눈독을 들일 정도로 지나치게 예쁠 필요는 없다. 도리어 우리 애들 정도가 알맞을 것이다. 보통 이상의 용모는 충분하니까. 모르는 사이에 이런 생각을 해보게도 되는 것이었다.

그렇지만 미스 안을 알게 된 뒤로는 거리에서 멋진 아가씨를 대하게 되면 으레 미스 안과 비교해보게 된다. 내게도 미스 안이 있다. 미스 안의 매력도 결코 저 아가씨에 뒤지지 않는다는 생각이 자랑스럽게 드는 것이다.

그처럼 젊고 싱싱하고 매력 있는 아가씨와 어떠한 비밀이라도 가질 수 있는 사이라는 것이 인구 씨를 소년처럼 흥분시켜준다. 인구 씨는 가끔 나이도 사업도 가정도 다 잊고, 그러한 신선한 흥분에 푹 잠겨보고 싶은 충동이 불끈불끈 치미는 것이다.

인구 씨의 나이로서는 앞으로 다시 없을 모처럼의 이번 기회를 놓치고 싶지는 않았다. 그러기 위해서는 상대가 상대요, 피차의 나이가 나이인 만큼 세심한 배려가 필요했다. 그중에서도 인구 씨가 가장 신경을 쓰는 것은 미스 안이 말하는 소위 그 등록금이란 것이다. 까놓고 말하면 자기와의 교제를 위해서 한 달에 얼마씩 내놓겠느냐는 것이다.

그때 인구 씨는 선뜻 확답을 못하고 다음번으로 미뤘지만 씨는 아직도 그 금액을 정하지 못하고 있는 것이다. 이런 경우에는 일정한 기준이 없기 때문에 정하기가 어렵다. 물론 많이 주면 많이 줄수록 저쪽에선 좋아하겠지만 인구 씨의 경제능력으로는 부담할 수 있는 한계가 있는 것이다. 설령 재력이 풍부하다 하더라도 한 여자와의 도색교제를 위해 한도 이상의 금액을 투입할 의사는 씨에게는 없다.

그러니 이런 흥정에 있어서 최저선이 역시 문제가 되는 것이다. 그렇다고 너무 적은 금액을 제시했다가는 미스 안에게 실망을 주고 거절을 당할 뿐 아니라 체면이 깎이게 된다. 적어도 초로에 든 사내가 젊은 아가씨와 사귀면서 쩨쩨하게 굴 순 없다. 경제적으로 무능하거나 인색하게 보이고 싶진 않단 말이다.

그래서 인구 씨는 계 사장이 접때 데리고 나왔던 그 아가씨에게 매달 얼마씩 지불하고 있는지 알고 싶었던 것이다. 미스 안과 계 사장 쪽 아가씨와는 금세 저희끼리 내통이 될 것이므로 계 사장과 비슷하게는 해주어야 할 것이다.

약속시간보다 오 분 이르게 단골 왜식집엘 들어섰더니, 계 사장은 아직 와 있지 않았다. 인구 씨는 낯익은 보이에게 인도되어 이 층의 구석진 방으로 올라갔다. 십 분은 기다리니까 계 사장은 나타났다. 혼자가 아니었다. 같은 중학교 동창생인 김창갑이란 친구를 달고 왔다. 그와도 이따금 동석하는 일이 있었지만, 오늘은 계 사장과 단둘이가 아니면 꺼내기 좀 거북한 얘기라 인구 씨는 약간 떠름한 낯빛이 되었다. 그걸 눈치 챘는지,

"아, 이 친구가 별안간 찾아와가지고 찰거머리처럼 달라붙어 떨어져야지. 그 대신 오늘 비용은 이 사람에게 씌워버려."

계 사장은 변명하듯 했다.

"아니, 그래 너희들끼리만 살살 숨어다니면서 재밀 보기냐."

마침 잘 걸렸다는 듯이 말하고 창갑은 코트를 벗어 걸더니 인구 씨와 마주앉기가 바쁘게,

"근데 이 집에 근사한 단골 색시라도 있어?"

바짝 호기심이 동한다는 듯이 두 친구의 얼굴을 번갈아 보며 물었다. 그는 여자 없는 술집에는 가지 않는데다가 으레 여자를 끌어안고는 스커트 밑에 손을 집어넣는 고약한 타입이다.

"근사한 색시가 있으면 그래 자네 같은 팔난봉에게 소개할 줄 알아?"

계 사장이 웃으며 핀잔을 주니까.

"팔난봉이든 구난봉이든 여자들이 좋아만 하면 그만 아냐. 여자들이란 의외로 자네들 같은 꽁생원이 아니라 나처럼 솔직하고 호탕한 쾌남아를 좋아한다는 걸 알아. 그러니 너희들도 괜히 겉으로만 도덕군자연하지 말고 계집 다루는 내 솜씨나 좀 배워두란 말이야."

이런 투로 받아넘겼다. 그의 말대로 작부나 바걸을 다루는 창갑의 솜씨는 과연 볼 만하다. 처음부터 마치 구면을 대하듯 허물없이 수작을 거는 품이라든지, 그런 부류의 여자들을 웃기기 알맞은 야비한 말주변이라든지, 주석에 어울리는 저속한 무드를 조성해나가다가 어느새 여자의 허리를 끌어안고 볼을 비빈다든지, 엉덩이를 쓰다듬는다든지, 마침내는 으레 그 이상의 지저분한 장난으로 번져나가는 익숙한 솜씨가 아주 몸에 밴 친구다.

그는 단지 유흥가의 여자뿐 아니라 여염집 아가씨나 미망인들과도 줄창 스캔들을 뿌리고 다니는 위인이다. 그러면서도 악의라고는 없는 호인형이어서 밉지는 않다. 뒷구멍으로 호박씨 까는 인간처럼 비열한 족속은 없다면서, 사내대장부가 여자 도락쯤 하기로서니 그게 왜 나쁘냐고 술이 취하면 곧잘 대드는 김창갑이지만, 아무런 거리낌도 절제도 없이 그런 식으로 드러내놓고 하는 외도를 인구 씨는 찬성하지 않는다. 그렇다고 평범한 무

명의 세속인이 고고하게 목석처럼 살 필요까지는 없지만, 비록 여자 도락을 한다 해도 주위에 피해를 끼치지 않고 자신의 체면도 손상되지 않도록 은밀히 처신할 줄 알아야 한다.

그런 점에서도 인구 씨는 계 사장을 신뢰하고 있다. 계 사장은 사업에 있어서는 물론이거니와 바람을 피우는 데 있어서도 한계가 명확하고 자세가 바른 사람이다.

이윽고 술과 안주가 들어오고, 창갑의 독촉을 받으며 색시들이 나타났다. 손님 수에 맞춰서 세 명의 색시가 차례로 들어왔다. 색시라고 하지만 아무런 매력도 없는 생활에 지친 얼굴들이다. 그러나 상대가 여자이기만 하면 만족하는 창갑은 입이 헤벌어져서 첫 번째 들어서는 색시의 엉덩짝을 널찍한 손바닥으로 툭 갈기더니,

"넌 저쪽 손님 옆에 가 앉구."

두 번째로 들어서는 색시에 대해서도 마찬가지로 엉덩일 툭 치고는,

"넌 이쪽 손님 곁에 붙어 앉구."

이러고 나서 세 번째 색시를 맞아들이려던 창갑은 멈칫하면서 표정이 굳어져버렸다. 여자 쪽에서도 가만한 소리지만,

"어마!"

하고 놀라더니 홱 발길을 돌려 아래층으로 내려가버린 것이다.

"왜 그래, 아는 색시야?"

계 사장이 궁금한 듯이 물으니까,

"음."

창갑은 풀기 없이 머리를 끄떡해 보인 뒤 자작으로 술을 따라 마셨다. 사뭇 씁쓸한 표정이다.

"대체 어떤 색신데 그래?"

인구 씨도 궁금해 물었지만 창갑은 연거푸 술만 따라 마실 뿐 대꾸를 하지 않았다. 그 이상은 인구 씨도 계 사장도 캐묻지 않고 색시들이 따라주는 술잔을 기울였다. 그러나 놀기 잘하는 창갑이 시무룩해서 말없이 술만 부어 마시니, 좌석이 도무지 흥겨워질 수가 없었다. 어색하고 딱딱한 분위기를 풀어보려고,

"아마, 개하고 뜨거운 사이였나 봐."

"술맛 떨어져요, 손님. 개만 여자예요, 뭐. 전 어때요, 저와 한번 달아보면 되잖아요."

색시들이 우스갯소리를 걸어보았지만 효과가 없었다. 창갑은 마침내,

"나 오늘은 이만 실례해야겠어, 미안해."

일어서서 코트를 떼어 들고 방을 나가버린 것이다.

"저 친구 정말 왜 저러지."

"그러게 말야, 보통 내막이 아닌가 본데."

가뜩이나 좋아하지도 많이 하지도 못하는 술이라, 인구 씨나 계 사장이나 술맛이 나질 않았다. 색시들이 부어주는 술을 두 사람은 마지못해 한 모금씩 빨아 마시며 안주만 집어 나르고 있으려니까,

"그 손님, 여자 좋아하죠?"

흉하지 않을 정도로 양쪽에 덧니가 난 색시가 계 사장과 인구 씨를 번갈아 보며 물었다.

"여자 싫어하는 남자도 있나?"

계 사장이 웃으며 반문하자,

"있잖구요. 계 사장님과 강 사장님."

코끼리처럼 몸집에 비해 눈이 유난히 작은 쪽의 색시가 손가락으로 두 손님의 가슴을 가볍게 찌르며 말했다.

인구 씨와 계 사장은 자주 이 집에 오지만 색시 없이 주식(酒食)을 하는 일이 많았고 설사 색시와 동석한다 해도 손목 한번 잡아보는 일이 없었던 것이다.

"겉보기완 다른 거야. 우린 뭐 부처님인 줄 알아?"

계 사장의 솔직한 말에,

"그럼 두 분께서도 바람을 피우세요?"

덧니 쪽이 물었다.

"바람은 피워도 우린 그렇게 치사하고 지저분하게 안 군다."

"하긴 그래요. 여러 손님을 겪어보면요, 아주 개차반 같은 사람이 있어요. 같이 여자를 다뤄도 깨끗하구 점잖은 분이 있구요."

이러는 덧니의 말을 받아서,

"아까 그 손님은 보나마나 개차반이구."

코끼리눈이 웃었다.

"여자들은 대개 어떤 손님을 좋아해?"

인구 씨가 물으니까,

"그야 물론 귀찮게 구는 손님은 싫죠. 하지만 사장님들처럼 너무 점잔만 빼도 따분해요."

덧니가 이러면서 인구 씨 무릎 위에 한 팔을 얹고 전신을 지긋이 기대
왔다.

"우리야 나이가 있잖아."

"어머, 나이가 든 분들이 더 지저분하게 구는걸요."

모르는 소리 말라는 듯이 코끼리눈이 대답했다. 그러자 덧니가 주석을
달듯,

"그래요, 젊은 남자들이라면 기운이 넘치니까 할 수 없다 해도 나이 들직
한 분들이 딸 같은 상댈 붙잡고 못살게 굴 땐 정말 침을 뱉어주고 싶어요."

여기서 코끼리눈을 향해,

"화심이 언니 있잖아, 그 언닌 말야, 노인네가 귀찮게 굴 땐 속으로 빨리
죽어라 하면서 상대해준댄다."

이러고 까르르 웃었다. 그런 말을 들으니 인구 씨는 입 안이 씁쓸해져서,

"거, 우릴 두고 비아냥거리는 소리 아냐?"

불만스러워했더니,

"천만에요. 사장님들처럼 점잖으신 분이라면 오래 사세요 오래 사세요,
하면서 상대해드릴게요."

이러고 덧니는 인구 씨의 어깨에 매달리듯 했다.

모두가 다 주석에서 오가는 언동이라고 대수롭지 않게 흘려버리면 그만
일지 모르지만, 딸 같은 여대생과의 도색 교제에 은근히 달떠 있던 인구 씨
로서는 창갑의 뜻하지 않은 거동이나 색시들의 실없는 말이 하나하나 개
운치 않게 마음에 걸렸다.

2

식사가 끝나갈 무렵에,

"나한테 할 말이 있는 거 아냐?"

계 사장이 물어주는 걸,

"뭐, 대수로운 얘긴 아니야. 이따 나가서 하지."

색시들 앞이라 인구 씨가 거북해하니까,

"나도 보고를 좀 듣고 싶은데, 그럼 나갈까, 이만."

계 사장도 인구 씨의 속을 눈치 채고 웃으며 일어설 채비를 차렸다.

두 사람은 그길로 그곳을 나와 근처 다방에 들어가 차를 마시며 잡담을 나누었다. 항시 일에 쫓기다가 허물없는 친구와 만나 잡담을 나누는 시간이 그들은 무척 즐거웠다. 그것은 정신건강상 다시 없는 레크리에이션이기도 하다.

그러므로 그들은 여가만 있으면 자주 만났고, 술을 과히 즐기지 않으면서도 딴 친구들과의 주석에도 곧잘 어울렸던 것이다. 잡담을 하다 보면 으레 여자 얘기도 나오게 마련이요, 잡담 가운데서도 그런 얘기란 독성 없이 즐길 수 있는 허튼소리다.

이만 나이쯤 되면 입으로들은 그런 허튼소리를 늘어놓으면서도 가정과 사회에 대한 책임과 체면상 그리고 또 체력 면에 있어서도 여자와의 분별없는 행동이나 실천으로 달리는 일은 거의 없고 주로 회고담, 견문담, 공상담으로 꺼져가는 남성의 잔광을 달래보는 정도가 고작이다. 그러면서도 기실 젊은이 이상으로 여자에 대한 관심과 욕망이 강하고 조급한 것도 또한 숨길 수 없는 초로층 남성족의 치사한 일면이다.

그런 층 가운데서도 돈푼이나 있고 주변이 좋은 친구는 은밀히 저 볼 장은 다 본다. 그러나 돈도 많지는 않고 주변도 없으며 게다가 남 이상으로 체면을 생각하는 인구 씨로서는 어쩌다 젊은 아가씨를 마음대로 다뤄보려니 고심이 따르는 것도 무리가 아니다.

"어때? 그 아가씨 괜찮지?"

계 사장이 웃으며 묻는 말에,

"여간 아니던데. 아직 그날 한 번밖에 만나지 않았지만."

인구 씨는 솔직하게 대답했다.

"아니, 그럼 여태 아무런 진전도 없었단 말이야?"

"그렇다고 프로 다루듯 함부로 대할 순 없잖아. 순서와 절차를 거쳐야지."

"아, 뭐 정식 결혼인가 순서와 절찰 찾게. 꾸물거리단 놓쳐버린단 말이야. 그만한 애면 나두 나두 해요."

"그렇지만 의외로 조건이 까다롭던데."

"뭐가 또 그리 까다롭다는 거야?"

"교제기간은 우선 육 개월로 하자느니, 교제 횟수는 주 일 회로 하자느니, ……그보다도 뭐 등록금이라나, 지불금 말이야. 한 달에 얼마씩 달란 말을 안 해. 나보고 정하라는 거야."

"이 사람아. 그럼, 그 애가 창년 줄 알았어? 일정한 시세가 있게."

"일정한 시센 없어도, 대략 그런 경우에 매달 얼마 정도면 된다는 통례 같은 건 있을 거 아냐."

"그런 통례가 어딨어? 그야 피차 상대방 나름이지, 한 달에 얼마면 된다는 한계 같은 게 있을 수 있어. 경우에 따라선 도리어 자기 쪽에서 남자 생활빌 대주면서까지 첩살일 하는 여자도 있구, 그런가 하면 남자 쪽에서 집을 사주구 자가용을 사주구 값진 세간을 사주구 다달이 몇 십만 원씩 대줘야만 붙어 있는 계집도 있으니 말이야."

"건 극단적인 예고. 그래도 상식적으로 돌아가는 한도가 있을 거 아냐."

"그 한도라는 게 글쎄 막연하대두 그래. 경우와 상대에 따라 다르다니까."

"그럼 자네의 경운 어떤가? 한 달에 얼마씩 대주고 있어?"

인구 씨는 궁금했던 질문을 던져보았다.

"내겐 전속은 없어, 어쩌다 통하는 상대가 있으면 적당히 기분을 낼 정도지."

"말 마, 다 알구 있으니까. 접때 그 아가씬 뭐야? 미스 안하고 같이 왔던 여대생 말이야."

"그런 관계 아냐. 그저 잘 아는 사이지."

계 사장은 웃으면서 어디까지나 시치미를 뗐다. 인구 씨의 속셈을 알고 일부러 골려주기 위해선지 모른다.

그렇다고 그런 일을 가지고 끈덕지게 따져묻는 것도 어른답지 못해서,

"그럼, 나도 비린내 나는 소녀에게 접근하는 일을 삼가야하겠군."

인구 씨 쪽에서도 노상 시들한 태도를 보였다.

"좋도록."

계 사장도 겉으로는 그 이상 관심이 없다는 말투다. 그러면서도 실상은 그만했으면 미스 안에게 기울고 있는 인구 씨의 속을 알았다는 눈치다. 씨는 괜히 자기 속만 엿보인 것이 쑥스러웠다.

계 사장에게서 소녀와의 거래에 필요한 별 예비지식도 얻어듣지 못한 채 인구 씨는 약속대로 다음 날 미스 안을 만나야 했다. 남의 이목이 번다한 다방에서 만나는 것이 탐탁지는 않았지만 그 밖에 달리 마땅한 장소는 갑자기 생각나지 않아서 그들은 두 번째의 접촉도 지난번 만났던 그 '좋'이란 다방에서 갖기로 했었다.

인구 씨는 시간을 재면서 거리를 걷다가 여섯 시 삼 분 전에 골목 안에 있

는 그 다방 문을 밀고 들어섰다.

미스 안은 먼저 와 있었다. 시선이 마주치자 웃어보였다. 인구 씨도 어색하게 웃으며 다가가 맞은 자리에 앉으니까,

"시간이 정확하시군요."

소녀는 자기의 손목시계를 들여다보며 말했다. 본래 씨는 시간이 정확한 사람이다. 무슨 약속이든 약속 시간을 어겨본 일은 거의 없다. 시간뿐이 아니다. 모든 약속은 엄수하는 성격이다.

"미스 안은?"

"이름을 부르세요, 이제부터. 경희."

"그래, 경흰 어떤가? 시간관념이."

"저도 정확한 편이에요. 오 분 전에 왔어요."

"통하는군."

소녀는 말없이 웃었다. 웃으면 더 어려 보였다. 차를 주문하고 나서,

"무슨 얘길 할까?"

인구 씨는 인자하게 웃으면서 물었다.

딸 같은 소녀를 상대로 적당한 대화의 실마리가 잘 떠오르지 않았던 것이다.

"꼭 무슨 말을 해야 하나요, 뭐? 하실 말씀이 없으시면 그냥 잠자코 계셔요."

"그렇지만 잠자코 마주앉아 있자니 더 어색하구 답답할 거구."

"그럼 아무 얘기나 하세요."

"그랬다가 경희의 기분을 상하게 하면 어떡하지? 경희에 대해서 알고 싶은 일이 많지만. 그런 얘긴 싫어하는 것 같구……."

"그러시담 딴 얘길 하시면 되잖아요."

"딴 얘기라. 딴 어떤 얘길 할까."

인구 씨는 정말 공통적인 화제가 생각나질 않았다. 술집 여자 정도라면 아무리 말주변이 없는 인구 씨라고 해도 허튼소리를 지껄일 수도 있지만 경희는 그렇게 다룰 상대는 아니다.

"그러시면요, 우리 사무적인 얘기부터 끝내요."

경희는 역시 교제의 기초 조건이 될 비용부터 정하고 싶은 눈치였다.

마침 소녀가 차를 날라왔다. 인구 씨는 천천히 저어서 한 모금 마시고 나서,

"그런 우리끼리만의 얘기는 이런 데서 하지 말고 조용한 곳에 가서 저녁 식사라도 나누면서 하면 어때?"

다달이 대주어야 할 생활비 문제 같은 것을 정하기에는 조금이라도 더 시간적 여유와, 자연스럽게 의논할 수 있는 분위기가 필요했던 것이다. 경희는 접때부터 사무적이란 말을 즐겨 썼지만, 인구 씨는 너무 물건 흥정하듯 하고 싶지는 않았던 것이다.

경희는 웃으면서 말없이 머리를 까딱하여 동의해 보였다.

두 사람은 곧 차를 마셔 치우고 다방을 나왔다. 나란히 걸어가는 그들의 모습은 부녀처럼 보였다.

"경희는 뭐가 먹고 싶지?"

"뭐든지 좋아하지만요, 오늘 저녁 그래요. 비프스테이크로 할까요?"

인구 씨는 손님과 몇 차례 가본 일이 있는 꽤 알려진 그릴로 경희를 인도해갔다. 그 그릴에는 대소의 홀 외에, 가족적인 조용한 회식을 위해 독실도 여러 개가 있었다. 독실을 쓰려면 미리 예약을 해야 하는 곳이지만 마침 빈 방이 있어서 다행이었다.

바닥에 화려한 무늬의 융단을 간 아담한 실내의 중앙에는 깨끗한 테이블 클로스를 씌운 식탁이 품위 있게 자리를 잡고 있고, 그 양쪽에 놓여 있는

네 개의 의자도 아무 데서나 볼 수 있는 물건이 아니었다. 벽에는 한 폭의 유화도 걸려 있고, 식탁 위에는 어른의 주먹만 한 열매가 달린 파인애플 분이 얹혀 있었다. 사면의 벽도 대중음식점 같은 데서 목재를 써서 임시로 막아놓은 것 같은 칸막이가 아니라 본격적인 양옥식 벽이어서 외부의 말소리나 잡음도 들려오지 않아 조용했다.

경희는 실내를 찬찬히 둘러보고 나서,

"꽤 고급이네요."

약간 굳어진 미소를 보였다.

"그런 편이지."

"문을 들어서자마자 보이가 코트를 벗겨서 간수하는 바람에 약간 얼었어요."

"처음 왔을 땐 나도 좀 당황했었어."

"자주 오세요?"

"아니, 귀한 손님이 있을 때만."

"그럼 오늘은 예외군요. 전 귀한 손님이 아니니까요."

"천만에, 경희야말로 지금의 나에게 있어선 가장 귀한 사람이지."

"아저씨도 듣기 좋으라고 제법 거짓말을 하시네요. 속으론 저 같은 계집애를 멸시하시면서."

"빈말이 아냐, 결코. 내 나이쯤 되면 경희 또래의 젊고 매력 있는 아가씨는 소중한 법이야."

이때 보이가 노크를 하고 주문을 받으러 들어왔다. 비프스테이크에 포도주를 한 잔씩 청했다.

"전 술은 못하는데요."

보이가 나가자 경희는 걱정스레 말했다.

"포도주 한 잔 정돈 괜찮아. 오늘 같은 날 한잔 술이 없을 수 있나."

"오늘만 날인가요, 뭐."

"하기야 그렇지. 앞으론 자주 만날 테니까. 하지만 오늘은 기념할 날이야. 우리의 첫 데이트 날이니까."

실은, 우리의 약식 결혼일이니까 하고 싶었지만 그것은 너무 노골적인 표현 같아서 인구 씨는 의식적으로 피했다.

경희는 억지로 조금 웃어 보이고 아무 말이 없었다. 처음으로 단둘만의 자리를 갖게 된데다가, 오늘부터 시작되는 데이트의 의미가 강조되고 보니, 아무리 당돌해 보이는 경희로서도 심리적인 압박감을 면할 수는 없는 모양이었다. 정도의 차이는 있어도 인구 씨 역시 오늘부터 이 젊은 아가씨와 비밀이 시작된다 생각하니 그러한 묘한 압박감 같은 걸 안 느낄 수가 없었다. 소녀 쪽에서 민감하게 굳어져버리니까 인구 씨도 자연 따라서 그래졌다.

주문한 음식이 올 때까지 두 사람은 거의 대화를 잃고 마주앉아 있었다. 인구 씨는 나이에 어울리지 않게 그만큼 순수한 데가 있었다. 그렇지만 식사 도중부터 맥주를 새로 청해 마신 탓도 있겠지만 음식에 관한 얘기를 중심으로 대화가 차츰 도로 풀리기 시작했다.

식사가 거의 끝나갈 무렵, 사람에게 있어서 건강이란 귀중한 밑천이기 때문에 먹는 데 대해서는 돈을 아끼지 않기로 하고 있다는 얘기를 하고 난 인구 씨는,

"그러니까 경희도 건강을 위해서 영양만은 충분히 취해요. 호강을 시켜주지는 못하더라도 앞으로 그 정도는 내가 감당할 수 있을 테니까."

여기서 일단 말을 끊었다가,

"참말 경흰 한 달에 생활비가 얼마나 들지? 내가 얼마씩 대주면 될까?"

이런 말을 비교적 자연스럽게 물을 수 있었다. 그러자 경희는 티없이 웃으면서,

"아저씨도 여간 아니셔. 저의 상품가치에 따라 아저씨 쪽에서 먼저 값을 말해보심 되잖아요."

가볍게 눈을 흘기었다.

"그렇게 솔직히 말해주니 말인데 나는 경희를 상품처럼 값으로만 따질 수가 없어서 그래. 한편 나의 경제 능력이란 것도 빤하고."

"그럼 제가 말씀드릴게요. 학교의 등록금을 내주시고요, 매달 사만 원씩만 선금을 주세요. 무리예요?"

"아니, 좋아. 그 정도라면 내가 감당할 수 있어."

"이걸로 일단 계약이 끝난 셈이군요."

경희는 한 짐 덜었다는 듯이 약간 자조조로 웃었다. 인구 씨도 동감이었다. 계약은 끝난 것이다. 이제부터는 그 계약조건 내에서 이 신선한 묘령의 아가씨를 욕심대로 다룰 수 있게 된 것이다.

3

식사 뒤에는 과일이 나오고 이어서 차가 운반되어 왔다.

경희는 차를 한 모금 마시고 나서 이번에도 조그만 수첩을 꺼내더니, 거기에다 무엇인가 기입했다.

"그러면 계약 내용을 다시 한번 말씀드리겠어요."

이러더니 경희는 수첩을 들여다보며 극히 사무적인 어조로 읽었다.

"일, 교제 기간은 오늘부터 육 개월로 한다. 단 기한 만료 후 쌍방에 이의가 없을 때는 자동적으로 육 개월 연장된다. 이, 데이트 횟수는 주 일 회로 한다. 삼, 교제 기간 중 남자는 여자에게 매달 사만 원씩의 생활비를 선불하고, 별도로 학교의 등록금을 부담한다. 이상 틀림없죠?"

"틀림없음!"

인구 씨도 일부러 사무적인 말투로 대답하고 나서,

"도장이라도 찍을까?"

"그러실 필요까진 없어요. 신사협정이니까요."

경희도 웃으면서 수첩을 간수했다.

"그럼 신사협정에 따라서 계약을 이행해야겠군."

이러고 인구 씨는 미리 준비해 갖고 나왔던 만 원짜리 보증수표 석 장과 현금 만 원을 내놓았다. 씨가 삼만 원의 보증수표를 만들어 가지고 나온 것은, 그 정도면 되지 않을까 예상했었기 때문이다. 그러나 예산보다 만 원이 초과된 셈이다. 그렇다고 그 만 원을 깎으려 들 수도 없는 일이라, 씨는 쾌히 승낙한 것이다.

하지만 매달 사만 원이라고 해도 학교의 등록금까지 합하면 오만 원 폭은 될 것이며 게다가 만날 때마다 드는 비용까지를 합산한다면 평균 한 달에 육만 원은 잡아야 할 것이다. 여자 하나를 거느리기 위해서 그만한 지출을 해야 한다는 것은 상당한 부담이었으므로 인구 씨는 자신이 어수룩해서 혹시 바가지를 쓰는 것이 아닌가 하는 생각도 들었다.

그렇지만 부처님처럼 지내려면 몰라도 이왕 여자 재미를 보려고 들 바에는 인색하게 굴 필요도 없고 또한 씨의 경제력으로 보아 그 정도는 감당할 수 있었으므로 후회하지는 않는다.

경희는 수표와 지폐를 보자 자세를 바로 앉더니 국민학교 어린이처럼,

"고맙습니다."

하면서 머리를 깍듯이 숙이고 나서야 받아 넣었다.

인구 씨는 그러한 경희의 모습이 왜 그런지 마음에 스미었다. 미안하기도 하고 애처롭기도 했다. 그러기에 잠시 후 그릴을 나와 초저녁 거리를 나란히 거닐면서도 인구 씨는 자신 있게 다음 행동으로 옮길 수가 없었다. 강요나 유혹이 아니라 완전한 합의에서 출발한 교제인 만큼, 그리고 씨의 눈에는 어려보이지만 상대방은 당당히 법으로 보장된 성인인 만큼 새삼스레 무슨 죄의식 같은 것을 느끼는 것은 아니었지만 어린아이에게 힘에 겨운 부담을 지울 때처럼 무엇인가 주저되는 마음이 들었던 것이다. 그렇다고 그것이 반드시 소녀에 대한 접근욕과 정복욕에 배치되는 심리는 아니었다. 도리어 그러한 감정을 자극하는 작용을 했다.

호텔이나 여관 간판이 보일 때마다 인구 씨는 마음속으로 망설였다. 그러는 동안에 그 앞을 지나버리곤 했다.

"춥지 않아?"

인구 씨는 행인이 드문 어두운 뒷거리를 걸으면서 물었다.

"별로······."

경희는 흐리멍덩하니 대답했다. 그렇지만 그 대답의 의미를 번복하듯 곧 이런 말을 덧붙였다.

"추운 줄은 모르겠지만 피곤해요, 무척."

그럴 것이다. 그것은 육체적이 아닌 정신적 피로감일 것이다. 인구 씨 역시 피곤했다.

"어디 가서 푸욱 좀 쉬었으면 좋겠는데 어디가 좋을까?"

인구 씨는 혼잣말하듯 했다. 대답을 기대해서가 아니다. 다음 행동을 위한 예비 신호인 것이다.

경희는 잠자코 따라 걸었다. 어디든 좋다는 암시다. 인구 씨는 마침내 뒷거리에 있는 어느 호텔 앞에서 걸음을 멈추었다.

"어때? 괜찮아?"

경희는 또 자조조의 미소와 함께 머리를 까딱해 보였다. 인구 씨는 용기를 고무하여 쫓기듯 호텔 안으로 앞장서 들어갔다.

이런 나이에 여자를 달고, 더구나 딸 같은 새파란 애를 끌고 호텔을 찾아든다는 것은 창피한 노릇이다. 그러나 당장 두 사람만의 밀실을 갖기 위해서는 그 방법밖에는 없는 것이다. 여자에게 아파트나 집을 사줄 처지가 아니고 보면, 출입시에 다소 낯부끄럽기는 하지만 호텔이나 여관은 역시 편리한 곳이다.

그들은 보이의 인도로 이 층 방으로 올라갔다. 옹색한 실내에는 한쪽 구석에 치우쳐서 이인용 침대가 놓여 있고, 그 옆에는 조그만 탁자와 한 쌍의 의자가 준비되어 있었으나 살풍경하기 짝이 없었다. 그런대로 명색이 호텔이라, 실내에 욕실과 화장실은 붙어 있었다.

두 사람은 잠자코 코트를 벗어 걸고 탁자를 사이에 하고 의자에 마주앉았다. 침묵이 주는 압박감이 싫어서 인구 씨는 담배를 붙여 물고 손목시계를 들여다보며,

"지금 여덟 시 사십 분이니까, 앞으로 두 시간만 쉬었다 가지."

과히 필요도 없는 말을 걸었다. 경희는 대답 없이 웃으려다가 말았다.

"그럼 이왕 들어온 김에 목간이나 할까. 경희부터 할래?"

"아저씨 먼저 하세요."

이래서 인구 씨와 경희는 교대로 욕실에 들어가 뜨거운 물로 몸들을 풀고 나왔다.

경희가 욕실을 나왔을 때 인구 씨는 옷을 입은 채로 침대 위에 벌렁 누워

서 담배를 피우고 있었다. 경희는 말없이 탁자 위에 있는 재떨이를 인구 씨 옆에 옮겨놓아 주었다. 그러고는 창가에 다가서서 서울의 밤거리를 내다보면 머리손질을 시작했다.

그러한 소녀의 뒷모습을 바라보는 인구 씨의 심중은 몹시 착잡했다. 소녀의 뒷모습은 너무나 앳되어 보였다. 가련한 어깨와 한 줌밖에 안 돼 보이는 가느다란 허리, 전혀 부피가 없는 홀쭉한 둔부, 그것은 너무나 미숙한 어린 소녀로밖에 안 보였다.

"경희."

"네."

"경휜 정확히 몇 살이지?"

"한국식 나이론 스물둘, 만으론 스물하나예요."

"내겐 스무 살도 안 돼 보이는데."

경희는 빗질을 끝내고 의자에 돌아와 앉으며,

"여자가 어려보일수록 좋아한대죠? 남자들은."

소박하게 웃었다.

"반드시 그렇지만은 않아. 그것도 정도 문제지."

"어느 정도요?"

"한 남자와 한 여자로서 모든 행위가 일대일로 스무드하게 교류될 수 있는 정도라야지. 여자가 너무 어리면 남자 대 여자가 아니라 어른 대 아이의 관계를 넘어설 수 없으니까."

"우리 경우는요?"

"글쎄, 모호해. 경희가 어떤 땐 어른 같아 보이구 어떤 땐 아이 같아 보이니 말야."

"잘 보셨어요. 저 자신도 그렇게 느껴요. 난 이젠 어른이야 하는 생각이 들기도 하고요, 난 아직 철없는 아인가 봐 하는 생각이 들기도 해요."

이런 말을 하고, 경희는 다시 일어나 창문 곁으로 갔다. 하얀 이마를 유리에 대고 창밖의 밤거리를 내다보며,

"정말 저도 저 자신을 잘 모르겠어요. 당당히 어른 행세를 하고 싶기도 하고, 언제까지나 미성년대로 있고 싶기도 해요."

경희는 혼잣말하듯 중얼거렸다. 인구 씨는 어렴풋이 그 심정을 이해할 것 같기도 했다.

게 사장은 경희가 동정이 아닌 듯한 말투였지만 어쩌면 동정인지 모른다는 생각이 씨에겐 들었다. 비록 어쩌다가 육체적인 정조는 상실했는지 몰라도 그 정신은 아직 깨끗한 동정으로만 느껴졌다.

거기 비하면 인구 씨 자신은 완전히 타락해버린 탕아 이외의 아무것도 아니다. 아무리 자신의 행위를 합리화해 보아도 소용없다. 아니 탕아보다도 더 추한 탕로(蕩老)인 것이다.

그럴 바에는 차라리 창갑이처럼 노골적으로 드러내놓고 방탕을 하는 것이 오히려 솔직하고 순수한 태도일지 모른다. 인구 씨는 쓰디쓰게 웃고 심신의 피로를 일층 강하게 의식했다.

"그럼 지금의 경희 심정은 어느 쪽이지? 어른이고 싶은가? 아니면 아이?"

"어른요."

경희는 거침없이 약간 골난 사람처럼 대답했다.

"왜?"

"계약을 충실히 이행하기 위해서요."

"그렇다면 이런 계약을 맺어야 할 이유는? 그처럼 곤란한가? 사정이."

"제 처세 철학에 의해서예요."

"처세 철학?"

"사람들이란 모두 자기가 옳다고 생각하는 방법으로들 살아가지 않아요."

"그럼 경희는 나 같은 사람과 이런 계약을 맺고 그 계약에 충실한 것이 옳게 살아가는 방법이라고 생각하나?"

"그래요, 현재의 저로선요."

"그래. 왜 그럴까? 뭐가 뭔지 난 잘 모르겠어."

"모르셔도 좋아요. 또 아실 필요도 없어요."

경희는 웃으면서 도로 탁자 앞 의자에 와 앉았다. 그러고는 탁자 위에 세운 두 팔로 턱을 괴고 인구 씨를 바라보며 엉뚱한 질문을 했다.

"아저씨에겐 장성한 딸이 있죠?"

"어째서?"

"육감으로 그럴 것 같아요."

"경희의 육감은 놀랍군그래."

여기서 두 사람은 똑같이 입을 다물어버렸다. 경희는 양손으로 턱을 괸 채 한쪽 벽을 의미 없이 바라보고 있었고, 인구 씨는 누운 채 멀거니 천장만 쳐다보고 있었다.

얼마나 시간이 흘렀을까. 잠을 설친 사람 모양 떠름한 낯빛으로 침대에서 일어난 인구 씨는 옷걸이에 걸려 있는 자기와 경희의 코트를 떼어 들고,

"그만 가볼까."

소녀에게로 다가서며 말했다.

"이대로요?"

"……"

인구 씨가 말없이 쓸쓸히 웃으며 고개를 끄떡하니까,

"동정하시는 건가요? 절."

새침한 얼굴로 경희는 따지듯 했다. 인구 씨는 이번에도 입을 다문 채 머

리만 모로 흔들었다.

"전 아무에게도 동정은 받고 싶지 않아요. 빚을 지고 싶지도 않구요."

"이건 동정도 아무것도 아냐."

인구 씨는 소녀에게 코트를 입혀 주었다.

"그럼 절 왜 그냥 두시는 거죠?"

"한복만 입어온 사람이 처음으로 양복을 입는다든지, 운동화와 학생화만 신어오던 아가씨가 처음으로 뒤축 높은 힐을 신으면 무척 거북하고 어색한 법이지. 그런 거야, 지금의 내 심정은."

"그러심 계약을 잘못하셨군요. 한복이나 학생화처럼 좀 더 몸에 밴 여잘 고르실걸."

"아니야. 사람이란 누구나 처음엔 거북하고 어색해도 새로운 것을 더 좋아하는 습성이 있잖아. 나도 이제 곧 경희에게 익숙해지겠지, 다음번 만날 때부턴."

인구 씨는 부드럽게 그리고 어딘지 모르게 피곤한 웃음을 웃고 두 손으로 경희의 어깨를 잡아 돌려세운 다음 고 하얀 이마에 가볍게 키스를 해주었다.

다음번부터는 매주 토요일 오후에 '종' 이란 그 다방에서 만나기로 약속하고 그들은 호텔을 나왔다.

"만일 무슨 일로 그 다방이 문을 닫았을 때는 그 옆에 있는 길이란 다방에서 만나요. 만일 부득이한 돌발 사정으로 위약하게 될 때는 미리 메모를 꽂아놓거나 전화를 걸고 그럴 형편도 못될 때는 다음 토요일 같은 시간에 같은 장소에서 만나기로 해요."

헤어지기 직전 이런 세밀한 사항까지 밝혀줘야 안심이 될 만큼 경희는 찬찬한 소녀였다. 이러한 경희의 모습은 그날부터 인구 씨의 마음속에 뿌리박고 무성히 자라갔다. 다음 약속일이 설이나 소풍일을 기다리는 소년처럼 씨는 기다려졌다.

약속한 토요일이 오자 씨는 속옷을 깨끗한 것으로 갈아입고 일부러 이발까지 하고 처음으로 여자를 차지할 수 있게 된 청년처럼 기대와 흥분에 취하여 약속장소로 찾아간 것이다.

～◈ 4 ◈～

소녀의 청초한 모습을 눈앞에 그리며 인구 씨는 다방 문을 밀고 들어섰다. 경희는 와 있지 않았다. 약속시간이 아직 십 분은 남아 있었다.

씨는 구석진 자리를 골라 앉아 다가온 레지에게 차를 주문하고 담배를 피워 물었다. 널찍한 실내에는 빈자리가 몇 개 남아 있지 않을 정도로 손님이 들어차 있었다.

토요일 오후라서 그런지 쌍쌍이 짝을 지은 남녀의 일행이 유난히 많이 눈에 뜨인다. 거의가 이십 대, 나이든 축이라야 삼십 내외의 젊은 축이다. 그런 데 비해 오십을 바라보는 자신이 몸치장을 하고 미리 나와 앉아 딸 같은 소녀를 기다리고 있는 꼴이 인구 씨는 새삼스레 열적었다.

아베크 손님뿐 아니라 요즘 와서 씨가 두드러지게 느끼는 것은 어느 다방엘 들어가나 손님의 대부분이 자기보다 젊은 사람들이라는 점이다. 심지어 어떤 다방엔 이십 내외의 애송이들만이 빼곡 들어차 있었다. 그들은 분방한 언동으로 일행과 노닥거리거나 시끄럽게 꽝꽝 울려 퍼지는 괴상한 멜로디에 취해 머릿짓 몸짓을 하고 있다가 멋모르고 들어선 인구 씨를 마치 이방인이라도 보듯 이상한 눈으로 흘끔흘끔 쳐다본다. 저런 노후해버린 시대적 폐물이 엉뚱하게 왜 이런 곳에 나타났나 하는 눈초리다. 그런 때 빈자리가 있어도 인구 씨는 차마 그 틈에 들어가 낄 자신도 용기도 없어서 황황히 돌아서 나와버리는 것이다.

확실히 내가 늙었구나 하는 실감을 강하게 맛보게 된다. 그러므로 요즘의 인구 씨는 아무 다방에나 함부로 들어가 앉질 않는다. 다방문을 밀고 들어서서 실내를 한번 쓱 훑어보고 젊은 애들이 많이 모이는 곳이면 그대로 돌아와버리는 것이다. 비교적 중년 이상의 손님들이 많이 모이는 다방을 골라 다니게 된 것이다. 처량한 얘기지만 엄연한 현실이라 어쩔 수가 없다.

그런대로 이 '종' 다방은 위치가 좋고 골목 안에 있는 데다가 덜 붐비어서 이용할 만했는데, 오늘의 분위기는 딴판이다. 장소를 바꿔야 할까 보다. 따지고 보면 이 나이에 젊은 소녀와의 밀회장소로 다방을 택했다는 것부터가 천격이다. 하긴 S호텔의 티룸이 머리에 떠올랐지만 거긴 아는 얼굴이 자주 나타나기 때문에 부적당하다. 그렇다면 조용한 어느 호텔방을 토요일마다 예약해두는 길밖에 없다.

그리고 보니 여자를 사귀자면 이래저래 돈이 들게 마련이다. 인구 씨가 무료히 이런 생각에 잠기면서 찻잔을 비우고 났을 때야 경희가 나타났다. 세 시 정각이다.

"기가 막히군, 시간 엄수는."

"몇 시에 오셨어요? 아저씬."

"십 분 전."

"무슨 생각하고 계셨어요! 그동안."

"경희 생각."

"거짓말."

경희는 장난스럽게 웃으면서 가볍게 눈을 흘기었다.

"사실은 만나는 장솔 바꿔봤으면 생각했어."

"왜요? 무슨 일이 있었어요?"

"일은 없지만 나 같은 늙은이가 경희 같은 젊은 아가씨와 만나는 장소로 여기가 덜 좋아서 그래."

"더 좋은 데가 있어요?"

"같이 연구해봐야지."

"그럼 나가요. 여기가 맘에 안 드시면."

눈치 빠른 경희는 차도 안 마시고 먼저 일어섰다. 딴 데 가서 천천히 마셔도 좋다는 것이다. 도리어 인구 씨 쪽에서 끌려 나오는 격으로 경희 뒤를 따라 다방을 나왔다.

"자 그럼 어디로 갈까?"

인구 씨가 머뭇거리며 물으니까,

"아주 멀리로 가요."

소녀는 엉뚱한 대답을 했다.

"멀리로? 어딜?"

"인천이나 수원. 좀 더 멀리 청주나 대전엘 가두 좋아요."

"그렇게 멀리?"

"그래야 아저씨가 맘놓고 바람을 피울 수 있잖아요. 신혼여행 기분으로."

경희는 또 장난스럽게 웃으며 곁눈으로 인구 씨를 쳐다보았다. 이런 땐 얄밉도록 귀엽다.

"그것도 좋지만 지금부턴 시간이 늦지 않을까."

"고속버스를 이용하면 이제 가도 거기서 저녁 먹고 천천히 돌아올 수 있어요. 늦어지면 자고 와도 되구요."

"자고 와? 경흰 그래두 괜찮아?"

"전 괜찮아요. 아저씨가 켕기나 보죠. 아주머님의 기함도 무섭구, 따님에 대한 체면도 걱정이고. 그렇죠?"

"아주머라. 내겐 그런 거 없어."

"없다니요? 부인 안 계세요?"

"음. 그러니까 이렇게 경희 같은 아가씨와 놀아나는 거 아냐."

"어마, 그래요."

경희는 의외란 듯이 약간 감동적인 낯으로 인구 씨를 쳐다보았다.

아무튼 오늘은 경희의 제안대로 원행을 하기로 했다. 이제부터 갔다 돌아오기에는 역시 청주나 대전은 먼 거리여서 오늘은 가까운 인천부터 다녀오기로 한 것이다.

두 사람은 즉시 고속버스로 인천을 향해 떠났다. 겨울이라 도로 연변의 풍경은 스산했지만 그래도 나란히 앉아 고급버스의 쾌적감과 여행기분을 즐기었다.

인천에 닿아서도 택시로 부둣가랑 시내를 일주하고, 맥아더 장군의 동상이 서 있는 자유공원에도 올라가보았지만, 역시 철이 철이라서 그런지 바닷바람만이 거셀 뿐 별로 유람기분이 나질 않았다. 그래서 날이 저물기까지는 아직 일렀지만 그들은 일찌감치 꽤 알려진 호텔에 들었다. 교대로 욕실에 들어가서 뒤집어쓴 먼지를 씻고 나니 꼭 저녁시간이었다.

이곳에서는 각종 식사를 할 수 있어서 편리했다. 경희의 뜻을 따라 중국 음식을 먹기로 했다. 팔보채, 탕수육, 닭튀김 등을 차례로 시켜놓고 여기서도 포도주와 맥주를 마셨는데 음식 맛은 별거 아니었지만, 식당의 내부 시설은 대부분의 딴 중국음식점처럼 우중충하고 지저분하지 않고 산뜻하게 꾸며져 있어서 기분이 좋았다.

"부인께선 돌아가셨어요?"

생각난 듯이 경희가 그런 걸 물었다.

"아니 계 사장이 무슨 얘기 않던가?"

"아저씨의 프라이버시에 관해선 아무 말씀도 없으셨어요. 제게 대해선요?"

"경희에 대해서두 그저 여대생이란 말 이외엔 없었어."

"그런 걸 보면 계 사장님 아주 신사셔요. ……부인하곤 헤어지셨군요, 그럼."

"그래."

이런 자리에서 이혼한 처에 관한 얘기가 나오는 건 과히 달갑지 않아서 인구 씨는 무뚝뚝하게 대답하고 잔에 남아 있던 맥주를 마저 훅 들이켰다.

경희는 젓가락 끝으로 먹다 남은 음식을 깨끗이 긁어모으며,

"겉보기와는 달리 사람이란 누구에게나 우여곡절의 역사가 있나 보죠."

혼잣말하듯 중얼거렸다.

"그렇지. 정도의 차는 있어도 복잡한 세상을 살아가자면 누구에게나 희로애락은 있겠지."

"희, 노, 애, 락…… 따지고 보면 인간 생활이란 그게 전부죠? 희락을 기원 추구하면서도 줄곧 노애에 쫓기면서 사는 인간. 아저씬 그렇게 안 느끼셔요."

"왜 안 느껴."

"그렇지만 남자들은 술과 여자 속에 일시나마 도피할 수가 있죠."

"맞았어. 남자들이 흔히 술과 여자에게 빠지는 건 물론 본시가 방탕벽에서도 오겠지만 노애에서 도피해보려는 건지도 몰라."

"그럼 여잔 어떡하죠? 어디로 도피해서 휴식을 취하면 되죠?"

"그렇다면 여자두 술과 남자에게로 도피하면 되잖아."

"가정과 사회가 용납하질 않는걸요. 더구나 봉건적이고 폐쇄적이고 남성 위주의 이 한국사회가요."

"그렇지만 남자라고 다 드러내놓고 주색에 빠지는 건 아니거든. 여러 가지 체면을 생각해서 눈치껏 하는 거지."

"아저씨나 계 사장님처럼요."

"그렇지, 또 우리의 경희 아가씨처럼. 그러니까 여자두 경희처럼 영리하게 얼마든지 도피할 수 있지 않느냐 말이야."

"여잔 달라요. 안전한 향락적인 도피가 아니라 그렇게 됐다간 재기불능 상태로 심신이 만신창이가 되기 쉬워요."

인구 씨는 느닷없이 헤어진 아내가 생각났다. 그 여자도 지나친 도피행에서 만신창이가 된 것이 아닐까.

"그럼 경희는?"

"전 도피가 아니에요."

"그럼 뭐지? 생활수단? 아니면 학업을 위해서?"

"그 두 가지를 다 합친 것. 말하자면 제 인생의 참된 이익을 위한 일종의 장사예요."

"장사? 몸을 파는 장사? 그럼 창녀나 다를 게 없게?"

"왜 나빠요?"

"나쁠 건 없지만⋯⋯."

인구 씨는 말문이 막히었다. 이렇듯 소녀가 솔직하고 대담하게 나오는 데는 뭐라고 대답해야 좋을지 몰랐다.

"어리둥절하실 거 없어요. 따지고 보면 세상 사람이란 좋은 의미에서건 나쁜 의미에서건 모두가 상인 아니에요. 물건을 만들어 팔거나 받아다 파는 사람만이 꼭 장사꾼인가요. 노력을 팔아먹는 사람, 기술을 팔아먹는 사람, 지식을 팔아먹는 사람, 양심을 팔아먹는 사람, 심지어는 민족과 국가까지도 팔아먹는 악당도 있지 않아요."

"하긴 그래."

"정상배로 불리는 정치 장사꾼들, 사이비 교육가인 학교 장사꾼들, 신앙을 미끼로 삼는 종교 장사꾼들, 그 밖에 갖가지 악덕 상인배가 사회의 지도자니 명사니 하는 가면을 쓰고 날뛰는 현실 속에서 유일한 밑천인 몸뚱어리나 팔아먹고 숨어 사는 계집들이란 오히려 소박하고 순수한 인간이 아니겠어요. 그렇죠? 아저씨."

경희는 생글생글 웃으면서 인구 씨의 얼굴을 빤히 쳐다보았다.

"동감이야."

인구 씨는 사뭇 감동조로 대답했다. 비록 몸은 팔망정 대학교까지 다니는 계집애는 다르구나 하는 생각이 들었다.

그것은 궤변이라도 좋다. 어쨌든 그것은 불투명한 다층 구조의 현실사회와 위선적이고 독선적인 각계 지도층 인사들에 대한 신랄한 비판인 것이다. 동시에 몸은 팔지라도 자신의 혼은, 정신은 끝까지 지키려는 자기 비호의 애절한 절규이기도 한 것이다.

"그럼 됐어요. 아저씬 저와 제법 통하는 동업자니깐, 안심하고 거랠 할 수 있어요. 인제 그만 방으로 올라가죠."

"동업자라."

이러면서 인구 씨는 경희를 따라 일어섰다.

방에 돌아온 경희는 각기 한 잔씩 마신 포도주와 맥주 기운으로 달아오른 볼을 창문 밖에 내놓고 식히었다.

"바깥 공기가 찰 텐데."

인구 씨가 다가서니까,

"볼이 이렇게 화끈 달아요."

인구 씨의 손을 끌어다 자기 볼에 대고,

"저 취했나 보죠."

경희는 속삭이듯 했다.

"취하긴, 포도주 한 잔 맥주 한 잔에 취해?"

"기분이 이상한 걸요."

"내가 무서워서 그래?"

"제가 언넨가요 뭐, 무섭게?"

"싫어서 그런가, 그럼?"

"좋을 리도 없지만, 싫지도 않아요."

"그래 그럴 거야. 좋아하지도 않는 늙은 남자와 밤을 보내야 할 일이 무섭게 맘에 걸리는 거야. 미안해, 경희."

인구 씨는 사과하듯 위로하듯 소녀의 양 어깨에 두 손을 뒤에서 가볍게 얹으며 덧붙였다.

"경희가 맘이 내키질 않으면, 우리가 좀 더 친숙해질 때까지 기다려도 좋아."

"조금도 미안해하실 거 없어요. 아저씬 참 좋은 분이에요."

소녀는 인구 씨의 두 손을 끌어내려 자기의 허리를 감게 했다. 씨는 소녀의 등 뒤에 붙어 선 채 두 팔로 가볍게 소녀를 안았다. 씨의 두 팔은 바로 소녀의 가슴을 감고 있었다. 아직 완전히 발달하지 않은 두 개의 봉오리가 옷 위로 어렴풋이 감촉되었다.

두 사람은 한동안 말없이 그러고 서 있었다. 창밖 저쪽은 어두운 바다였다. 간혹 뱃고동 소리가 아득하다. 반쯤 열어놓은 창문으로 끼얹는 찬바람이 시원하기만 했다. 그만큼 두 사람의 몸은 차츰 열기를 가해가고 있었다.

담판

1

인구 씨의 집안에는 가정적인 단란한 분위기가 없었다. 아내와의 이혼과 동시에 그런 것은 사라져버리기 시작했었다. 인구 씨는 혼자의 힘으로 가정에 웃음과 평화와 희망을 최소한 되찾아보려고 애썼다. 그래서 오랜 세월 성실히 근무해온 은행도 그만두고 계 사장의 코치와 후원을 받아가며 부동산 관계의 일을 시작했고, 지금 살고 있는 삼십 평짜리의 아담한 이 층 집을 새로 지어 이사도 오게 되었던 것이다.

씨는 또한 아이들과 한방에 모여 담소하는 시간을 많이 가지려 힘썼고, 봄여름이면 사십 평 가까이 되는 정원에 아이들과 함께 화초를 가꾸었다. 그와 동시에 아이들에게 용돈을 전보다 후하게 지불해주었고, 눈에 거슬리는 일이 있어도 잔소리를 하지 않았으며, 적어도 한 달에 한두 번씩은 아이들을 데리고 외출하여 고궁이나 유원지를 찾아가 하루를 즐겼다.

그들 삼부녀 사이에는 헤어진 아내, 떠나가버린 모친에 대한 화제만이 터부로 묵약되어 왔을 뿐, 그 밖의 생활면에 있어서는 전보다 한층 다채롭고 윤기 있는 변화를 가져보려고 노력해왔던 것이다.

그러한 의식적인 노력에는 보경이와 보연이도 협조적이었다. 그것만이 방법임을 인식했기 때문일 것이다. 그러나 의식적인 노력은 오래 지속되지 않았다. 아내 없는 가정, 어머니 없는 집안의 허전함과 쓸쓸함은 간단히 지워지지 않았다. 사별과 달라 생별이고 보니 더욱 그러했고, 아이들에게 있어서는 부모 이혼의 진상이 명확하지 않으니 회의와 부모에 대한 불신감마저 커갔다.

보경은 갈수록 집을 비우는 시간이 길어졌고, 보연은 점점 더 입이 무거워졌다. 따라서 집에 돌아와서는 부친과 얼굴을 대하기를 꺼려 각기 자기 방에만 파묻혀 지냈다. 불 꺼진 화로처럼 집 안에는 을씨년스럽고 삭막하고 서먹서먹한 공기만이 감돌았다. 모르는 새에 인구 씨 자신도 퇴근 후면 으레 친구들의 술좌석을 찾아다니게 되었고, 당연히 귀가하는 시간이 늦어지게 마련이었다. 이쯤 되니 그들 부녀간에는 탐탁히 한자리에 모여앉아 식사를 하거나 얼굴을 대하는 일이 자연 드물었다.

가뜩이나 이러한 때에 아이들의 어미가 서울에 되돌아와 인구 씨 몰래 딸들과 만나는 바람에 씨의 가정에는 재차의 새로운 파동이 시작되었던 것이다.

그러나 이번 파동은 이혼 소동을 벌인 제 일차 때의 사건과는 성질이 달라서 씨의 결심 하나로써 명확히 결말을 지을 수는 없었다. 아이들의 이모와도 만나 대책을 의논해보았고 아이들과도 대화를 나누어보았지만 그럴수록 문제는 복잡해지기만 했다. 사건의 원만한 해결의 열쇠를 쥐고 있는 것은 인구 씨가 아니라 아이들의 어미와 아이들이었기 때문이다.

그렇다고 다 큰 아이들을 강압적으로 속박할 수는 없는 노릇이었다. 그리되면 부친에 대한 경계심과 불신감만을 길러주는 반면 도리어 저희의 어미 쪽으로 더욱 급격히 기울게 하는 결과를 가져오게 될지도 모르니 말이다. 그래서 씨는 당분간 사태의 추이를 관망하기로 했던 것이다. 그럴 수밖에, 당장 뾰족한 딴 도리가 없었던 것이다. 그사이에 씨는 그런 우울한 일들을 일시나마 잊어버릴 겸 이미 준비되어온 경희와의 도색 교제에 점차 심신을 푹 담가보기로 했던 것이다.

하지만 사람이 물속에만 잠겨서 살 수는 없듯이 가정을 가진 책임 있는 가장이 가정사를 잊고 딴 짓에만 몰두할 수만은 없는 일이었다. 인구 씨는 경희와의 부자연한 밀회를 거듭하면서도 딸들의 동태에는 역시 민감한 주시를 게을리하지 않았다. 그 결과 보경이와 보연의 태도에 분명히 새로운 변화가 발생하고 있음을 씨는 눈치 챘다.

보경은 부친이 출근하자 뒤따라 나가듯 해서는 밤 열 시 전에는 돌아오지 않았다. 보연이와 식모 아주머니의 답변을 통해 알 수 있었다. 본래가 나가 쏘다니기를 좋아하는 애였지만 방학 때인 요즘도 아침부터 밤늦게까지 날마다 집을 비운다는 것은 심상치 않은 일이다.

"네 언닌 밤낮 어딜 그렇게 나돌아다닌다든? 어미한테 가서 붙어 산다더냐?"

어쩌다 인구 씨가 물으면 보연은 난처한 표정으로 부친의 얼굴을 힐끔 쳐다보고는 대답을 하지 않았다.

인구 씨는 벼르던 끝에 한번은 아침식사 시간에 본인에게 직접 따지듯이 물었다.

"보경이 넌 밤낮 무슨 일로 어딜 그렇게 나다니느냐?"

"그럼 엄마도 없는 따분한 집구석에서만 썩으란 말이에요?"

"다 큰 계집애가 할 일 없이 쏘다니는 버릇은 고치란 말이다. 집구석에서 썩는다고 생각 말고, 엄마가 없으니까 네가 대신 살림이라도 돌봐야 할 게

아니냐."

"살림이란 시집가서부터 시작해도 지긋지긋할 정도로 하게 돼요. 그 전에 실컷 자율 누려야 할 거 아니에요."

보경은 태연하게 이런 소리까지 했다.

"살림 솜씨란 시집가서부터 배워선 늦는 거야. 지금부터 아줌마한테서 한 가지 두 가지 익혀놔야 해. 현대 여성이란 살림 못하는 게 자랑인 줄 아느냐. 그러단 시집에서 쫓겨오기 꼭 알맞다."

"전 아버지처럼 성격이 안 맞는다고 내쫓고, 살림 솜씨가 서투르다고 내쫓는 그런 옹졸한 남자한텐 시집 안 가요. 허즈란 게 그따위 이해성 없는 남자라면 전 엄마처럼 쫓겨날 때까지 있지 않고 제 쪽에서 먼저 차고 나와버릴 거예요."

"뭐라고?"

"남자란 관대하고 이해성이 많고 포용력이 있어야 할 거 아니에요. 와이프에게 잘못이 있든지 부족한 점이 있든지, 맞질 않으면 남자 쪽에서 너그럽게 이해하고 양보하고 감싸줘야 할 거 아니에요. 그렇지 않다면 그게 무슨 남자예요. 계집애만도 못한 졸장부지."

인구 씨는 얼굴에 노기를 띠며,

"그래, 아내란 남편의 이해성이나 관용만을 믿고 어떤 몹쓸 짓을 해도 좋단 말이냐. 그따위 불미하고 부덕한 여편넬 눈감아주구 감싸주는 게 남편의 이해성이구 양보심이구 포용력이라구 생각느냐, 넌?"

딸을 노려보듯 했다.

"몹쓸 짓이 무슨 몹쓸 짓이에요. 남자들이 더 많이 몹쓸 짓을 하지, 여자가 몹쓸 짓을 하는 게 뭐에요."

'여자가 화냥질을 해도?'

하는 말이 홧김에 튀어나올 뻔했지만 인구 씨는 참았다. 차마 딸들 앞에서 그런 말을 할 수는 없었던 것이다. 그것은 약점 아닌 약점이었다.

그러니 더욱 화가 났다. 씨는 엄하게 딸을 나무라고 싶었지만 그것도 참아야 했다. 가뜩이나 머리가 커지면 내 자식이라도 함부로 다룰 수가 없는데다가 지금의 보경의 경우는 심하게 야단을 치면 보따릴 꾸려가지고 언제라도 제 어미한테로 가버릴지 모른다.

그런 정상을 그 애 스스로 계산에 넣고 더욱 당돌하게 나오는지도 모른다. 혹은 제 어미의 사주일 수도 있을 것이다. 아무튼 보경이 밤낮 밖에서 살다시피 하면서도 숙식을 집에서 해주는 것만이라도 다행이라 여겨 우선은 참는 수밖에 없었다.

그런데 이상하게도 보연의 태도는 제 언니와는 반대의 현상으로 나타나기 시작한 것이다. 주로 집 안에만 붙박여 지냈다. 식모 아주머니의 말에 의하면 보연은 어쩌다 외출을 해도 금방 돌아오고, 집에 있을 때도 자기 방에서 잘 나오지 않는다는 것이다. 게다가 가뜩이나 입이 무거운 애가 아주 벙어리가 된 느낌이었다. 묻는 말에조차 대답을 잘 안 했다. 알아보게 수심에 잠겨 지냈다.

보연은 본시가 명랑하거나 쾌활한 애는 아니었다. 침울할 정도로 무뚝뚝한 편이었다. 그 대신 차분하고 침착해서 경솔하지 않았다. 어려서부터도 보경은 품고 있는 생각이 거의 백 퍼센트 입을 통해 나와버렸지만, 보연은 무슨 생각을 어떻게 하고 있는지 좀처럼 그 속을 알기가 힘들었다. 항시 무엇을 생각하고 있는 사람 같았다. 그래서 아무리 아이지만 다루기가 힘들었고, 점점 머리가 커질수록 제 언니보다 도리어 보연이 쪽이 어른으로서도 대하기가 조심스러웠다.

그러한 보연이가 요즘 와서는 더욱 침울한 태도로 자기 방에만 처박혀 지내며 벙어리 모양 말이 없으니, 인구 씨로서는 걱정이 아닐 수 없었다. 그렇다고 섣불리 그 이유를 캐묻는 것도 생각해볼 일이어서 적당한 기회를 기다리며 우선은 눈치만 보며 지냈다.

그런 어느 날, 평시보다 일찍 귀가한 인구 씨에게, 저녁상을 차려갖고 들어온 식모 아주머니가 이런 말을 귀띔해주었다.

"보경이와 보연이가 오늘 아침에 심하게 다퉜어요."

"무슨 일로요?"

"잘 모르겠지만, 엄마 때문인가 봐요."

"엄마?"

인구 씨는 수저를 멈추고 식모 아주머니를 돌아보았다.

"보연인 엄마를 나쁘다고 하고, 보경인 엄마를 두둔하는 데서 싸움이 벌어졌나 봐요."

"자세히 좀 얘길 해봐요."

"저도 중간에서부터 들어서 잘 모르겠지만, 보연이가 엄말 타락했다고 했나 봐요. 뭐가 어째서 타락했느냐고 보경이가 대드는 걸 보니까요."

"그래서요?"

인구 씨는 더욱 버쩍 관심이 쏠리었다.

"그러니까 보연이 말은 혼자 사는 여자의 아파트 방에 무슨 남자들이 그렇게 많이 드나드느냐는 거예요. 그리구 다방에서도 싱겁게 구는 남자손님들의 장난에 왜 맞장굴 치느냐는 거예요. 그러니까 보경이는 여자 혼자 사는 방엔 남자가 드나들어서 안 될 게 뭐냐? 그게 어째서 타락이냐? 또 다방에서 손님들 장난을 받아주는 건 장사니까 손님에게 친절히 하기 위해서가 아니냐, 넌 아직 철도 들지 않은 계집애가 옛날 할머니 같은 고리타분하고 고물딱지 같은 얘기만 하느냐 이러구 덤비더군요."

"그 밖엔 또 무슨 말들을 합디까?"

"보연인 언니두 엄마 비슷하다면서 남자들과 시시덕거리는 게 좋으니까 다방에두 나가고 엄마한테 매일 가는 거지 뭐야. 언니도 나빠. 그렇게 지저분하게 굴지 말아. 이렇게 쏘아붙이던데요. 놀랐어요."

"보경이가 가만 안 있었겠군요. 그런 말을 듣곤."

"예, 이놈의 계집애가 누굴 훈계하느냐면서 달라붙어가지고 따귈 치고 막 야단이었어요."

이러한 식모 아주머니의 말을 듣고 난 인구 씨는 암담한 기분이었다. 애들 어미의 불건전한 생활을 엿본 듯했고 보경이마저 거기에 물들어가는 것 같았기 때문이다.

그런 일이 있은 며칠 뒤의 일요일이었다. 보경이 외출한 뒤에 인구 씨는 보연을 안방으로 불러들였다.

"오늘 아버지하구 어디 놀러 갈까?"

"어딜요?"

보연인 조금 웃어보였다.

"어디든 너 가고 싶은 델 가자. 오래간만에 맛있는 것두 좀 먹구."

"아버지 혼자 가세요."

"왜 싫으냐?"

"겨울인데 어딜 놀러 가요?"

하긴 그렇다. 봄가을이라면 고궁이라든지 경치 좋은 교외에라도 나가고 여름이면 수영장에라도 가서 하루를 즐기고 올 수 있지만 겨울은 갈 곳이 없다. 씨는 궁한 나머지,

"그러니까, 백화점 같은 데두 구경하구 영화라도 보지 뭐."

하는 대답이 자연 시원치가 않았다.

언니가 외출하기를 기다려 자기만을 불러들여서 이런 말을 하는 아버지의 의도를 보연은 짐작이 되는 듯,

"저한테 무슨 하실 말씀이 있어요?"

물었다.

"너, 언니하고 싸웠다지?"

"네."

"무슨 일로?"

보연은 잠시 입을 다물고 있다가 대답은 않고 의외의 딴말을 했다.

"저, 아버지한테 무슨 말을 물어도 괜찮아요?"

"괜찮지 그럼."

보연은 약간 망설이는 눈치더니,

"솔직히 대답해주세요. 아버지 친하게 교제하는 여자 있어요?"

낯을 붉히며 이런 엉뚱한 질문을 했다.

2

"별안간 무슨 소릴 하는 거냐?"

인구 씨는 당황히 반문했다.

"있으시군요."

보연은 똑바로 부친을 쳐다보았다. 티 없이 맑은 눈, 진지한 표정이다. 인구 씨는 순간 말문이 막혔다.

상대가 보경이라면 씨는 주저앉고 거짓말로 둘러댔을 것이다. 하지만 웬일인지 보연이 앞에서는 쉽사리 거짓말이 나와지지 않았다.

"사람이 세상을 살아가려면 자연 남자도 사귀고 여자도 사귀게 되는 거지. 여자 교젠들 없을 수야 있겠니."

인구 씨는 흐리멍덩한 말로 딴전을 부렸다.

"그런 건전한 의미의 교제 말고 말예요."

"도대체 오늘은 네가 어찌된 일이냐? 이상한 걸 따지고 나오니."

혹시 안경희와의 관계를 알고 있는 게 아닌가 하고 인구 씨는 은근히 켕기었다.

"엄마와 뜻이 맞지 않아 헤어졌다는 거 거짓말이죠? 엄마가 싫어지신 거죠?"

보연은 마치 힐문하듯 뚱딴지같은 말을 물었다.

"네 어미에게서 무슨 말을 들은 게로구나."

　이번에도 보연은 그 말에는 대답을 하지 않고,

　"이십 년 가까이나 같이 살다가 이제 와서 성격이 안 맞는다고 헤어질 리 없어요. 믿어지지 않아요. 아버진 아버지대로 엄만 엄마대로 딴 이유가 있는 거예요. 꼭 그래요. 그렇죠? 아버지."

　캐고 들듯이 물었다.

　"새삼스레 지금 와서 지나간 일을 들출 필요가 뭐냐. 어쨌든 네 어미와 헤어진 건 기정사실이니까. 그 기정사실 위에서 우리 세 식구가 만족스럽고 즐겁게 살아가면 될 게 아니냐."

　"정말 만족스럽고 즐거운 가정을 생각하신다면 딴 여잔 잊어버리세요. 그리구 엄말 도로 맞아들이세요. 안 그러면 엄만 영영 타락해버리셔요. 언니두요."

　보연은 필사적인 표정으로 흡사 애원하듯 했다.

　인구 씨는 식모 아주머니에게서 들은 얘기도 있고 해서, 제 어미와 언니에 대한 보연의 생각을 짐작할 수 있었다. 따라서 애들 어미가 어떤 처신을 하고 있고 보경이 또한 어떤 태도로 기울고 있는지도 추측이 갔다.

　단순한 보연이가 번민하는 것도 무리가 아니다. 그러는 보연은 아버지마저도 딴 여자에 미쳐서 어머닐 배척하는 줄 알고 있는 모양인데, 그것만은 오해다. 하지만 그것은 이유 있는 오해일지 모른다. 부모가 이혼하게 된 확실한 원인을 모르는데다가, 제 어미에게서 아버지에 대해 그릇된 무슨 말을 들었기 때문일 것이다.

　사태는 이미 이런 국면에까지 이르렀다. 막연히 만족스럽고 즐거운 세 식구만의 생활을 기대할 단계는 지난 것이다. 아내와의 이혼을 결심했을 때 이상으로 근본적이고 적극적인 대책이 필요해진 것이다. 그 필요성을 씨가 더욱 강하게 느끼게 된 것은, 수일 후 처제와 처남을 함께 만나보고 나서다.

처제인 영애에게서 사무실로 전화연락이 있었다. 언니와 보경이랑 보연에 대해서 의논할 일이 있다는 것이다. 그러고는,

"오빠도 나오신다고 했어요."

이런 말까지 덧붙였다. 장소는 S호텔의 티룸으로 정했다. 처남까지 씨를 만나러 온다는 데 심상치 않은 예감이 들었다. 초등학교 교장인 처남과, 처제는 약속 시간보다 십 분쯤 늦게야 나타났다. 차를 청해놓고 처제 쪽에서 먼저 그 언니에 대한 이야기부터 시작했다.

"그동안 언닐 여러 번 만나봤어요. 은밀히 사람을 내세워서 뒷조사도 시켜봤고요."

"그래서?"

"타고난 성격 탓인지, 직업 관겐지 역시 남자 교겐 많은가 봐요. 하지만 언니 자신이 장담하듯, 다행히 우리 애 아버지와는 그 뒤로는 깨끗한가 봐요."

"정말 다행이군."

인구 씨가 진심에서 그랬더니,

"그 대신 우리 집 바깥양반은 딴 여자에게 미쳐다니고 있는걸요."

처제는 이러고 어이없다는 듯이 쓰디쓰게 웃었다.

"제 버릇 개 주겠어. 죽기 전에 못 고쳐."

처남도 솔직한 논평을 가했다.

"그러기에 전 체념하구 있어요. 다만 집안끼리 창피스런 일만 저지르지 않으면 다행이라고 생각해요."

"그렇게 생각하구 지내는 게 속 편할 거야."

인구 씨도 동감을 표했다. 집안에서 아무리 안달을 해봤자 본시 바람기가 심한 사람은 할 수 없는 일이다. 이혼할 용기나 자신이 없다면 차라리

모르는 체하고 내버려두는 도리밖에 없을 것이다.

날라온 차를 한 모금씩 마시고 나서 처제는 다시 말을 이었다.

"그런데 언니 말이, 서울을 떠날 순 없대요. 언니가 서울에 되돌아왔기 때문에 형부네 가정에 괜한 풍파를 일으키지 않느냐구 했지만, 이젠 다방 두 자리가 잡히구 했는데 어떻게 떠나느냐는 거예요."

언니를 설득하지 못해 미안하다는 낯으로 처제는 인구 씨를 쳐다보았다.

"그년이 이혼을 하고 나서까지 자네에게 심려를 끼쳐줘서 면목이 없네."

그 부친을 닮아 강직하기 그지없는 처남은 정말 면목이 없다는 듯이 말하고 나서,

"게다가 보경이마저 아빌 닮지 않고 어밀 닮아서 엉뚱한 짓을 하고 다니구, 그 틈바구니에서 보연이만 가엾게두 가족에 대한 불신감에서 집안에 정을 못 붙이고 고민하구 있으니, 그래 자넨 어떡할 셈인가? 언제까지 모른 체하구 이대로 있을 순 없지 않은가?"

진정 걱정스레 의논을 해왔다. 그 가운데 인구 씨로서는 명확히 이해가 안 가는 말이 있었다.

"보경이가 엉뚱한 짓을 하구 다닌다니, 그게 무슨 말입니까?"

씨는 꼬집어 묻지 않을 수 없었다. 처남과 처제는 이상하다는 듯이 서로 얼굴을 마주 보고 나서,

"그럼 보경에 대해서 형분 아직 모르고 계세요?"

처제가 알 수 없다는 듯이 물었다.

"뭘 말이지? 보경이가 틈틈이 다방에 나가는 일 말인가?"

"보연이가 무슨 말 안 해요?"

"나보구 친하게 지내는 여자가 있느냐구 묻더군."

"보경에 대해서 말예요."

"보경에 대한 얘긴 못 들었는데. 더러 둘이 싸우는 모양이더군."

처남과 처제는 난처한 듯이 또다시 서로 얼굴을 마주보았다. 그리고는 퍽 거북한 표정으로,

"보경이가 제 엄마 아파트에서 남자와 만난대요."

엉뚱한 말을 했다.

"남자와 만나다니?"

"아파트의 엄마 방에서, 보경이가 어떤 남자와 침대에 누워 있는 걸 보연이가 봤대요."

인구 씨의 얼굴에서는 일시에 핏기가 사라져갔다. 입이 얼어붙은 듯 한참 동안은 아무 말도 하지 못했다. 초점을 잃은 눈으로 휑하니 처남과 처제를 바라볼 뿐이었다.

"면목이 없네. 모든 게 못된 제 어미 탓이야."

처남은 더없이 침통한 표정으로 사과의 말을 되풀이하였다.

"설마, 그럴 리가……."

인구 씨는 믿어지지 않는다는 듯이 혼자 중얼거리듯 하고, 처제의 얼굴을 지켜보았다. 처제는 자신이 경솔하게 실수라도 한 것처럼 약간 당황한 태도로,

"하긴 내가 직접 본 건 아니구, 보연에게서 들은 얘기예요."

변명하듯 했다.

"하루는 보연이가 기운 없이 날 찾아왔더군. 웬일이냐니까, 아버지와 엄마가 왜 이혼하게 됐느냐고 캐묻지 않겠니. 그래서 성격이 맞질 않아서 헤어지게 된 거라고 했지. 그랬더니 믿질 않는 눈치로 잠자코 있다가, 당분간 집을 나와서 우리 집에 와 있어두 되겠느냐구 하는 거야. 깜짝 놀라서 도대체 그게 무슨 소리냐고 물으니까, 괜히 한번 해본 소리라면서 돌아가버렸

어. 그래, 예감이 좋질 않아 자넬 한번 만나보려고 벼르던 참에, 영애가 찾아와서 복잡한 내막을 알게 된 걸세. 따지고 보면 이게 다 내가 누이동생 하날 잘못 둔 탓이야. 그러니 앞으로 어떡했음 좋겠나."

인구 씨는 이제야 눈에 띄게 달라진 보연의 태도에 어느 정도 이해가 갔다. 그러나 언니의 탈선행위를 이모에게는 얘기하고 애비인 자기에겐 숨기고 있는 이유를 알 수가 없었다. 역시 그런 얘기는 남자인 아버지보다는 여자인 이모에게 말하기가 쉬웠기 때문일까.

인구 씨가 심각한 표정으로 입을 다문 채 말이 없으니까,

"언닌, 한쪽으로는 아직 형붤 잊지 못하고 있는 눈치예요. 그러기에 보경인 이런 소릴 해요. 가정의 평화와 행복을 파괴하는 것도 회복하는 것도 오로지 형부 손에 달렸다는 거예요. 형부가 언닐 다시 맞아들이기만 하면 모든 건 원만히 해결된다는 거죠. 하지만 그 앤 형부와 언니가 헤어지게 된 까닭을 모르니까 하는 소릴 거예요."

처제가 이런 말을 하고 인구 씨의 기색을 살피었다. 씨의 반응을 떠보려는 속셈인 모양이었다.

"어림없는 소리 말래라. 용서해줄 일이 따로 있지, 그 애 어미의 짓을 용서할 수 있겠느냐."

처남은 처제의 발언을 일소에 붙이는 말투다. 어쩌면 겉으로는 강직한 체하면서도, 처남의 마음속에도 처제와 같은 한 줄기의 기대가 있는지 모른다.

그동안 삼 년이란 세월이 흘렀고, 이대로 나가면 인구네 가정은 완전한 파멸을 가져오게 될지도 모르니 인구 씨에게 관용의 아량만 있으면 차라리 재결합해주기를 은근히 바라고 있을지도 모른다.

하나 어느 쪽으로 처리를 하든 인구 씨로서는 간단한 문제가 아니다. 따

라서 남녀 간의 비밀행위에 아무리 대범한 인구 씨라고 해도, 처제의 남편과 놀아난 마누라를 다시 받아들일 용의는 추호도 없다. 그야말로 바람을 피우는 데도 한계가 있고 외도에도 모럴이 있는 것이다. 그 한계와 모럴을 넘어선 마누라를 받아들인다면 그 행위 자체도 일종의 죄악일 수 있다. 더구나 보경이마저 제 어미의 방에서 탈선행위를 저지르고 있다면 이것은 중대한 문제다.

그래서 인구 씨는,

"당장은 뭐라고 말씀드릴 수 없습니다. 사태 처리에 대해서 신중히 생각해봐야겠습니다."

침통한 표정으로 대답했다.

"그럴 거야. 간단히 태도를 밝히기에는 사건이 너무나 중대하다고 생각해. 나로선 정말 면목이 없네. 자네가 어련히 알아서 잘 처리하겠냐만, 내가 바라는 건 자네나 아이들에게 더 큰 상처와 불행을 가져오지 않도록 해결하라는 것뿐이야. 그리고 나나 영애의 협력이 필요할 땐 언제든지 말해주게."

처남으로서도 이런 말 이외에는 달리 할 말이 없는 모양이었다. 세 사람은 몹시 어색한 낯으로 덤덤히들 앉았다가 곧 그곳을 나와 헤어졌다.

인구 씨는 화가 나기 전에 허무감이 앞섰다. 사회 구조의 중간 단위인 가정이란 성(城)이 이렇게 허무하게 무너질 수 있을까. 한 주부의 처신이 가정의 운명을 이토록 좌우할 수가 있을까.

이혼 당시만 해도 인구 씨는 마누라만 쫓아내면 그만이라고 생각했었다. 거기서 오는 상처의 여독이 남긴 해도 어느 정도의 시일이 흐르면 가정의 평화와 단란은 회복되리라 믿었다. 그러나 주부가 남기고 간 빈자리는 무엇으로도 쉽사리 메울 수 없었고, 그 영향력은 자식의 혈통 속에까지 미쳤다.

인구 씨가 더욱 충격을 느낀 것은 보경의 당돌한 탈선행위다. 보경에게는 인구 씨의 피는 섞이지 않았다. 남녀관계의 도덕의식이 상실된 제 어미의 피와, 그 어미가 처녀 시절에 절제 없이 접촉해온 누군지 모르는 사내의 피를 물려받고 있는 것이다.

인구 씨는 결코 혈통 같은 걸 중시하는 사람은 아니지만, 지금의 보경을 두고 생각할 때 그 점에 구애받지 않을 수 없었다. 비록 피는 섞이지 않았어도, 씨는 지금까지 보경을 친자식으로 여기고 사랑해왔다. 그런 만큼 씨는 배신당한 심정이었다. 일방 정신적으로 밀착해오지 않는 보연에 대해서도 갑자기 불만이 커졌다. 혹시 그 애마저도 어떤 딴 놈의 자식이 아닌가 하는 의심이 씨에겐 더럭 들었다.

인구 씨는 허무한 생각이 들었다. 그런 중에도 씨는 자기 가정에 피할 수 없는, 어떤 근본적인 변혁의 시기가 왔다고 느꼈다. 우선 보경이와 보연을 만나 따져보고, 경우에 따라서는 그 어미도 만나보리라 마음먹었다.

~⟡ 3 ⟡~

그날 저녁 인구 씨는 귀가하는 길로 보연의 방문을 노크했다. 보경은 아직 돌아와 있지 않았지만 보연은 자기 방에서 잠옷 바람으로 책을 읽고 있었다.

"나와 얘기 좀 하자."

인구 씨가 맞은편 자리에 앉으니까 보연은 굳어진 표정으로 잠옷 자락을 고치며 바로 앉았다.

"나 오늘 네 외숙과 이모를 만나고 오는 길이다."

보연은 아무 말도 하지 않았다.

"넌 무슨 일을 외숙과 이모에겐 의논하면서 이 애비에겐 왜 숨기고 있느냐?"

"미안해요."

"미안해요가 아냐. 네가 알고 있는 일, 생각하고 있는 일이 있으면 먼저 아버지에게부터 알리구 아버지와 의논해야 할 게 아니냐."

"아버지하군 의논해도 소용없다고 생각했어요."

"건 또 왜?"

"……"

"아버질 믿을 수가 없어서냐? 아버질 그렇게 몰이해한 사람이라구 생각하기 때문이냐?"

"아버지와 의논할 일과 그렇지 않은 일이 있기 때문이에요."

"네 언니의 일이나 너 자신의 일이 왜 아버지와 의논해선 안 될 일이냐? 그게 어째서 안 될 일이야?"

부지중 인구 씨의 음성이 높아졌다.

"……."

보연은 여전히 굳어진 표정으로 대꾸를 하지 않았다. 인구 씨는 갑갑하기도 하고 화도 났지만 그러한 감정을 되도록 눌렀다. 어른들이 화를 내면 보연은 더욱 굳게 입을 다물고 열지 않는다는 것을 경험을 통해 씨는 잘 알고 있었다. 그래서 애써 노기를 누그러뜨리며,

'네 언니가 너희 어머니 방에서 남자와 몰래 만났다는데 사실이냐?'

구체적인 질문을 던져보았다.

"……."

보연은 대답을 하지 않고 고개만 끄덕해 보였다.

"침대 위에 나란히 드러누워 있었다면서?"

보연은 또 고개를 끄떡했다. 인구 씨는 둘이 다 벗고 있었느냐고 물으려다가 당황히 입을 다물어버렸다. 고교생인 딸에게 그런 것까지는 물을 수가 없었던 것이다. 물어선 안 되는 것이다. 물을 필요도 없는 말이다. 물으나 마나 빤한 일이기 때문이다.

"상대가 어떤 놈이냐?"

"언니와 자주 만나는 남자가 있어요."

"뭘 하는 놈인데?"

"대학생인가 봐요."

"대학생?"

그렇다면 아직 애송이다. 애송이끼리의 불장난은 위험한 일이다. 모른 체하고 내버려둘 수도 없는 일이다. 또 하나 엉뚱한 말썽거리가 불거진 것이다.

"왜 나한테 진작 말하지 않았어?"

"말하나 마나예요."

"어째서?"

보연은 못마땅한 낯으로 아버지를 힐끔 쳐다보았을 뿐 대답을 하지 않았다.

"좋다, 말하기 싫으면. 그런데 집을 나가겠다는 건 무슨 소리냐?"

"싫어졌어요. 우리 집안이."

분명히 싫어졌다는 데는 인구 씨로서도 할 말이 없다. 감수성이 예민하고 순수한 보연에게 이런 꼴의 집안이 좋을 리가 없다. 그 자신 탐탁하게 마음을 붙일 수 없는 을씨년스런 집안이니 말이다.

그 직접적인 원인이야 누구에게 있든 간에, 한 가정의 가장으로서 또는 어버이로서 씨는 딸에 대해 책임을 느끼지 않을 수 없었다.

"미안하다, 네게는."

모르는 새에 씨의 입에서는 사과의 말이 흘러나왔다.

"그러나 유감스럽게도 나로서는 네가 염증을 느끼는 우리 집안을 평화롭고 단란한 가정으로 당장 바로잡아 놓을 도리가 없다. 그것은 나 혼자만의 노력만 가지고는 안 되기 때문이다. 너와 네 언니와 나아가서는 헤어진 네 어미의 협력까지도 필요하기 때문이다."

"아버진 그만큼 진심으로 노력해보셨어요?"

보연이 불만스러운 표정으로 불쑥 이런 말을 물었다.

"넌, 내게 대한 불만이 대단한 모양이구나? 대체 어떤 점이 불만이냐?"

"아버지만 나쁜 건 아니에요. 엄마두 언니두 나빠요. 다들 나쁘단 말이에요."

갑자기 울먹이는 소리로 말하고 보연은 두 손으로 얼굴을 가렸다. 인구 씨는 한 손을 가냘픈 딸의 어깨에 얹고 가만히 어루만져 주었다.

"그래, 다들 나쁘다. 단 네 식구가 화합하지 못하고 지리멸렬 상태에 빠져야 한다는 건 유감스러운 일이야. 그렇게 생각하니 네가 집을 나가려는 심정도 이해가 간다. 나쁜 아비와 나쁜 어미와 나쁜 언니의 틈바구니에 끼여서 너마저 고민하고 들볶여야 할 이유 없다. 아버지두 네 처신 문제에 대해서 생각해보마."

인구 씨는 보연이와 담론 중에 정말 그런 생각이 든 것이다. 가정의 평화와 단란을 회복할 수 없을 바에는 차라리 보연의 생활환경을 바꿔주는 것이 좋지 않을까 하는 생각 말이다.

"미안해요, 아버지."

보연은 울상을 짓고 아버지를 쳐다보았다.

"아니다. 내가 미안하다. 너 하나 만족스레 자랄 수 있는 환경을 만들어주지 못한 내가 부끄럽다."

"아버지의 심정두 이해해요. 그러니까 엄마와 언니가 더 미워요."

"네 어미란 여잔 본래 그런 사람이구, 이미 우리 집 식구가 아니니 어쩔 수 없다 하더라도 네 언니마저 저렇게 군다는 건 정말 의외다."

그러므로 인구 씨는 모르는 체해 넘길 수가 없어서 따끔히 따져보려고 밤이 깊도록 기다렸지만 보경은 종내 그날 밤 귀가하지 않았다. 씨는 무시당한 것 같은, 배신당한 것 같은 울분을 금할 수가 없었다.

그날 밤 인구 씨는 여러 가지를 생각해보았다. 보경을 만나 담판을 지어보고 원만한 해결이 불가능할 때는 가정을 완전히 분산해버릴까 하는 마음도 들었다.

이 상태대로 질질 끌어가게 되면 서로 부당한 자극과 피로와 불만불신만을 더해주게 되며 보연이 같은 선의의 가족에게 억울한 피해만을 끼치게 할 뿐이다. 그럴 바에는 결연히 가정을 해산해버리는 것이 나을지 모른다. 한집에 모여 삶으로써 얻어지는 이익보다 손해가 더 많을 때는 비록 부부요 부자요 형제라 할지라도 모여 살 필요가 없는 것이다. 보경은 제 어미한 테 가든지 아는 남자와 동거를 하든지 멋대로 하라고 내버려두고, 보연이 만은 외숙이나 이모네 집엘 보내든지 아니면 모범적인 가정을 골라 하숙 을 시키면 된다.

그 뒤에 인구 씨의 머릿속에 떠오르는 것은 안경희다. 씨 자신은 이 집을 처분해버리고 고급 아파트라도 얻어서 경희와 같이 지내도 좋고, 싫다면 조용히 혼자 지내며 경희로 하여금 무상출입케 하여도 된다. 그렇게 되면 토요일마다 궁색하게 다방에서 만나 호텔이나 여관을 창피스레 찾아다니 지 않아도 되는 것이다.

이러한 자신의 생각에 인구 씨는 깜짝 놀랐다. 자신이 가정 문제의 원만 한 수습책보다도 쉽사리 해산을 예상해보는 것은 은연중에 홀가분하고 자 유스러운 경희와의 밀회를 원하는 심보에서가 아닐까고 반성이 되었기 때 문이다. 아무튼 그 문제는 보경이와 담판을 해보고 나서, 삼부녀의 합의에 따라 결정할 일이라고 씨는 생각했다.

다음 날은 마침 토요일이어서 인구 씨는 경희와 만났다.

사람이란 누구와도 자주 만나면 만날수록 정이 깊어가게 마련이지만, 경 희와의 밀회를 거듭함에 따라 인구 씨의 마음속에는 경희가 차지하는 영 역이 점점 커갔다. 그것은 일찍이 인구 씨가 경험하지 못했던 새로운 대인 관계였다. 단순한 도락이나 도색 유희의 상대만이 아니다. 말하자면 경희 는 씨에게 있어서 신선한 애인이었고, 신부였고, 창녀였고, 친구였고, 딸이 었다. 한 여자에게서 이런 여러 가지를 동시에 경험할 수 있다는 것은 확실 히 매력이 아닐 수 없다.

그만큼 씨의 마음속에는 빈자리가 많았다는 것을 의미한다. 즉, 공터였 던 것이다. 구석구석이 가득히 채워져야 할 것이 가정적으로도 사회적으로도 채워져 있지 않았던 것이다. 거기에 노쇠현상마저 겹치게 되니 씨는 은연중에 당황하고 초조하고 쓸쓸했던 것이다.

이것은 돈이나 권세나 명성이 있는 사람일지라도 노년기에 접어들면 모르는 새에 스며드는 감정이다. 하물며 돈도 권세도 명성도 없는 인구 씨 같은 평범한 중년에게 있어서랴.

그렇게 생각하면 안경희라는 묘한 소녀에게 씨가 기우는 게 무리가 아니다. 경희를 사귀면서부터 씨는 잃어가던 많은 것을 되찾고, 미처 몰랐던 새로운 감정을 발견도 했다.

인구 씨는 일찍이 사랑이란 것을 뚜렷이 의식해본 일이 없었다. 결혼 전에 헤어진 아내의 꽁무니를 따라다닌 것은 사랑에서라기보다도 단순히 수컷이 암컷을 쫓아다닌 데 불과했다. 그러다가 육체 교섭을 갖게 되었으니까. 책임감도 있고 해서 좋지도 싫지도 않은 대로 결혼을 해버린 것이다. 그런 만큼 신혼의 황홀감도 신선미도 없었다. 그러한 인구 씨가 경희에 대해서는 봄날의 아지랑이 모양 아리송하고 담담하나마 사랑의 감정을 어렴풋이 맛보기 시작한 것이다. 씨가 십 년만 젊었어도 맹렬하게 확확 타오를지 모른다. 하지만 그러기에는 씨는 너무나 어른이었다. 늙었다.

또한 인구 씨는 경희와 호텔에 들 때마다 갓 결혼한 신부를 데리고 신혼여행을 온 기분이 들었다. 귀에 익지 않은 생소한 대화와 어색한 감정의 교류가 씨에게 그런 느낌을 한층 강하게 해주었는지 모른다.

그러나 일단 침상에 들면, 헤어진 아내나 지금까지 경험한 딴 어떤 프로 여인에게서 맛볼 수 없던 신선한 매력에 씨는 취할 수 있었다. 그것은 상대방의 심리적인 육체적인 수치감의 무기교적인 반응의 탓일지도 모른다.

일방 경희를 옥외에서 대할 때는 또 하나의 딸 같은 착각이 씨에겐 곧잘 들었다. 그럴 때면 아버지와 같은 인자한 태도로 경희를 언제까지나 돌봐

주고 싶어지는 것이다. 씨에게 있어서 경희는 깜찍하고 자랑스러운 친구
요 말동무이기도 한 것이다. 아무 말 않고 같이 있기만 해도 심심하지 않
고, 아무것도 아닌 얘기를 주고받아도 신선하고 감동적이게 느껴진다.

　지금도 인구 씨는 수원행 고속버스 속에 경희와 나란히 앉아서 간혹 이
야기를 나누기도 하고, 입을 다물고 연도풍경을 바라보며 단거리 여행을
즐기고 있는 것이다.

　"경흰 가족관계 어떻게 되지? 누구누구와 살구 있어?"

　단조로운 연도 풍경에도 물린 인구 씨는 은근히 궁금했던 일을 지나가는
말처럼 슬쩍 던져보았다.

　"피차 묻지 않기로 했잖아요? 그런 건."

　경희는 웃으면서 돌아보았다.

　"아직도 날 못 믿어요?"

　"못 믿어서가 아니라 그런 건 서로 모르고 지내는 게 좋잖아요."

　"알아도 무방할 텐데, 믿는 사이라면."

　"하긴 그래요. 아저씨에게만은, 아저씨에게만은 말해도 괜찮아요."

　"양친 다 계신가?"

　"제겐요, 양친이 아니고 사친이 있어요."

　경희는 담담하게 웃으면서 영문 모를 말을 했다.

　"무슨 소리야? 사친이란?"

　"엄마 하나에 아버지가 셋, 그러니까 사친이지 뭐예요."

　"아버지가 셋이라? 복잡하군 그래, 경희네 내막도."

　"하나는 절 낳아준 아버지, 하나는 절 길러준 아버지, 하나는 절 따먹은
아버지, 이렇게 구질구질하고 지저분한 역사가 있죠, 저한텐."

　인구 씨는 왜 그런지 경희에 대해 미안하고 민망스러운 마음이 들었다.

그러나 다행히도 경희에게는 추호도 비굴하거나 수치스러운 기색은 없었다. 인구 씨는 소녀의 불우한 가정 내막이 더욱 궁금했지만, 즉석에서 그이상 캐어물을 수는 없었다.

수원에 도착하자 두 사람은 손바닥만 한 시가지를 한 바퀴 돌아보고 나서, 그중 고급인 여관을 골라 들었다.

"경희도 많은 인생경험을 쌓았군."

코트를 벗어 걸고 마주 앉으며 인구 씨가 혼잣말처럼 중얼거렸더니,

"아버지도 셋, 남자도 셋. 그만했음 사내 경험은 풍부한 셈이죠."

경희는 또 한 번 괴이한 말을 하고 웃었다.

4

"남자두 셋?"

인구 씨가 어리둥절한 낯을 하니까,

"놀라셨죠?"

경희는 놀리듯이 웃었다.

"무슨 소린지 모르겠군. 현재 나 말고 남자가 둘이나 있단 말인가?"

"천만에요. 아무리 일시 몸뚱일 팔망정 지저분하게 겹치기 장산 안 해요, 전."

"그럼 과거 얘긴가?"

경희는 대답 대신 어린애 모양 고개를 까딱해보였다.

"그러니까 내가 세 번째 남자란 말이지? 어른들도 알아? 경희가 세 번씩

이나 남잘 바꾼걸."

"자진해서 정식계약을 맺고 교제하는 건 아저씨가 처음이에요."

"그래, 그럼 지난 두 번은 연애관계?"

"그러면 좋게요. 먹힌 거예요, 두 번 다."

"먹히다니? 누구에게."

"한 번은 세 번째 아버지에게서, 다음엔 가정교사로 있던 집주인 남자에게요."

인구 씨는 잠자코 고개를 끄덕끄덕했다. 더 구체적인 설명이 없어도 경희가 걸어온 경로와 환경을 짐작할 수 있었기 때문이다.

"여기까진 세상에 흔히 있는 공식적인 타락 코스였죠. 어머니가 남자를 삼, 사 차나 바꾸는 동안 첫 번째 아버지에게서 태어난 저는 세 번째 아버지에게서 몸을 뺏기구 집을 뛰쳐나와 가정교사로 전전하며 학업을 계속하던 중, 이번엔 주인집 남자에게 두 번째로 당하구 나서, 카바레에 한 달쯤 나가다가 마침내 아저씨 같은 분을 만나 장삿길에 들어서게 됐으니까요. 그렇지만 앞으로 지향하는 제 인생행로는 결코 흔해빠진 공식 코스가 아닐 거예요."

이런 얘기를 경희는 맹랑하게 마치 동화책이라도 읽듯이 지껄였다.

"미안해, 경희!"

인구 씨의 입에서는 부지중 이런 말이 흘러나왔다.

"추호도 미안해하실 거 없어요. 우리는 어디까지나 신성한 정당거래니까요."

"신성하다니?"

"정신을 팔아먹는 족속들, 즉 양심과 애국심과 도덕과 신앙을 팔아먹으며 지도자연하는 그따위 추잡한 위선자들에 비하면 정신을 깨끗이 보존하고 꿈을 키우기 위해서 단순히 썩어 없어질 육신만을 매매하는 우리의 행위야 얼마나 솔직하고 신성해요."

인구 씨는 입을 벌린 채 멍하니 소녀를 바라보았다. 경희는 언젠가도 이와 비슷한 말을 한 적이 있었다. 위선적인 기성세대에 대한 원한이 사무쳐 있나 보다. 이런 비약적인 논리는 현실사회에 대한 시니컬한 비판이기도 하다.

"놀라실 거 없어요. 사랑이란 말의 공수표보다는 차라리 캐시로 여자를 사는 편이 훨씬 공정한 거래방법이니까요."

소녀는 이러고 나서 인구 씨의 볼에 가볍게 키스를 해주더니, 세면소에라도 가는지 핸드백 속에서 수건과 조그만 비눗갑을 꺼내들고 방을 나갔다.

인구 씨는 방바닥에 벌렁 누워서 경희가 한 언동을 생각해보았다. 나이도 어리고 불우한 환경 속에서 굴욕적인 상처를 입어 오면서도 확고한 주관과 자신을 갖고 자기의 길을 살아가는 것이 의외였다.

무척 생동적이고 개척적이고 발랄하게 씨에겐 느껴졌다. 아무리 어려운 고비에 직면해도 경희는 굽히거나 꺾이지 않고 자기만의 진로를 뚫어나갈 것만 같았다.

그것은 세면소에서 돌아온 경희와 새로이 주고받은 얘기에서 더욱 실감할 수 있었다. 대화 끝에 소녀는 이런 말을 한 것이다.

"그런 염려는 안 하셔도 좋아요. 아저씨와 저와의 관계가 저의 전도에 반드시 손실과 불행을 가져다주리라고 전 생각지 않으니까요."

"그렇다면 참말 다행이야."

"사람은 누구에게나 살아가는 데 있어서 여러 가지 방법과 길이 있을 거예요. 그중 어떤 방법, 어떤 길을 택하느냐가 결국 그 인생의 성패를 가름하는 거 아니겠어요. 그러기에 저는 결코 이지고잉한 타락이나 자포자기

에서 이런 수단을 택한 건 아니에요. 심사숙고 끝에, 저 같은 처지의 여자
가 저 나름의 인생계획을 성취시키기 위한 최선의 방법은 이 길뿐이란 결
론을 얻었기 때문에, 아저씨 같은 애늙은이 낚아낸 거죠. 그러니까 조금도
미안해 마시구 계약 범위 내에서 실컷 재미나 보시는 거예요. 어때요? 그게
가장 현명한 상책 아니에요."

경희의 발언 내용은 놀랍도록 명확하다. 조그만 손거울을 세운 무릎 사
이에 끼우고 얼굴 손질을 하고 있는 청초한 소녀의 모습을 인구 씨는 누운
채 신기하고 자냥스럽게 바라보았다.

"경희의 그 인생계획이란 건 어떤 건가?"

"그것도 제 개인 문제지만…… 그래요. 말씀드려도 괜찮아요. 전 아저씰
신용하니까요. 저는요, 학굘 졸업하면 스칼러십을 얻어갖고 미국에 유학
갈 생각이에요."

"미국 유학이라. 그럼 여류 학자가 되게?"

"첫째는 이상적인 결혼이 목적이구요. 만일 만족할 만한 결혼이 불가능할 때는 학자가 되는 거예요."

"결혼이 목적이라면 구태여 미국까지 갈 필요 없잖아."

"여기서 한국 남자하구 결혼하란 말씀이에요?"

경희는 어림없는 소리 말라는 듯이 반문했다.

"그럼 경흰 미국 남자와 결혼할 생각인가?"

"그럴 수밖에요."

"실망했는데. 한국 남잔 눈에 안 찬단 말이지?"

"아저씬 실망하실 거 없어요. 패기가 없어 그렇지 아저씬 겪어볼수록 좋은 분이니까요. 계약기간 동안은 제가 정성껏 서비스해드릴게요."

웃으며 인구 씨를 바라보는 소녀의 얼굴이, 그런 말은 해놓고도 수줍은지 발갛게 홍조를 띠었다.

"그래서가 아니라 일반론을 말하는 건데, 한국 남자가 신랑감으로 그렇게 시원치 않은가 말이야."

"아직 단언할 순 없지만요. 미국 남자에 비하면 역시 구질구질하다고 생각돼요."

"어떤 점에서?"

"결혼할 땐 으레 여자가 숫처년가 아닌가를 문제시하거든요. 여자의 인간성과 정신 내용은 중시하지 않구, 육체적인 순결 여부만 따지려 든단 말이에요. 정신적 순결이나 진실성은 그것을 한번 상실하면 그 사람의 가치와 운명까지 좌우되지만 육체적인 순결 같은 거야 그까짓게 뭐예요. 목욕탕에만 한번 들어가서 깨끗이 씻고 나오면 그만 아니에요. 더구나 가소로운 건, 남자 자신은 실컷 바람을 피우고서 아내감은 꼭 숫처녀라야 한다니 그런 독선이 어딨어요? 그러니 저 같은 여자야 한국에서야 어디 시집을 가겠어요. 난 이러이러한 남자관계를 가져왔소, 하면 더러운 벌레라도 보듯 침을 뱉구 도망쳐버릴 거 아니에요."

"숨기고 가지 뭐."

"그랬다 탄로나믄, 당장 쫓겨나게요. 한국 사람들이나 한국의 사회풍토란 그런 걸 들춰내고 소문내긴 또 지독히 좋아하지요."

"그런 점에 있어서 미국 남잔 한국 남자보다 확실히 다를까?"

"책이나 영화를 통해 봐도 그렇구요, 미국 사회를 잘 아는 사람의 말을 들어두요 한국 남자와는 전혀 다르대요. 우선 그 사람들은 결혼할 때, 상대가 숫처녀고 아닌 걸 그다지 중대시하지 않잖아요."

"하긴 그런 모양이지."

"그리고 말예요. 거기 가선 제가 한국서의 과거를 숨기고 결혼할 수도 있잖아요. 탄로날 염려가 없으니까요."

인구 씨가 보기에도 그것은 어느 정도 가능한 얘기다. 자기의 운명 타개를 위해서 경희가 이렇듯 적극적이고 치밀하게 계산하고 있는 데 씨는 감탄했다.

"그런데 지금은 누구와 살아? 어머니와 동생들?"

"의붓아버지는 물론, 친아버지와 친어머니하고도 싹 손을 끊었어요. 전셋방을 얻어서 혼자 자취하고 있어요. 동생들은 가끔 만나지만요."

"그래."

인구 씨는 필요 이상 한참이나 머리를 끄떡끄떡하고 나서,

"그럼 어때? 내가 아파트 방을 사고 들게 같이 지내면."

막연히 품어온 공상을 발설해보았다. 그 진의를 선뜻 파악할 수 없는 탓인지 소녀는 정색을 하고 말없이 잠시 남자를 바라보았다.

"그렇다구 우리의 계약 내용을 위반하자는 건 아냐. 고급 아파트면 환경도 비교적 조용하구 시설도 괜찮구 방도 세 개 이상은 있을 테니까, 한 방씩 따로따로 쓰면 되잖아. 다만 토요일 저녁만 일부러 호텔이나 여관을 찾아다니는 불편을 덜기두 하구."

"절 위해선가요?"

"아니, 나 자신을 위해서."

"그럼, 가정은 어떡하시게요? 왔다갔다 하시게요?"

인구 씨는 섣큼 대답하지 못하고 복잡한 표정으로 한동안 천장을 멀거니 쳐다보며 누웠다가, 마치 한숨이라도 토하듯이,

"아니. 가정이란 우리를 아주 벗어나서 나도 차라리 홀가분하게 경희를 흉내 내보고 싶어서 그래. 한 가정의 가장으로서, 남편으로서, 아버지로서 나도 결국 실패한 사람이니까.

중얼거렸다.

"그 실팰 회복하시면 되잖아요."

"회복하기 위해 괜한 노력을 쏟느니, 아예 경희처럼 각자가 새로운 자기의 길을 개척해 나가는 편이 나을 것 같아."

소녀는 한 걸음 다가앉더니, 반듯이 누워 있는 남자의 가슴 위에 머리를 얹고,

"아저씨의 인생이나 가정도 평탄하지 못한가 보군요."

속삭이듯 하였다.

인구 씨는 잠자코 한 팔을 올려, 소녀의 머리랑 어깨랑 등을 마음을 담아 어루만져 주었다. 그러면서 씨는 자신의 힘으로는 수습하기 어렵게 된 자기네 가정 문제를 생각해보았다. 본시부터 그는 가정의 구성단위를 부부에 두고 있었다. 한 가정의 기본이 되는 기간요원은 부부뿐이다. 부부 이외의

가족, 즉 부모든 형제든 심지어는 자녀까지도 그것은 어디까지나 일시적인 준 요원으로서의 임시가족에 불과한 것이다. 그러므로 일단 결혼하고 나면, 아니 결혼 이전이라도 성인이 된 자녀는 부모와 한집에 살아선 안 되는 것이다. 다만 부모로서는 자녀가 대학을 나올 때까지 혹은 만 이십 세 이상이 되어 독립할 수 있을 때까지, 양육해야 할 의무와 책임이 있을 뿐이다.

그러기에 자녀가 대학을 나오거나 가난한 가정의 경우는 이십 세 이상의 성인이 되고 나면 부모의 슬하를 떠나 각자 자기 나름으로 자기의 길을 찾아가야 하는 것이다. 그런 까닭에 한 가정의 모체는 어디까지나 부부요, 부부뿐이어야 한다.

이러한 가정관 내지 가족관과 주장을 지니고 있는 인구 씨인 만큼, 가정의 모체인 부부관계가 결렬되었을 때 이미 그에게는 가정은 없는 것이었다. 파괴되고 말았던 것이다. 그들 삼부녀는 파괴된 가정의 폐허 위를 방황하고 있었을 뿐이었다. 어차피 두 딸은 조만간 각자 자기의 길을 찾아 떠나야 할 사람이다. 그것이 딸이 아니고 아들이라도 씨에겐 마찬가지다. 떠나보내야 할 사람들이다. 그렇다면 구태여 서로 상처를 받기 쉬운 정신 상태하에서 셋이 동거를 해야 할 이유가 없다는 결혼이 나오는 것이다.

이에 따라 인구 씨가 취할 태도는 자연 명확해졌다. 파괴된 가정을 조속히 재건하느냐, 아니면 차라리 깨끗이 분산해버리느냐다.

"어때? 경희. 내가 가정을 정리하구 나서 아파트 방을 사구 들면 같이 와주겠어?"

인구 씨는 한 손으로 소녀의 어깨를 다정하게 쓰다듬어주면서 물었다. 짙어가는 어둠이 두 사람을 한층 다감하게 감싸주었다.

"명분이 서지 않지 않아요? 부부도 아니고 부녀지간도 아니고……."

"그런 거야 아무렴 어때. 친구라구 해두지. 다만 서로 구속하지도 말고,

손햏 끼치지 말고 살면 되잖아."

"한집에서 살면서도 계약내용 엄수하실 자신 있으세요?안 될걸요, 아마."

소녀는 가볍게 웃으면서 얼굴을 남자의 가슴에 비비었다.

"내가 그렇게 버릇없어 보여?"

"이거 보세요."

어느새 소녀의 팡파짐한 둔부를 더듬고 있는 남자의 손을 살짝 꼬집으며 소녀는 장난스럽게 웃었다.

5

경희와 수원에의 단거리 여행을 마치고 돌아온 뒤로 인구 씨는 가정문제에 대해서 삼부녀의 가족회의를 열어 최후 담판을 짓기로 마음먹었다. 여태까지는 어떻게 해서든 원만한 수습을 위해 애써왔지만, 이제 와서는 원만한 수습이든 완전한 파괴든 두 가지 중 어느 쪽으로든 조속히 결말을 지어버려야겠다는 결심이 씨에겐 선 것이다.

그렇지만 당장에 아이들을 불러내려 따지는 일은 피하였다. 그리 되면 서로들 즉흥적인 의사나 감정적인 대립에 흐르기 쉽기 까닭이다. 그래서 인구 씨는 아이들에게도 심사숙고할 시간적 여유를 충분히 주고 싶었다. 삼 일간의 여유를 주었다. 수습이냐, 분산이냐 하는 토의 안건도 미리 제시해두었다.

그것은 아이들에 대한 엄중한 경고도 되는 것이다. 헤어진 모친과의 교제를 완전히 끊고, 방종한 행동을 삼가고, 부친의 처지를 이해하고 신뢰하고, 가정에 애착을 갖고 부친에게 좀 더 밀착해오지 않는 한 이 가정을 완전히 해산해버리고 말 테다 하는 선의의 협박일 수도 있는 것이다.

그리 되면 보경이나 보연이나 찔끔해서 부친을 중심으로 가정적이고 가족적인 화합과 단란을 위해 적극적으로 협력해올지도 모른다는 희망이 씨에게는 없지도 않았다. 그러나 막살 삼일 뒤에 열린 회의에서 씨는 자신의 그러한 희망이 얼마나 단순하고 일방적이었나를 깨닫지 않을 수 없었다.

그날 저녁은 인구 씨도 일찍 귀가했지만 보경이는 벌써 돌아와 있었다. 제시간에 세 식구가 아니 식모 아주머니까지 네 식구가 모여 앉아 식사를 하는 것도 근래에 와서는 드문 일이었다.

식사 중에는 회의에 관한 얘기는 일부러 꺼내지를 않았다. 하지만 가정의 운명을, 따라서 자신들의 금후의 향방을 운명 지을 중대한 회의를 앞둔 탓인지 보경이나 보연이나, 그리고 식모 아주머니까지도 심각한 표정들을 하고 있었다.

"장례식장처럼 왜들 이렇게 엄숙하지?"

인구 씨가 웃으며 둘러보았다.

"잘못하면 곧 우리 가정의 장례식이 될지도 모르니까요."

보경이나 웃지도 않고 딱딱한 말투로 대꾸했을 뿐이다.

저녁상을 물리고 나서 삼부녀는 차를 마시며 마주앉았다. 보경이가 제 어머니의 다방에서 차 끓이는 법을 배우고 원료도 가져다 썼기 때문에 커피 맛이 제법이다.

인구 씨는 김이 모락모락 피어오르는 진한 커피를 한 모금 맛본 다음 어색하고 딱딱한 분위기를 풀기 위해서,

"보경이두 다방을 냈으면 좋겠구나. 어떠냐? 학교를 졸업한 뒤에 다방 하나 차려줄까?"

일부러 농담을 걸었다.

"그래요, 아버지. 우리도 다방 하나 차려요. 아버지 가만 모셔놓구 제가 생활빌 전부 벌어 댈게요."

보경은 갑자기 얼굴이 활짝 펴지며 진심으로 달라붙듯 했다.

"우리 보경이 덕에 앞으로 내가 팔자가 늘어질까 보다. 하지만 가뜩이나 남자 손님이 대부분인 다방을 차려놓으면 보경이 바람피우기 좋게."

"어마, 아버지두……"

보경은 귀엽게 눈을 흘기면서도 낯이 붉어지고 확실히 당황한 눈치였다. 역시 짚이는 데가 있는 모양이다.

어쨌든 굳어지게 마련인 이런 회담을 이 정도로 스무드하게 시작했다는 것은 인구 씨로서는 처음 보는 일이었다. 씨는 과장스럽게 웃고 나서,

"바람을 피운다고 반드시 나쁜 건 아니지. 하지만 여자로서는 남잘 조심해야 하는 거야. 까딱하면 일생을 망치기 쉬우니까."

여기서 일단 말을 끊었다가,

"너, 가까이 지내는 남자가 있다지?"

자연스럽게 물었다. 보경은 도로 굳어진 표정으로 보연을 흘끔 돌아보더니,

"제 나이에, 남자친구 없는 애가 어딨어요?"

약간 반항조로 대답했다.

"뭘 하는 남자냐?"

"대학생이에요."

"몇 살이냐?"

"스물셋이에요."

"가벼운 기분으로 교제를 갖는 건 나쁘지 않지만 둘이 다 아직 학생 신분

인 만큼 무책임하게 접근해선 안 된다. 그러다 임신이라도 하면 어쩔 테냐?"

"제 일은 제가 책임질 테니까, 아버진 걱정하지 마세요."

"뭐라고? 자식이 하는 일에 애비가 어떻게 걱정을 안 하니?"

부지중 인구 씨의 언성이 높아졌다.

"······."

"너, 그 남자와 결혼할 생각이냐?"

"아직 몰라요."

"몰라? 그러고서 경솔히 몸을 허락해?"

역시나 나이 탓이라, 인구 씨는 노련하게 넘겨짚었다.

"······."

보경은 대답을 하지 않고, 숙인 얼굴을 외면했다. 이쯤 되면 보경이가 어떤 남자와 어떤 관계에 있다는 것은 환하다. 낙담과 분노의 감정이 씨의 가슴속을 소용돌이쳤다.

"이년아! 그게 책임지는 거냐. 애비 몰래 철없는 불량배와 놀아나는 게 책임이냐?"

"책임지면 되잖아요!"

"어떻게 책임을 져?"

"제가 집을 나가버림 되잖아요."

"뭐가 어째?"

말과 함께 인구 씨의 한쪽 손이 허공을 갈랐다. 보경의 뺨에서 짝 소리가 났다.

"왜 때려요? 아버지가 뭘 잘했다구 절 때리서요? 아버진 그래 바람 안 피우세요? 맘놓구 바람 피우기 위해서 엄말 내쫓으셨죠? 그렇죠? 그리구선 그리구선······."

보경은 울음이 치밀어 말을 채 맺지 못하고 방바닥에 엎어져 울기 시작했다.

"이년을 그저……"

인구 씨의 주먹이 보경의 어깨 위에서 부르르 떨었다. 그러나 차마 내려치지는 못하였다. 씨는 치솟는 분을 간신히 참았다. 자신에게도 떳떳하지 못한 일면이 있었기 때문인지 모른다. 씨는 노기를 끄느라고 담배를 피워 물었다. 그 손이 가늘게 떨리었다.

보연은 석상처럼 한자리에 꼼짝 않고 앉아서 얼굴이 파랗게 질려 있었다. 무겁고 침통한 침묵 속에 어깨를 추며 우는 보경의 울음소리만이 한동안 계속되었다. 그러자 그 침묵이 주는 압박감을 견딜 수 없다는 듯이,

"아버지와 엄마가 왜 헤어졌는지 알았어요."

보연이 불쑥 이런 말을 했다.

"무슨 소리냐? 건 또."

보연은 외면을 하고 나서,

"엄마가 나쁜 짓 하셨다면서요? 아버진 엄마가 싫어지구……."

기어들어가는 소리로 간신히 대답했다.

"누가 그러더냐?"

"엄마가 언니한테 사실을 다 말씀하셨대요."

이때 보경이 울음을 그치고 발딱 일어나 앉더니,

"제가 아버지에게 감정적으로 말대꾸한 건 잘못했어요. 그렇지만 집안 꼴이 이 지경으로 된 근본 책임은 아버지와 어머니에게 있어요."

냉정하려 애쓰며 또렷또렷이 말했다. 인구 씨도 감정을 가라앉히고 부드러운 태도로 말했다.

"오냐. 나도 네게 손찌검을 한 건 지나쳤다. 그리고 가정 문제에 대한 책

임을 안 느끼는 것두 아니다. 이 상태대로 나가다간 서로 다 지쳐버려서 더 큰 불화와 치명상을 가져올 것만 같다. 그래서 충분히 담판을 해서 어느 쪽으로든 해결을 짓자는 거다."

"어떻게 해결을 지었으면 좋겠어요?아버진."

보경이 따지듯이 물었다.

"그걸 내 임의로 할 수 있느냐. 그러니까 너희와 의논해서 결정하자는 거다."

"그러면, 먼저 각자가 자기 의견부터 말해보는 게 어때요?"

보경이 이러고 부친과 동생의 얼굴을 번갈아 보았다.

"그게 좋겠지, 그래 너희 생각은 어떠냐? 어떻게 했으면 좋을 것 같으냐?"

"저는요, 가장 원만하게 해결하는 방법은 역시 어머닐 도로 맞아들이는 것뿐이라고 생각해요. 그렇잖으면 저도 집을 나가버릴까 해요."

보경이 먼저 자기 의견을 명확하게 밝히었다. 인구 씨에겐 과히 유쾌하지 않은 의견이어서,

"그건 순전히 너 혼자 생각이냐, 아니면 네 어미의 의사를 참작해서 하는 말이냐?"

궁금해서 캐물었다.

"아버지만 허락하신다면 어머닌 집에 돌아오고 싶어하세요."

"자기가 나쁜 짓 한 걸 너한테 자백했다면서? 그러고두 가정에 돌아올 체면이 있대?"

"아버진 뭐 나쁜 짓 안 하셨어요. 피장파장이죠, 뭐."

"피장파장?내가 무슨 나쁜 짓을 했단 말이냐?"

"결혼 전에, 애인이 따로 있는 엄말 강제로 가로채셨다면서요? 저 그 얘기

듣고 아버지 재인식했어요. 아버지에게 그런 용기가 있는 줄 몰랐거든요."

후반은 농담조로 말하고 보경은 재미난다는 듯이 웃었다.

"그건 오해야."

씨는 대답에 궁해서 툭 내쏘듯 했다.

"그 뒤에도 적당히 바람을 피우셨다면서요. 지금도 그렇구."

그러면서 왜 엄마만 탓하느냐는 말투다. 제 어미가, 애들의 이모부와 저지른 잘못만은 얘길 안 한 모양이다. 인구 씨는 그 점을 꼬집어 밝히고 싶었지만, 차마 그럴 수는 없어서,

"건 그런 게 아냐."

얼버무렸다.

"아무튼, 현재도 아버진 몰래 만나는 여자가 있으시죠? 그렇죠?"

"네가 날 심문하는 거냐?"

"대답하기 거북하면 안 하셔도 좋아요. 그러나 엄만 자신을 깊이 반성하고 계세요. 엄만 다신 실술 안 하신대요. 집에 다시 돌아올 수만 있다면, 아버지가 딴 여잘 사귀어 지내도 좋대요. 이래도 허락 않으시겠어요? 아버진."

"그렇다면 그 문젠 너희 어밀 만나 직접 따져야겠다. 너희에겐 이해할 수 없는 내막과 심정이 있어."

"그래요. 직접 만나서 터놓고 의논하세요. 그게 좋겠어요."

"그럼, 보연이 네 생각은 어떠냐?"

"저도 엄마를 맞아들이는 것엔 원칙적으로 찬성해요. 그렇지만 그 전에 아버지와 엄마와 언니가 맹세하고 약속해야 할 일이 있어요."

"무슨 맹세 말이냐?"

"다시는 나쁜 짓 않겠다고 말예요."

"……."

부친과 보경은 말없이 서로 얼굴을 마주보았다.

"아무리 엄마가 돌아오셔두 아버지가 여전히 딴 여자와 몰래 만나고, 엄마도 딴 남자와 만나구, 언니도 대학도 나오기 전에 남자와 그러는 거 전 싫어요. 창피해 죽겠어요. 그런 나쁜 짓을 고치지 못하신다면 엄마가 돌아오셔도 남부끄러워서, 남두 남이지만 저 자신이 창피해서 이 집에선 못 살아요."

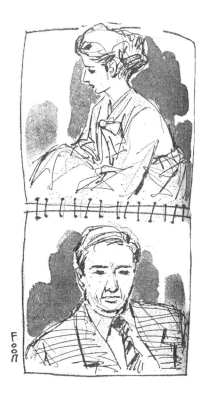

보연은 고개를 떨어뜨리고 정말 말하기도 창피하다는 듯한 말투다. 그러자 보경이 냉큼,

"얘, 얘, 넌 아직 어른의 세계를 몰라서 그래. 경우와 정도에 따라선 그런 일도 이해해줘야 하는 거야."

노상 어른인 체하는 걸,

"아니다. 그건 단연 보연이 말이 옳다."

인구 씨는 눌러버리듯 했다. 이론이나 시비를 떠나서, 씨는 보연의 청순한 마음을 아껴주고 싶었던 것이다.

이번에는 끝으로 가정의 당면 문제에 관해 인구 씨가 의견을 밝힐 차례다. 두 딸의 무언의 독촉을 받으며 씨는 천천히 입을 열었다.

"내 생각으로는, 우리 세 식구가 좀 더 이해하고 협력해서 완전한 융합과 단란을 되찾고 싶다. 그것이 불가능할 땐 각자가 자기 뜻대로 뿔뿔이 분산해버리는 길밖에 없을 테지."

"엄마를 다시 맞아들일 의사는 아버지에겐 없으세요? 전혀."

"그건 실지가 어려운 문제 아니냐."

"어려울 거 없어요. 우선 엄말 한번 만나보세요. 그러면 아버지 맘도 달라지실 거예요. 셋 중 두 사람의 의견이 그러니까 저희 청을 한 번만 들어주세요."

보경이 졸라서,

"너희 생각이 정 그렇다면 만나보기로 하지."

씨도 승낙하고야 말았다. 그러나 일단 헤어진 아내를 오래간만에 만나야 하는 씨의 심중은, 경희와의 관계와도 겹쳐서 무척 복잡하고 미묘한 것이었다.

재회

~~ 1 ~~

가정 구조의 기본 단위를 어디까지나 '부부'에 두고 있는 인구 씨에게는, 아내 없이 두 딸과만 이루는 가정이란 그다지 중요한 의미를 갖는 것은 아니다. 단지 본능적인 부성애와, 딸들의 양육에 대한 의무와 책임이 있을 뿐이다. 그러나 딸들 스스로가 부녀간의 애정과 삼부녀만의 가정적인 화합 단란을 거부하는 이상 형식적이요 타성적인 삭막한 가정의 유지 관리는 더욱 무의미한 것이다.

그렇다고 딸들에게 절대적인 영향력을 작용시킬 만큼 인구 씨의 인격과 덕망이 고매한 것도 못 된다. 한편 어버이의 권위와 의사에 맹종할 만큼 육체적으로나 정신적으로나 딸들은 이미 어리지 않다. 그러니 결국 무리한 견제와 부조화에서 오는 애정적 혹은 감상적 피해를 막고, 각자의 세계를 추구 확립하기 위해서도 결연히 해산해버리는 편이 오히려 현명한 방법으로만 인구 씨에게는 생각되었다.

부모와 자녀 사이라고 해서 반드시 한집에 모여 살아야 할 이유는 없는 것이다. 그것은 단지 오랜 습관과 그렇게 하는 것이 편리하기 때문인 것뿐이다. 모여 사는 것이 불편 불리할 때는 헤어지는 것은 너무나 당연한 일이다. 다만 헤어져 살지라도 그럴 필요가 있을 때까지는 부친의 의무와 책임을 다하면 되는 것이다.

이러한 생각을 품고 있는 인구 씨가 헤어진 아내를 만나보기로 결심한 것은 첫째, 딸들의 원을 풀어주기 위해서요, 둘째는 그 뒤의 여자 쪽의 내적 외적 변모에 대한 일종의 호기심에서다. 그러면서도 헤어진 지 삼 년이나 된 지금에 와서 다시 만난다는 일이 씨에게는 쑥스럽기도 하고 마음의 부담이기도 했다.

딸들의 말로는, 저쪽에서는 자기의 잘못을 뉘우치고 이쪽에서 받아만 준다면 옛 가정에 다시 돌아오고 싶은 모양이지만 인구 씨로서는 받아들일 의사가 거의 없었기 때문이다. 그렇다고 과거의 패륜행위를 지금도 가슴 깊이 새겨두고 증오하고 있기 때문은 아니다. 씨는 본시가 이를 갈 정도로 누구를 깊이 증오하고 저주하지 못하는 성미다. 하물며 삼 년이란 세월이 흘렀음에랴.

사건 당시만 해도, 씨는 아내를 증오하고 저주한다기보다는 그저 불쾌하고 정나미가 떨어졌을 뿐이었다. 그러한 인구 씨가 지금도 다만 헤어진 아내에 대해서 별 미련도 흥미도 매력도 느끼지 못하는 것뿐이다. 그러한 여자를 이제 와서 도로 맞아들일 필요란 없는 것이다.

부부관계에 있어서, 상대방에게 흥미와 매력을 느끼지 못한다는 것은 차라리 증오하고 저주하는 감정보다도 더 불행한 것인지 모른다. 어떻게 생각하면 미워한다는 것은 그만큼 상대를 사랑하고 있기 때문이란 역설도 성립될 수 있으니 말이다. 그런 경우는 미워하는 감정만 사그라지고 나면 용서하고 도로 받아들일 수도 있고, 오히려 전보다 더 강렬한 애정으로 결합될 수도 있을 것이다. 하지만 증오하지 않는 대신 흥미와 매력을 잃었을 때는 깨어진 남녀관계란 회복되기 어려운 것이 아닐까? 그렇다고 어떤 부부나 다 강렬한 애정의 유대로만 그 관계가 유지되어 나가는 것은 아니다. 도리어 일종의 타성과 현실적인 제약과 안일주의가 앞서는지 모른다.

인구 씨도 물론 그랬었다. 밤중 같은 때 아내의 잠든 모습을 돌아보며 나는 과연 이 여자를 사랑하고 있는가고 스스로 반문해보는 적이 있었다. 그런 경우 이 여자가 아니면 안 된다, 이 여자 없이는 살 수 없다고 하리만큼 강렬한 애정을 느끼고 있다고 씨는 대답할 수는 없었다.

하기야 오래 같이 살아보면 미운 정 고운 정이란 것은 들게 마련이다. 그렇지만 동시에 그것은 신선하고 강렬한 흥미와 매력이 상실 혹은 둔화되어 간다는 현상을 말해주는 것이기도 하다. 그런 만큼 부부란 서로 티격태격 다투면서도 함께 붙어살아야지, 일단 헤어지고 나면 재결합이란 어려운 일인지 모른다.

그러기에 지금의 인구 씨도 차라리 가정을 해산해버릴망정 불쾌한 일로 한번 헤어져버린 아내를 다시 맞아들일 의사는 별로 없는 것이다. 그런 터라 전처와의 재회는 마음의 부담이 아닐 수 없다. 저쪽이 어떤 태도로 나올지 모르니 더욱 그러하다. 그러므로 딸들의 독촉을 받으면서도 헤어진 아내와의 재회 시기를 인구 씨는 하루하루 미뤄만 오고 있었던 것이다. 그런 어느 날 계 사장에게서 사무실로 뜻밖의 전화 연락이 있었다.

"창갑 군이 쓰러졌대."

수화기에서 흘러나오는 계 사장의 음성이 심각하게 울리었다.

"쓰러지다니?"

"뇌혈관에 이상이 생긴 모양이지. 찾아가봐야 할 거 아냐. 그러잖아도 자네와 날 보고 싶어한대."

"가봐야지. 병세가 심한가."

"글쎄 자세한 건 잘 모르겠어."

계 사장이 곧 자가용으로 들러주겠노라고 해서, 인구 씨는 전화를 끊고 기다렸다. 아는 사람이 급환으로 쓰러졌다는 소식은 마음을 어둡고 무겁게 했다. 그것이 동년배인 경우에는 한층 더하다. 남의 일 같지 않기 때문이다. 내게도 언제 닥쳐올지 모르기 때문이다. 이윽고 계 사장의 자주색 세단이 사무실 앞에 와 멎었다. 이 층 창문에서 내려다보고 섰던 인구 씨는 급히 달려 내려갔다. 계 사장과 나란히 앉아서 차가 움직이자,

"언제 그랬대?"

인구 씨는 환자에 관해서 물었다.

"어제래. 그게 또 마침 어느 여자네 집에서 자다 그렇게 됐다지 않아."

"난봉꾼은 할 수 없군. 그렇지만 오십도 전에 쓰러지다니."

"이 사람아, 오십 전은 뭐 젊은 줄 아나. 사십 전에도 쓰러져서 영 가버리는 사람이 있어."

"그렇게 말하면야, 이십 대 젊은 애들도 죽는데 뭐."

"이삼십대에 죽는 거야 불운이라고 할 수밖에 없지만, 사십이 넘어 오십이 가까워지면 언제 어떻게 될지 모르는 거야."

"하긴 그래. 땅속에 묻혀 있는 수도 파이프가 오래되면 삭아서 푸석푸석하듯이, 사람도 사십이 넘으면 전신의 혈관이 노후화해서 언제 어떻게 될지 모른다는 거야."

인구 씨는 근래에 와서 가끔 들어온 그런 이야기가 불안하게 생각났던 것이다.

"그러게 자네나 내나 이젠 만사에 조심해야 돼. 특히 술과 여자는 도를 넘어선 안 돼. 참말 자네 그동안 금욕생활을 해오던 끝이라, 미스 안과 과

도한 접촉에 빠지는 거 아닌가?"

"이 사람아. 남의 걱정 말고 자네나 절젤 해."

두 사람은 이러고 웃었지만 어딘가 뒷맛이 개운치 않고 씁쓸한 기분이었다.

아닌 게 아니라 창갑이가 오십도 전에 저렇게 쓰러지게 된 건 순전히 여자와 술이 지나친 탓일 거라는 생각이 인구 씨에게는 들었다.

그러고 보니 씨 자신도 마음에 은근히 걸리는 바가 있다. 경희와 만나 그 젊음에 취하다 보면 전에 없이 체력의 소모를 뚜렷이 느끼게 되었기 때문이다. 젊은 여자와 사귀어 지나면 모르는 새에 젊어진다고들 하는데, 확실히 정신적으로는 그런 감이 없지도 않지만 반면에 육체적으로는 싱싱한 젊음의 매력에 자극받아 무리한 도취에 빠지게 되니 이러다가는 까딱하면 생명을 단축하는 결과가 될지도 모른다고 여겨져 인구 씨는 떨떠름한 기분이었다.

두 사람은 도중에서 어느 백화점 지하실에 들러, 과일 통조림과 계란을 몇 꾸러미 사들고 곧장 병원을 찾아갔다. 그러나 병동의 이 층 복도에 들어서서 창갑의 병실을 찾느라고 기웃거리다가 그들은 놀라지 않을 수 없었다.

바로 그 병실 문 앞에는 사오 명의 여자가 모여 서서 굳어진 낯으로들 수군거리고 있었는데, 계 사장이 호실 번호를 확인하고,

"저어, 여기가 김창갑 씨 병실이죠."

여인들의 얼굴을 둘러보며 누구에게 없이 물었더니 그중 한 여자가,

"네. 그렇지만 조금 전에 돌아가셨습니다."

뜻밖의 대답을 한 것이다. 인구 씨와 계 사장은 어리둥절하기도 하고 놀랍기도 한 얼굴로 멀뚱히 서로 마주보며 한동안 아무 말도 못하고 서 있었다.

그러자 병실 문이 열리며 한 젊은 아가씨가 나왔다. 그 아가씨 얼굴을 보

는 순간 인구 씨와 계 사장은 더욱 놀란 낯으로 또 한 번 얼굴을 마주보았다. 그 아가씨는 틀림없이 박촌이란 왜식집의 작부였기 때문이다. 창갑이랑 셋이서 회식을 하게 되었을 때 딴 색시들과 함께 올라왔다가 창갑의 얼굴을 보자 낯빛이 변하여 뛰어 내려갔던 그 색시가 분명했다. 병실을 나온 그 색시는 인구 씨와 계 사장의 얼굴을 쳐다보는 일 없이 고개를 숙인 채 복도 저쪽으로 사라져갔다.

인구 씨는 도대체 저 색시가 고인과 어떤 관계일까를 궁금히 여기며 멍하니 그 뒷모습을 바라보았다. 계 사장도 같은 생각을 하고 있는 모양이었다. 그 사이에도 낯선 사람들이 여럿 병실을 나오고 들어가고 했다.

인구 씨와 계 사장도 병실 안으로 들어가서 유족에게 우선 애도의 뜻을 전하였다. 유족이라야 그들이 알고 있는 사람은 창갑의 부인뿐이다. 부인에게서 고인의 숙부와 처남이라는 사람을 소개받고 간단히 인사를 나누었다. 그 밖에도 젊은 청년이랑 아주머니랑 아가씨가 너덧 명 있었다.

인구 씨와 계 사장은 경황 중인 자리에 조금이라도 더 머물러 있기가 거북해서 곧 그곳을 물러나왔다. 그들은 한결같이 침울한 표정으로 말없이 계단을 내려왔다. 죽음에 대한 허무감과 공포감이 그들의 마음을 짓누르고 있었다.

병원 현관을 나서다가 그들은 아는 얼굴과 마주쳤다. 창갑이랑 다 같은 중학교 동창인 문성택이란 친구다. 인구 씨와 계 사장이 가깝듯이 그는 학창시절부터 오늘날까지 고인과는 둘도 없는 단짝이었다. 창갑이 쓰러진 것을 전화로 계 사장에게 알려온 것도 바로 그였던 것이다.

"죽은 걸 어떻게들 알고 벌써 다녀가나?"

성택은 고맙다는 듯이 물었다.

"죽은 줄 몰랐어, 문병을 와보니 이미 한 걸음 늦었더군."

"참 안됐어. 그렇게 쉽게 죽다니."

계 사장과 인구 씨가 각기 이런 말로 고인의 불행을 가슴 아파하니까,

"죽어 싸지. 언제까지나 여자와 술에 빠져 헤어나질 못하니 제 명껏 살 수 있어?"

성택은 화가 난다는 듯이 내뱉듯 하고 나서,

"참말 그 친구 죽기 전에 자네들을 꼭 만나보고 싶어했어. 마지막으로 부탁할 말이 있다면서."

인구 씨와 계 사장의 얼굴을 번갈아 보았다.

"조금 더 일찍 올걸, 정말 안됐군. 부탁할 말이란 뭘까?"

"내가 알구 있어. 지금은 바쁘니까 나중에 장례식이나 끝나고 천천히 얘기 하지."

이러더니 성택은 추후에 장례 일시를 알려줄 테니 와달라는 말을 남기고 총총히 병원 안으로 사라져버렸다.

함께 돌아오는 차 안에서,

"벌써 우리 연배의 친구가 하나 둘 죽어가기 시작하는군. 작년엔 변학수가 죽더니 이번엔 또 창갑이 어이없게 가고 말았어."

계 사장이 허무하다는 듯이 말했다.

정말 작년 가을에는 변학수라는 동창생이 간경변으로 오랜 신고 끝에 죽었던 것이다. 그때까지는 인구 씨는 죽음이란 자기와는 먼 거리에 있는 남의 일처럼만 느껴왔던 것이다. 그렇던 것이 변학수가 죽게 되자 불시에 죽음이 저만큼 다가온 것처럼 느껴졌었고, 이번에 창갑의 급사에 접하니 마치 죽음이 발 앞에 당도한 것 같이 실감되었다.

"그러니까 우리도 언제 죽을지 모르는 거 아냐."

인구 씨는 농담 삼아 말하고 우울하게 웃었다. 기분 나쁜 소리 말라면서

계 사장은 억지로 따라 웃고,

"그런데 아까 그 박촌집 색시 말야. 창갑이완 어떤 사일까?"

궁금한 듯이 물었다.

"그러게 말이야, 수상하지."

두 사람은 오래간만에 박촌에 가서 저녁식살 하면서 그 색실 만나 캐보기로 했다. 홍밋거리였다. 그들은 일단 각자의 사무실에 들렀다가 여섯 시에 박촌에서 만나기로 하고 헤어진 것이다.

⟞⟝ 2 ⟞⟝

약속대로 여섯 시 정각에 인구 씨가 단골 왜식집인 박촌으로 갔더니 계 사장도 막 그 앞에서 차를 내리는 참이었다.

"건강을 위해서도 좀 걸어 이 사람아. 엎드리면 코 닿을 데도 자가용으로만 행차하시지 말구."

인구 씨가 약간 비꼬는 투로 말하니까,

"아냐, 어디 갔다 오는 길야."

계 사장은 변명하듯 했다. 두 사람은 낯익은 보이에게 인도되어 이 층으로 올라갔다. 곧 주인 마담이 손수 차와 물수건을 날라오더니 인사를 건네고 나서,

"색신 어떡하실까요?"

두 사람을 번갈아 보며 물었다. 그들은 색시 없이 자작으로 조용히 주식을 하는 때가 많았기 때문에 으레 이렇게 묻는 것이었다.

"그렇지. 역시 술이란 예쁜 색시가 따라줘야 맛이 나는 거니까, 그럼 한 애만 올려 보내줘요. 여럿이 올라오면 시끄러우니까."

이러고 나서 계 사장은 인구 씨를 돌아보며,

"그런데 이름을 알아야지."

좀 난처한 얼굴을 지었다.

"그러게 말야."

인구 씨도 이러고 계 사장과 마담의 얼굴을 번갈아 보았다.

"계 사장님과 강 사장님께서 반하신 애라면 누굴까? 대체 어떻게 생긴 애예요?"

"얼굴은 동그스름하구, 보통 키에 몸매는 날씬하고, 나이는 스무 살 가량."

"스무 살이라…… 저의 집엔 그렇게 어린 앤 없는데요. 제일 나이 어린 애가 스물셋인데, 그 앤 얼굴이 동글질 않구……."

"그럼 그 색시두 보기보다 나인 더 먹었는지 모르지. 눈이 크구 얼굴이 동그스름하던데."

마담은 눈을 깜박거리며 잠시 생각해보다가,

"혹시 인중에 기미가 있지 않았어요?"

물었다. 그러자 인구 씨가,

"그래, 그래, 맞아요. 코 밑에 새 눈깔만 한 기미가 있었어요."

생각난 듯이 자신 있게 대답했다.

"역시 그 애였군요. 보통 애가 아니었죠."

"보통 애가 아니라니?"

계 사장이 흥밀 갖고 물었더니,

"나이에 비해 남잘 녹여내는 솜씨가 보통이 아니었단 말예요. 두 분 사장님께서도 걸리신 거 아니에요?"

마담은 놀리듯이 웃었다.

"사실은 우리가 걸린 게 아니라, 우리 친구가 그 색시에게 걸려서 죽었어요. 그래서 걸려든 내막이나 녹아난 사정을……."

인구 씨의 해명을 채 듣지도 않고 이번엔 마담 쪽에서 눈을 크게 뜨고,

"그 애에게 걸려서 죽다니요?"

얼떨떨한 표정으로 두 손님을 번갈아 쳐다보았다. 계 사장이 웃으면서 말을 받았다.

"강 사장 얘긴 지나친 짐작이구 그저 좀 그 색시 내막을 알아봤으면 해서 그런 거요."

"어디 꼭 범행 수사라도 나온 수사관 같아서 맘놓고 대답하겠어요?"

이러고 웃는 마담에게,

"마담도 어딘가 발이 저린 게지."

계 사장도 농담으로 응수하고 나서,

"한데, 그 색시 지금 여기 없소?"

정색을 하고 물었다.

"벌써 그만뒀어요."

"왜?"

"왜라뇨? 이런 데 있는 애들은 줄곧 바뀌는 걸요. 하지만 그 앤 무슨 사정이 있었나 봐요. 일주일도 채 안 오구 갑자기 그만둔 걸 보니."

"어디 딴 데로 갔대요?"

"그걸 제가 어떻게 알아요. 제멋대로 그만둔걸."

이러더니,

"그렇게들 궁금해하시는 걸 보니 사장님들께서 어지간히 반하셨던 거 아니면 무슨 깊은 사연이라도 있나 보군요."

마담이 호기심을 보여 왔지만, 인구 씨와 계 사장은 덤덤히 얼굴만 마주 보았다. 가뜩이나 그들이 오늘 이 집을 찾아온 목적이 주식보다도 그 색시를 만나보는 데 있었던 데다가, 마담의 얘기를 듣고 보니 죽은 창갑이와 그 색시 사이에 한층 흥미가 쏠렸기 까닭이다. 두 사람은 낯선 색시가 따라주는 반주를 마셔가며 식사를 했다. 화제는 자연 단명했던 창갑의 얘기가 중심이 되었다. 한국인의 평균 수명도 육십이 넘었고, 칠십 팔십까지 사는 사람이 많은 요즘 세상에서 오십도 채 못 살고 죽었다는 것은 역시 단명이 아닐 수 없었고, 그러니 허무했다.

"정말 여자와 술이 죽음의 원인이었을까?"

그게 궁금한 듯이 묻는 인구 씨의 말에,

"글쎄. 직접적인 원인은 아닐지 몰라두 아마 간접적인 원인은 될 거야. 그 친구 워낙 주색에는 너무 무절제했거든. 중년 이후의 과도한 주색은 역시 건강에 나쁘니까."

인구 씨보다도 고인과는 좀 더 가깝게 지낸 계 사장은 침울한 태도로 대답했다.

"그 친구 어떤 점에선 좋은 사람이었는데, 왜 그렇게 그 방면엔 난잡했지?"

"물론 본시 타고난 성격 탓도 있겠지만 그 성격에 부채질을 한 건 가정환경이 아니었나 생각해."

계 사장 말에 의하면 지나치게 완고한 가정에서 성장한 창갑은 마음에도 없는 부인과 거의 강제결혼을 했다는 것이다. 그 뒤로 창갑은 부인보다도 딴 여자에게 더 많이 접근하게 되었고, 마침내는 그것이 습관화 생활화되었다고 한다.

그러자 술을 따르던 덧니박이 색시가 이런 묘한 말을 했다.

"그러기 늦바람과 맛바람은 무섭단 말이 있잖아요."

"늦바람이란 말은 들은 일이 있지만 맛바람이란 무슨 소리지?"

인구 씨가 물으니까,

"맛바람이란 진짜로 여자의 맛을 알고 피우는 바람 말예요. 여자에겐 남자의 맛을 알면 그렇구요. 거지의 진짜 맛을 알면 거지 노릇두 그만두지 못한다는데 바람을 피우는 건 더할 거 아니에요."

색시는 이런 해설을 하고 웃었다.

"거 참 그럴듯한 말이군. 맛바람이라, 섹스의 진미를 알게 되면 물려버린 마누라나 남편만으론 만족 못하겠지. 그러니 자연 새로운 섹스의 방랑과 개척과 모험을 계속하게 되는 걸거야. 말하자면 죽은 창갑이 같은 친구가 그런 용사의 제일인자가 아닐까. 인구 자네나 나는 제이인자 아니면 제삼인자 정둘 거구."

계 사장이 이러고 웃어서,

"나야 제삼인자도 될까 말까지만 자넨 적어도 제이인자는 문제없을걸."

인구 씨도 따라 웃기는 했으나 단순한 허튼소리로 흘려버릴 수 없는 심정이기도 했다. 헤어진 아내는 물론 씨 자신까지도 질적으로는 정말 일종의 맛바람꾼인지도 모르기 때문이다.

인구 씨와 계 사장은 목적하고 온 색시에 대해서는 행방조차 모르는 채, 식사를 마치고 이내 그곳을 나와 헤어져버렸다. 그러나 의외에도 그들은 곧 그 색시에 대한 내용을 알게 되었을 뿐 아니라 계 사장은 직접 만나보기까지 한 것이다.

김창갑의 장례식 날이었다. 인구 씨는 마침 급한 용무가 있어서 참여를 못하였는데 저녁때 산에까지 따라갔다 온 계 사장이 사무실로 전화를 걸어온 것이다.

"나 오늘 그 색실 만났어."

계 사장은 다짜고짜 이런 말부터 해서,

"그 색시라니?"

인구 씨는 순간 무슨 소린가 했었다.

"아, 박촌에 있던 색시 말야."

"옳아, 창갑이와 무슨 사연이 있어 보이는 색시 말이지? 어디서?"

"장례식에 나왔어. 그 친구 딸이래."

"딸?"

"역시 복잡한 내막이 있나 봐. 아무튼 퇴근하는 길로 박촌으로 나와. 성택이도 그리로 온댔어. 고인이 우리에게 하고 싶었던 부탁 얘기도 전한대."

바쁜 듯이 계 사장은 이런 말을 일러주고 전화를 끊었다. 인구 씨는 어리둥절한 가운데 다섯 시 반이 되자 사무실을 나섰다.

도중에 어디 잠깐 들렀다가 박촌엘 가보니 계 사장도 성택이도 아직 와 있지 않았다. 인구 씨는 먼저 방을 잡고, 코트랑 저고리를 벗어 건 다음 방석을 베개 삼아 방바닥에 드러누웠다. 사십 전까진 그런 줄 몰랐지만 오십이 가까워지니 혼자 있을 땐 드러눕고 싶었고 그래야 편했다. 이제 다 늙어가는 징조인가 보다.

훈훈한 실내 공기가 모르는 새에 졸음을 청해서 씨가 가물가물 잠이 들락 말락 하는데 계 사장과 성택이 나타났다.

"요즘 미스 안과의 밀회가 지나치게 잦은 거 아냐. 아무 데서나 누우면 잠이 올 정도로 나른해진 걸 보니."

계 사장이 놀리면서 겉옷을 벗어 걸고 성택이와 나란히 자리에 앉았다.

반주를 곁들여 저녁식사를 하면서 인구 씨는 문성택에게 죽은 창갑과 본명이 경미라는 색시와의 불행한 부녀관계의 내막 얘기를 들었다.

창갑의 첫 번째 부인은 결혼 후 이 년 만에 죽었는데, 사실은 자살이었다는 것이다. 결혼 전에 창갑은 어떤 여자와의 사이에 이미 어린애까지 있었다. 그러나 부모의 강압에 못 이겨 창갑은 경미의 모친과 정식 결혼을 하게 된 것이다.

결혼 후 그 사실을 알게 된 경미의 모친이 충격을 받은 것은 당연한 일이다. 게다가 남편이 결혼 전 여자와의 관계를 깨끗이 청산하지 못하고 있는 눈치니 타격은 더욱 심했다. 그러나 비교적 양가 출신의 경미 모친은 꾹 참고 견디었다. 그러던 중 이번엔 친여동생이 남편의 아기를 밴 사실을 알았다. 그것이야말로 청천의 벽력일 수밖에 없었다. 경미 모친은 마침내 자기 손으로 목숨을 끊었고, 이러한 충격으로 경미의 외조부도 세상을 떠났고, 경미의 이모는 갓난애와 함께 행방을 감춰버렸고, 경미는 외조모 손에서 자라게 되었다.

그 뒤로 문중의 멸시와 냉대 속에서 창갑은 모르는 새에 주색에 빠져버리었고, 지금의 미망인은 그런 생활 가운데서 만난 여자였다 한다.

"그럼, 경미의 이모는 어떻게 됐대?"

인구 씨가 궁금해 물으니까

"창갑의 씨인 어린앨 데리고 한 번은 결혼도 해보았지만, 마침내 결혼에 실패하구 현재는 부산에서 조그만 요정을 내구 있대."

성택이가 대답했다.

"그런데 경미는 왜 작부 신세로까지 몰락했지? 창갑이가 전혀 돌봐주질 않았나?"

계 사장도 그게 수상하다는 듯이 물었다.

"나두 이런 내막들을 죽기 전의 창갑에게서 처음 들어 알았으니까 자세한 건 모르지만, 경미는 외조모가 돌아간 뒤 외가 쪽 친척집으로 떠돌아다니며 고생 많이 했나 봐. 물론 친부녀 사이니까 공사의 용건으로 창갑이와 더러 만나는 일도 있긴 했지만 반감과 증오심에서 아버지나 이모의 도움은 일체 배격하고 멋대로 혼자만 살아왔나 봐."

"하긴 그럴 거야."

인구 씨와 계 사장은 침울한 표정으로 동시에 고개를 주억거렸다.

"그렇지만 경미가 그 부친의 임종과 장례식엔 참석한 걸 보니, 핏줄은 어쩔 수 없나보지."

"최근에 와선 창갑이와 경미가 가끔 만난 모양이야. 누구 말에 의하면 창갑이가 경미 앞에 무릎을 꿇구 울면서, 제발 바른 길을 걸어달라고 사과와 사정을 했다나 봐. 그 밖에도 창갑은 죽기 전에 맘에 걸리는 사람들을 모두 불러서 사괄 했어. 자네들도 무척 만나고 싶어했는데. 부탁할 일이 있다면서."

"무슨 내용이었을까? 부탁할 일이란 게. 알고 있어?"

"음. 얘길 하더군. 계 군에겐 결혼 전에 사귀었던 여자와 애를, 강 군에겐 경미를 부탁해달라는 거야. 날더러는 현재의 가족들을 부탁하고. 말하자면 정신적인 보호자가 되어달라는 거야."

"죽으면서도 그런 일들이 무척 마음에 걸렸던 모양이지."

"그런가 봐."

성택은 이러고 나서, 되도록 고인의 뜻을 들어주자면서 계 사장에게는 창갑의 결혼 전 여자의 거소를, 인구 씨에게는 경미의 거처를 알려주었다. 그러나 이것이 인구 씨에게 있어서 또 하나의 사건과 시련이 될 줄은 몰랐다.

3

　창갑이 죽기 전에 자신의 혈육들을 친구들에게 의뢰하는 말을 남기었다
는 것은 인구 씨에게는 자못 의외였다. 사람이란 누구나가 죽을 때 가장 마
음에 걸리는 일이 유족 문제일 것이다. 가정이 빈한하다든지 자녀가 어린
경우는 더욱 그러할 것이다.

　그러나 아무 여자와나 간단히 만났다 헤어졌다 하기를 잘했고, 그 사이
에 생긴 자식에 대해서도 내가 알게 뭐냐는 듯이 거의 돌보지 않고 제멋대
로 살아온 창갑이 임종 시에는 그러한 자녀들 일을 걱정했다는 것이 씨에
게는 얼른 이해가 안 갔다.

　창갑이 더욱 염려한 것은 사내자식보다 여자 자식이었다 한다. 아마 여
자란 잘못하면 뭇사내의 농락물로 몰락해버리기 쉽기 때문일 것이다. 어
쩌면 요정의 작부로 나가고 있는 경미의 일이 마음에 아팠는지도 모른다.

　남자들이란 이기주의자다. 자기는 바람을 피우고 다니면서도 아내에게
는 정숙을 요구하고 딸에게는 순결을 강요하는 것이다.

　이런 문제에 있어서 인구 씨는 비교적 대범하고 진취적인 사람이다. 남
편은 바람을 피워도 되지만 아내는 바람을 피워선 안 된다는 독선이 어디
있느냐. 다만 결백한 남편만이 아내의 부정(不貞)을 탓할 자격과 권리가 있
는 것이다.

　자녀에 대해서도 그렇다. 만 이십 살이 넘은 아들이나 딸은 이미 부모의
예속물은 아닌 것이다. 각자 자기 나름의 인격과 주의 주장에 따라 행동하
면 되는 것이다. 아무리 부모일지라도 의견과 희망을 말할 순 있어도 그 행
동을 구속하거나 막아선 안 되며 그럴 수도 없다.

　이런 주장을 내세우는 인구 씨로서도 자기 아내의 불륜행위는 묵인하지

못했고 장녀의 탈선행위에는 충격을 받았다. 씨의 아내가 상대했던 남자는 남이 아닌 동생의 남편이었고, 장녀는 아직 미성년자라는 특수사정이긴 했지만.

더욱이 인구 씨가 보경의 무책임한 밀회사건에 심적 타격을 받은 것은 제 어미의 혈통에 기인한 유전이 아닌가 하는 의심에서다. 그렇다고 씨는 보경을 정면으로 덮어놓고 비난 공격할 수만은 없었다. 아버지로서의 에고이즘만 빼고 나면 씨에게는 딸을 질책하고 비난할 자격과 자신이 없는 데다가 스무 살이나 된 대학생이 어떤 동기에서든 남성 경험을 가졌다고 해서 그것이 반드시 비난 공격을 받아야 할 만한 비행이며 죄악인가도 씨로선 의심스러웠기 때문이다.

처자를 거느리고 사회적 지위를 갖춘 사십 대 오십 대의 남자들이 혹은 드러내놓고 혹은 뒷구멍으로 몰래 여자를 향락하는 데 비하면, 온갖 이상과 정열과 현실이 가능한 생활로 꽃피는 이십 대의 젊은 남녀의 순수한 충동적 행위란 도리어 자연발생적인 아름다운 현상일 수조차 있지 않을까.

이런 식으로 자문해보지 않을 수 없는 인구 씨는 장녀의 행위를 단순히 기성 도덕의 척도로서만 따질 수는 없었던 것이다. 특히 안경희와 깊이 사귀게 되면서부터 남녀관계에 대한 기성 윤리의 무력 내지는 무의미를 씨는 실감하는 것이었다. 즉, 정식 결혼에 의하지 않은 또는 결혼을 목적으로 하지 아니한 남녀 간의 육체 행위를 무조건 죄악시하는 퇴색한 공식관념의 노예로 언제까지나 머물러 있을 수는 없었던 것이다.

그러한 인구 씨는 보연의 고고한 정신 자세에도 왜 그런지 막연한 불안감을 느끼는 것이다. 순결도가 지나치면 그만큼 오염도도 강해지는 법이다. 순백은 더러움을 잘 타는 것과 같은 이치다. 까마귀 속에 섞여 사는 백로가 까마귀 곁에 안 갈 수는 없는 일이다. 그렇게 생각하니 인구 씨는 자기네 가정 문제가 한층 복잡하게만 느껴진다.

삼부녀의 이질적인 요소가 가정이라는 제도 속에서 과연 완전히 융합할
수 있을까? 헤어진 아내가 되돌아온다면 그것이 가능할까? 주부라는 중심
적 위치의 중화작용이 어느 정도의 심리적 혹은 물리적 변화를 가져올지
는 모른다.

하지만 그것을 기대하자면 상대방의 천성과 능력과 각오가 문제다. 그렇
다면 헤어진 아내의 주부로서의 가치와 자격은 어느 정도일까. 지금 생각
해보면 한마디로 간단히 어떻다고 판단하기는 어려웠다. 더구나 헤어져
지낸 삼 년이란 기간 중에 얼마만큼 어떻게 변화하였는지는 한층 모를 일
이다.

그래서 씨는 우선 딸들의 희망대로 그 여자를 만나보기로 작정한 것이
다. 씨가 딸들에게 그런 뜻을 알리고 편리한 일시와 장소를 연락해달라고
했더니 보경이나 보연이나 얼굴에 생기가 돌았다.

"그럼요, 학교가 끝나는 대로 엄마한테 달려가서 의논해보겠어요. 그리
고 즉시 사무실로 연락해드릴게요."

보경은 신이 나서 이러더니 학교 갈 채비를 차리고 나가는 길에 다시 안
방 문을 열고 들여다보며,

"오늘은요, 아버지두 미리 깨끗이 이발도 하고 면도도 해두서야 해요. 그
리고 와이셔츠도 새걸로 갈아입고 나가세요. 더러운 내의를 입고 있는 남
자가 전 젤 싫어요."

약간 들뜬 음성으로 부친에게 이런 당부까지 하는 것이었다. 그리고 등교
하더니, 보경은 과연 오후 세 시가 넘어서 사무실로 전화를 걸어온 것이다.

"제가요, 다섯 시 반에 모시러 갈게요."

명랑한 소리인 걸 보니, 제 어미와는 간단히 합의를 본 모양이다.

"장소는 어디냐?"

"잠자코 절 따라오심 돼요."

보경은 이러고 전화를 끊었다.

불쾌한 사건으로 헤어진 지 삼 년 만에 아내를 다시 만난다 생각하니, 인구 씨에게도 다소의 감회가 없을 리는 없다. 밉든 곱든 이십 년 가까이나 피부를 비비며 살아온 여자다. 사건 당시는 도저히 용납할 수 없는 감정이었지만, 철이 세 번이나 바뀌는 동안 씨의 감정은 많이 누그러졌었다. 아련한 구정조차 되살아날 때도 없지는 않았다.

그렇다고 도로 아내로 맞아들여야 할 만큼 지금의 씨에게 그 여자가 필요한 것은 아니다. 헤어져 지내는 사이 감정이 누그러진 반면, 부부로서의 고운 정 미운 정 또한 거의 사그라져버리고 말았던 것이다. 다만 딸들의 희망에 따라 가정의 재건과 화락을 회복할 길이 있다면 하는 막연한 기대를 걸어볼 뿐이다.

이런 생각에 잠겨 있는 인구 씨에게 뜻하지 않은 내객이 있었다. 가벼운 노크 소리에 방싯이 문을 열어보고 난 송희 양이,

"손님 오셨어요."

해서, 무심코,

"들어오시라고 해."

이래놓고 보니, 난데없이 멋진 아가씨가 씨의 눈앞에 나타난 것이다. 까만 코트에 까만 구두에 까만 핸드백을 들고, 좀 어색하게 웃고 섰는 아가씨는, 얼마 전에 죽은 창갑의 첫 번째 부인의 딸인 경미라는 아가씨에 틀림없었다.

인구 씨는 당황히 의자에서 일어서며,

"아가씬 김창갑 군의 딸 경미가 아닌가?"

얼떨결에 물었다.

"네, 안녕하셨어요."

경미는 간격 없이 웃었다.

"여기 좀 와 앉아요."

인구 씨는 옆자리의 소파를 권하다 말고,

"아냐, 그럴 거 없이 아래 다방으로 내려갈까."

경미를 데리고 아래층의 다방으로 내려간 것이다. 빈자리를 골라 마주앉자마자 경미는 첫마디가,

"사무실이 시시하네요."

이런 엉뚱한 말이었다. 약간 실망했다는 표정이다.

"사무실이랄 정도도 아니지. 그냥 연락처에 불과하니까."

무안한 듯이 인구 씨는 변명하듯 대답하고 나서 레지를 불러 차를 시켰다. 그런 다음 정색을 하고 소녀를 향해,

"이번엔 너무나 돌연히 아버지가 세상을 떠나서 안됐군."

엄숙한 태도로 조의를 표하는 인구 씨에게,

"안되긴요. 일찌감치 죽어서 잘됐죠, 차라리."

부인하고 소녀는 화사하게 웃어 보였다. 인구 씨는 말이 막혀 잠시 덤덤히 있다가,

"은하라는 요정에 나간다고? 아버지 친구인 문성택이란 아저씨에게 들어서 알곤 있었지."

하나마나한 소릴 하니까,

"아저씨가 이번에 제 후견인이 되셨다죠?"

예기치 않았던 말을 물어오는 바람에,

"으음? 음, 그래그래."

당황한 어조로 얼버무리는 인구 씨에게 소녀는 뒤집어씌우듯이 연거푸 이런 말을 물었다.

"저같이 품행이 단정치 못한 계집애의 후견인이 되실 자신이 계세요?"

다행히 이때 종업원이 주문한 차를 날라왔다. 요게 또 보통 계집애가 아니구나 속으로 생각하며, 인구 씨는 우선 소녀에게 차부터 권하고,

"난 아가씨에 관해서 내용을 잘 모르지만, 그렇게도 품행이 나쁜가?"

부드럽게 웃으면서 말했다.

"그냥 아버질 유혹할 정도죠. 아버지 친구쯤은 문제가 아니고요."

인구 씨는 순간 대꾸에 궁했다가,

"아버질 유혹하다니?"

농담이라도 너무나 어이없다는 듯이 물었더니, 소녀는 양 어깨를 치키며 쿡하고 웃고는,

"그렇지만 실패했어요. 보기 좋게 따귀만 얻어맞은걸요. 그래도 모든 게 내 잘못이라면서, 울며 사과한 건 아버지 쪽이에요."

마치 남의 얘기하듯 했다. 가뜩이나 말주변이 없는 인구 씨는 도로 말이 막혀버렸다. 이렇듯 당돌하고 엉뚱한 젊은 여자를 다루는 데는 씨는 도시 자신이 없다.

신기한 물건을 보듯이 인구 씨는 한동안 소녀를 바라만 보았다. 이십이 될까 말까한 나이다. 박촌에서 치마 저고리를 입고 나타났을 때보다 더 앳돼 보였다. 소녀는 어쩌면 안경희보다도 더 예쁜 편이다. 다만 지성적인 개성미는 경희가 앞서지만. 그 대신 경미는 매혹적인 눈을 가지고 있었다. 유혹적인 미소를 담은 유리알처럼 맑은 눈이 어쩌면 저렇게 황홀하게 빛나는지 모른다. 족히 사내들을 뇌쇄시킬 만한 미소의 눈이다.

인구 씨는 그 눈에 견디다 못해 외면해버리고 말았다. 경희에게서 느끼

는 것이 건전한 매력이라면 경미가 발산하는 것은 타락적인 매력이었다. 가령 경희의 인간 자세를 도덕적인 타락이라고 할 수 있다면 경미의 그것은 타락적인 타락일 것이다. 이런 딸의 일을 걱정하는 나머지, 자기에게 부탁하고 죽어간 창갑의 심정을 인구 씨는 어렴풋이 알 것 같았다.

"후회하시나 보죠, 아마."

씨가 하도 묵묵히 앉아 있으니까, 갑갑한 듯이 소녀 쪽에서 트집을 걸었다.

"무슨 후회?"

"저같이 위험한 계집애의 후견인이 되신 걸요."

"아냐. 후회는커녕 도리어 재밌는 아가씨라고 생각하는데."

"먼저 아가씨란 그 사치스런 말을 빼세요. 전 천한 술집작부지, 귀한 댁 아가씬 아니니까요."

"그럼, 이제부턴 이름을 부를까? 경미라고 한다지?"

"그건 호적상의 성명이고요, 일상 부르는 이름은 여러 가지예요."

"여러 가지라니?"

"나가는 요정에 따라 다르거든요. 은하에선 향이라구 해요."

"향이라. 그것도 좋은 이름이군. 하지만 난 아버지가 지어준 이름을 불러야지, 경미라고."

"그럴템 그러세요. 아버지 친구인 아저씨로서 저를 대하실 때만은요. 그렇지만 손님으로 저를 대하실 땐 역시 향이가 좋을 거예요."

이때 슬그머니 다가와서,

"아버지."

부른 것은 보경이었다. 보경은 호기심에 찬 눈으로 아버지와 경미를 번갈아보며 아버지의 옆자리에 앉았다.

"따님이시군요?"

경미가 묻고는,

"행복하시겠어요. 부러워요. 오늘은 부녀분이 약속이 계셨던 모양이니까, 전 그럼 이만 실례하겠어요."

이러고 일어서더니, 무슨 말을 꺼내려는 인구 씨의 말을 가로채 막아버리듯이,

"기다려도 통 소식이 없어서 출근하는 길에 제가 먼저 들러본 거예요. 전화번호 여기 있어요. 그럼 기다릴게요."

핸드백에서 깜찍한 명함을 한 장 꺼내놓고는 성큼 돌아서 나가버린 것이다.

～❀ 4 ❀～

소녀가 놓고 나간 소형의 명함을 보경이 흥미 있게 들여다보았다. 인구 씨는 얼른 그것을 집어서 감추며,

"얼마 전에 죽은 아버지 친구가 있는데, 바로 그 친구의 딸이다."

공연히 변명하듯 했다.

"요정에 나가나 보죠. 꽤 매력적이네요. 남자깨나 녹이겠어요."

이러면서 보경은 살짝 아버지의 기색을 살피었다.

"매력이 다 뭐냐. 아직 철없는 어린앤데."

인구 씨는 대수롭지 않은 투로 대답하고 딸을 위해 차를 시켰다. 그러고는,

"아직 시간이 있으니까, 여기서 좀 기다려라."

일러놓고, 씨는 총총히 사무실로 올라가버렸다.

경미가 남기고 간 명함을 내서 매만지며 인구 씨는 독한 술에 취한 기분이었다. 경미의 인상은 독한 술과 같았던 것이다.

씨는 가만히 한숨을 흘리었다. 친구의 딸이라면 딸이나 다름이 없다. 더구나 창갑이 죽으면서 걱정이 되어 특별히 부탁하고 간 딸이다. 씨는 힘자라는 껏은 소녀를 돌봐주고 싶었다. 고인이 안심할 수 있도록 소녀의 생활 태도와 방법을 바꿔주고 싶은 것이다. 그러나 잘못 다루면 큰코다칠 것 같다.

삼십 분쯤 뒤에 인구 씨는 딸을 따라 거리로 나섰다. 인도되어 간 곳은 고급 아파트였다.

"여기서 만나기로 했니?"

인구 씨는 현관을 들어서며 좀 멋쩍게 물었다. 역시 거북한 것이다.

"네. 삼 층예요. 엄마와 보연이가 기다리고 있을 거예요."

보경은 생기 있게 앞장서 잠깐 부친을 돌아보고 나서 힘차게 문을 열고 들어서며,

"엄마아, 아버지 오셨어요."

외쳤다. 먼저 보연이가 웃는 낯으로 달려나왔고, 조금 사이를 두고 단정하게 몸치장을 한 아이들의 어미가 모습을 나타낸 것이다. 인구 씨는 현관 안에 선 채로 전날의 아내의 얼굴을 바라보며,

"오래간만이요."

조그만 소리로 먼저 말을 걸었다.

"와주어서 고마워요."

이러면서 영실은 활짝 미소를 지어 보였다. 별로 어색한 표정도 아니다. 인구 씨는 영실의 안내를 받으며 널쩍한 응접실에 들어가 의자에 앉았다.

그러자,

"삼 년 만의 재회치곤 너무 싱거워. 서양사람 같으면 끌어안고 키슬 하고 야단일 텐데. 한국 사람은 그래서 멋대가리가 없다니까."

보경이 불만스러워했다. 부엌 쪽에서는 여러 가지 음식 냄새가 흘러나왔다. 저녁 준비를 하고 있는 모양이다.

"식사 전에 목욕부터 하시겠어요?"

부엌에 들어갔다 나와서 영실이 물었다. 보경이와 보연이도 앞치마를 두르고 부엌을 들락거렸다.

"난 식사를 하러 온 것도, 목간을 하러 온 것도 아뇨. 거기 좀 앉아요, 애들이랑. 얘기부터 합시다."

마치 긴 외국 여행에서라도 돌아온 가장을 환영하는 것 같은 모녀들의 태도가 인구 씨는 쑥스러웠다. 그들의 계략에 걸려든 것 같은 기분이기도 했다.

"우선 저녁식사를 하고 나서 천천히 얘기하시죠."

모든 걸 다 용서하고 화해하기로 내정된 사람을 대하듯 하는 태도가 씨에게는 못마땅했다.

"난 태평하게 여기서 식사나 목간을 즐길 한가한 심정은 아뇨. 애들이 하도 권하기에 어느 정도 의사소통과 감정교류가 가능한가를 얘기해보러 와본 것뿐이요."

"아직도 절 미워하고 계시는군요."

"미워하진 않소. 그럴 자격은 내게도 없으니까."

"저와는 식사도 나누고 싶지 않을 정도니 나쁘게 생각하고 계신 거지 뭐예요."

"물론 좋게 생각할 순 없지."

이때 슬그머니 다가와서 양친 사이의 소파에 자리를 잡은 보경이,

"아버진 너무하셔요. 엄마가 얼마나 아버질 만나고 싶어하셨는지 아세요?"

항의하듯 했다.

"너희 어머니가 어느 정도로 왜 날 만나고 싶어했는지는 모르지만, 그러니까 나더러 다정하게 대해주라는 거냐?"

"그래요. 온 가족이 삼 년 만에 한자리에 모였는데, 좀 더 정이 통하는 따뜻한 태도로 서로 대하면 어때요."

"넌 지금 착각을 하구 있어. 우린 헤어지고 싶지 않은 걸 타의에 의해서, 즉 피치 못할 사정으로 헤어졌다 만나는 게 아냐. 이 이상 도저히 같이 살 수도 없고 살고 싶지도 않아서, 영원히 갈라서기로 하고 헤어졌다 만나는 거야. 그런데 무슨 정이 그렇게 살뜰해서 반갑구 대견하겠니."

"아버지가 그렇게 몰인정한 분인 줄 몰랐어요. 엄마나 보연이나 전 너무나 다행스럽고 반가운데, 아버진 그처럼 냉담할 수가 있어요."

보경의 이 말을 냉큼 받아서,

"남자들이란 본래가 그런 거란다. 젊고 싱싱한 새 여자만 좋아하고, 오래 같이 살아온 마누라에겐 싫증이 나는 거야. 그러니 딴 남자들은 트집을 못 잡아 헤어지지 못하는 판인데, 이왕 내쫓았던 마누라가 반가울 리 있겠니."

영실은 약간 비꼬듯 했다. 말은 비꼬는 투지만 표정은 그렇지도 않다.

"그래, 내가 당신을 내쫓았단 말요. 무슨 말을 그렇게 하오."

"당신이 생트집을 잡아서 날 내쫓았다는 말이 아니라, 생트집이라도 잡아서 마누랄 내쫓고 젊고 펑펑한 새 여자와 마음놓고 실컷 새로운 재밀 보고 싶어하는 게 남자들의 본성인데, 당신인들 이왕 내쫓은 날 지금 와서 달가워할 리가 있겠느냐는 말 아니에요."

양심대로 한다면 여기에는 인구 씨로서도 할 말이 없다. 영실의 그 말은

정곡을 찔러왔는지 모르기 까닭이다. 마누라를 내어쫓고라도 마누라보다 훨씬 젊고 예쁜 새 여자를 맞이하여 새로운 재미를 만끽하고 싶은 것이 남자의 본성이라는 말은 과장적인 어폐가 있는 표현이긴 하지만 일반적으로 남자들에게 그런 경향이 물론 아주 없는 것은 아니다.

다만 오랜 세월 동안 모르는 새에 들어온 미운 정 고운 정과 자녀문제와 체면 때문에 차마 그러지는 못하지만 대부분의 남자들 마음 한구석에 그런 엉큼한 욕망이 도사리고 있는 것은 사실인 것이다. 그러기에 마누라 몰래 이호 삼호를 숨겨둔다든지, 일시 일시 적당히 비밀을 즐긴다든지, 딴 여자와의 외도에 빠지는 게 아니냐.

그런 외도를 즐기지 못하는 남자란, 성직자나 도학자배를 제외하고는 군자금이 없다거나 탐나는 계집을 낚아챌 주변이 모자라는 머저리 같은 위인뿐일 것이다. 안경희라는 신선한 아가씨의 생동하는 매력에 취하게 된 요즘의 인구 씨 자신 구태여 구정을 되살려야 하리만큼 헤어진 아내에게 흥미도 매력도 느끼지 못하는 것이 사실이다.

그래도 혹시나 하는 일루의 기대를 안고 이렇게 찾아와 만나보기는 하였지만 씨는 완전히 실망하고 만 것이다. 속이 편해 그런지 중년여자의 특징인 군살이 징그럽게 더 오른 영실은 음성이나 표정이나 동작이나 사람을 대하는 태도나 체취까지도 씨로서는 너무나 잘 아는 이미 물려버린 지 오랜 그전의 그것 그대로였다. 조금도 달라진 것이라고는 없다.

심지어는 남달리 고혹적이고 육감적이었던 전체의 인상마저 나이답지 않게 그대로 남아 있어서, 이제는 그것이 신선한 자극이기보다는 오히려 지저분하고 천하게만 느껴질 뿐이다. 그렇다고 이런 내용을 아이들 앞에서 대놓고 말할 수도 없고 그럴 필요도 없으므로,

"지금 와서도 내가 당신을 달갑게 대할 수 없는 것은, 그 이상의 심적 변

화를 가져올 수 없는 것은 그 이유야 어디 있든 유감이요. 그러니 이 이상 긴 얘기가 필요 없을 것 같소."

인구 씨는 체념한 듯이 말했다.

"그럴 줄 알았어요. 할머니가 다 돼가는 나 같은 것보다는 포동포동한 젊은 여자가 더 좋을 테니까요."

이 말에 인구 씨는 더 참을 수 없다는 듯이,

"아까부터 무슨 그런 점잖지 못한 말만 하고 있소. 애들 앞에서."

꼬집어 나무랐다.

"당신은 얼마나 점잖은지 몰라두, 난 본시가 점잖지 못한 여자니 할 수 있어요."

"그럴 줄 알면 진심으로 뉘우치고 솔직하게 대해와요. 당신에게 무슨 할 말이 있다구 이런 투로 비꼬기만 하는 거요."

인구 씨는 짜증을 내듯 했다.

"사람이 살다 보면 이런 일도 저런 일도 있을 수 있는 건데, 당신은 도대체 얼마나 고결한 성현군자기에 삼 년 전 일을 여태도 풀지 못하구 꽁하니 품구 있다가 따지고 드시우. 모든 과거를 깨끗이 잊고 새로운 심정으로 당신을 대하려는 내게 대해서 그건 너무 옹졸하고 야속하지 않아요."

영실은 입으로는 반박을 하면서도 얼굴은 싱글싱글 웃고 있다. 본시가 그런 여자다. 골을 내고 욕을 퍼부을 때도 웃는 낯인 것이다.

보경이 냉큼 가로막고 나섰다.

"엄마 말이 옳아요. 화해를 하기 위해 만난 자리에서 엄마만 나쁘다면 어떡해요."

"넌 모르면 잠자코 있어."

"모르긴 왜 몰라요. 엄마가 바람 좀 피웠다고 그러시는 거죠. 그래, 아버진 바람 안 피우셨어요? 양심껏 말씀해보세요. 과거에도 현재도 바람은 안 피우셨느냐 말예요."

부모의 이혼 이유를 보경이 어렴풋 알고 있는 눈치인데 놀라는 일방 씨는 반동적으로 울컥 화가 치밀어서,

"난 바람을 피워도 곱게 피우지, 네 어미처럼 집안끼리 놀아나진 않는다."

얼김에 버럭 이런 소릴 내쏜 것이다. 그러자 보경의 대답은 의외였다.

"놀아나긴 매일반 아니에요. 집안끼리면 어떻고 남남끼리면 어때요. 그래 아버진 남하고 놀아났으니까 얼마든지 큰소릴 쳐도 되고 엄만 집안끼리 놀아났기 때문에 영원히 용서 못할 대죄인이란 말인가요?"

"넌 그럼, 네 어미가 저지른 소행을 알구 있느냐?"

"알고 있고 말고요. 제가 아버지의 친자식이 아니라는 것도요."

인구 씨는 잠시 말이 막히었다. 입 안이 몹시 썼다.

"할 수 없이 말했어요. 보경이쯤이면 그런 거 다 이해할 나이니까요."

"이해?"

인구 씨는 부지중 반문하고 나서,

"보연이두?"

이러면서 뒤를 돌아보았다. 보연은 조금 떨어진 의자에 따로 앉아 있었다. 보연은 얼굴이 창백하게 질려 있었다.

"보연에겐 말 안했어요. 자기가 무슨 천사라도 되는 것처럼 착각하고 있는 재에게 엄마가 이모아저씨와 놀아났단 얘길 하면 기절해버릴까 봐서요."

그러나 이왕 이렇게까지 얘기가 났으니 지금은 할 수 없다는 투로 보경이 대답했다.

그러자 보연이 발딱 일어났다. 곧장 방으로 뛰어 들어가더니 자기의 책가방을 들고 나왔다. 보연은 그길로 쏜살같이 현관 밖으로 사라져버린 것이다.

인구 씨는 얼어붙은 사람 모양 꼼짝 않고 보고만 있었다. 붙들어 앉힐 자신이 없었던 것이다. 영실이만이,

"얘, 보연아, 보연아……"

부르며 일어서려 하는 걸,

"내버려두세요. 갠 아직 인생이 뭔지 모르니까 달래봐도 소용없어요."

보경이 말려서 도로 주저앉아버리고 말았다.

인구 씨는 영실을 만나러 온 것을 후회했다. 설마 이런 사태로 끝날 줄은 몰랐었다. 그 자신도 다소는 희망적인 대화와 감정의 교류를 기대했었다. 하지만 그러한 기대에 씨 자신의 감정이 먼저 반발하고 나온 것이다.

"그럼 나도 이만 물러가봐야겠소. 당신이 지적했듯이 나도 결백한 성현 군자가 아니니까 당신을 비난할 자격은 없는 사람이요. 그러나 누구의 잘잘못을 따지고 가리기에 앞서 일단 엎질러진 물, 깨어진 그릇이란 원상복

구하기 어렵다는 걸 확인했을 뿐이오. 부부로서나 부모로서나 우리는 실패작이었나 보오. 그러니 앞으론 각자 자기 나름대로 살아가는 수밖에 없을 거요."

이러고 인구 씨도 일어섰다. 영실은 어설픈 미소를 머금은 채 잠자코 앉아 있었다. 보경은 밖에까지 따라나왔다.

"전 나쁜 딸일까요?"

나란히 걸으며 보경이 묻는 말에, 인구 씨는 다정하게 그러나 씁쓸히 웃으면서 고개를 모로 저어 보였다.

계약가족

1

　서울에서 점심을 끝내는 길로 대전까지는 고속버스, 대전에서부터는 택시로 바꿔 타고 경희와 함께 유성 온천장에 내려온 인구 씨는 호텔에 방을 잡기가 바쁘게 뜨끈한 온천장에 몸을 담갔다. 세 시간이나 불편한 버스와 택시에 시달리고 나니 전신이 피로해 있었다. 그 피로를 풀기 위해서는 뜨거운 탕에 몸을 삶아내는 것이 가장 효과적이다.

　사십 전만 해도 아무리 먼 거리 여행이라도 별로 피로를 몰랐다. 약간 허리나 다리가 뻣뻣해지는 수는 있지만 차를 내려 잠시만 휴식을 취하면 금시 도로 거뜬해졌다. 그러나 오십이 다 된 요즘은 그렇지도 못하다. 몇 시간만 좁은 좌석에서 흔들리고 나면 몸의 어느 한 부분이 아니라 전신이 못 견디게 피로해지는 것이다.

　더구나 현재 각 고속도로를 달리고 있는 고속버스란 것이 몸집이 작은 일인용으로 제조된 일제가 돼서 그런지 협소해서 편히 몸을 펴고 앉을 수가 없다. 첫째 무릎이 앞자리에 닿기 때문에 오그린 다리를 모로 비스듬히 누이고 앉아야 한다. 또한 낯선 사람과 나란히 앉았을 때는 특히 그것이 여자일 경우는 마음놓고 고쳐 앉을 수조차 없다. 조금만 몸을 움직여도 옆사람을 콱콱 떠밀거나 힘껏 기대게 되기 때문이다. 이러한 버스에 비해 이등이나 일등을 타면 역시 기차가 훨씬 편하다. 그렇지만 기차를 타려면 승차권을 전날 미리 사둬야 하고 시간을 대서 나가야 하고 군중 틈에 끼어서 개찰을 해야 하고 멋대가리 없는 긴 계단을 오르내려야 하니 그게 번거롭고 끔찍하다. 그래서 편리한 맛에 흔히 고속버스를 타게 마련이지만 그것도 시간 전에 표가 매진되기가 일쑤여서 한 시간 정도는 미리 나가서 사놓고 기다려야 하는 폐단이 있는데다가 인구 씨 나이의 중고품 육체로는 아무래도 장시간 여행은 무리인 것이다.

"내가 벌써 그렇게 늙었나."

인구 씨는 혼자 중얼거리며 욕탕 속에서 일일이 사지를 만져보았다. 근육의 탄력감이 젊을 때에 비하면 약간 떨어지는 듯하지만 그런대로 아직은 팔이나 가슴이나 다리나가 팽팽한 편이다. 그런데도 무슨 일이든 조금만 무리를 하면 쉬 피로해지는 걸 보니 나이에 따라 은근히 속으로 곯기 시작하나 보다. 그것은 앳된 경희를 대할 때마다 더욱 실감하게 된다. 지금도 씨보다 몇 분 늦게 욕실에 들어서는 경희의 전신은 그대로 젊음의 덩어리다.

한 팔로는 가슴을, 수건으로는 아래를 가리고 들어온 눈이 부시도록 흰 경희의 알몸에는 어느 한구석 군살이라곤 없다. 알맞게 여물고 활짝 핀 몸매다. 팽팽한 공처럼 조금만 건드려도 통통 튀길 것만 같다.

이러한 경희의 육체 앞에서 인구 씨는 자신의 본능력이 힘차게 점화되기 전에 일종의 압박감 같은 것을 느끼는 것이었다. 그것은 육체적인 정복욕보다도 열등감이 앞서기 때문일 것이다. 그만큼 역시 늙은 것이다.

경희는 바가지로 욕조의 물을 퍼내더니 수건을 적셔 가지고 천천히 어깨

랑 가슴이랑을 축였다. 그러기를 여러 번 되풀이하고 나서야 경희는 수건
으로 아래만 가리고 슬그머니 한쪽 다리부터 욕조 속에 집어넣었다.

"앗 뜨거, 뜨거."

경희는 질겁해서 발을 올렸다.

"그렇게 뜨거워?"

"보통 목간물보다 뜨겁네요."

경희는 다시 물에 담가낸 수건으로 전신을 몇 번이나 적시고 나서 이번
엔 단단히 각오를 하듯 입을 힘껏 다물고 살그머니 욕조에 들어섰다. 그러
자 인구 씨는 별안간 덤벼들어 경희를 얼싸안고 탕 속에 잠겨버렸다. 물 위
에 머리만 간신히 내놓은 경희는 뜨거움을 참느라고 하아 하아 숨을 몰아
쉬면서 씨에게 안긴 채 꼼짝을 못하였다. 소녀의 젊음을, 피부를 통해 자신
의 체내에 흡수하기라도 할 듯이, 인구 씨는 경희를 꼭 끌어안고 언제까지

나 물속에 잠겨 있으려 했다.

"갑갑해요. 나가요, 그만."

마침내 경희는 인구 씨의 품에서 빠져나가려고 했다.

"견딜 수 있을 때까지 이러고 견뎌봐."

포동포동하고 매끈매끈한 경희의 몸뚱이를 등 뒤에서 꽉 껴안고 있는 인구 씨는 그 팔을 풀어주려 하지 않았다.

"빨리 나가서 저녁 먹고 좀 쉬었다가 올라가야죠. 서두르지 않으면 막차를 놓쳐요."

"자구 가는 거야, 오늘은."

"정말이에요?"

지금까지 인구 씨는 경희와 여관에 들었다가도 자고 가는 일은 없었다. 두세 시간 놀다가는 으레 통행금지 시간이 되기 전에 돌아가버리는 것이었다.

"왜, 사정이 나빠?"

"아뇨, 전 상관없지만 아저씨 체면이 땅에 떨어지는 거 아니에요?"

"체면? 이제 그런 거 지켜야 할 아무 상대두 없어. 집엔 식모 아주머니뿐이니까."

"따님들은요?"

"완전 해산이야. 그러니까 이젠 천하에 거칠 것 없는 혼잣몸이지."

"종내 그렇게 되셨군요. 서운하지 않으세요?"

"시원섭섭이란 말이 있지? 그런 심정이야. 한쪽으론 홀가분해 좋고 한쪽으론 섭섭하고."

이때 경희는,

"못 견디겠어요, 갑갑해서. 이 팔 놓으세요."

괴로운 듯이 몸부림을 쳤다. 인구 씨도 이제는 숨이 차고 땀이 비오듯 흘렀다. 소녀를 욕조 밖으로 안고 나가서 놓아주었다. 둘이 다 나른히 맥이 풀려 있었다.

인구 씨는 수건으로 치부를 가린 다음, 욕실용의 소형 걸상을 목침 삼아 베고 타일 바닥에 벌렁 누워버렸다.

"어서 씻고 올라가서 침대에서 편히 푹 쉬세요."

경희가 권해주는 걸,

"아냐, 이 기분이 또 좋은 거야. 한참 쉬어서 탕에 한 번 더 들어갔다 나와서 씻을게."

씨는 누운 채 움직이려 하지 않았다. 경희는 돌아앉아 비누칠해서 몸을 씻으면서,

"아저씬 어딘가 젊은 사람 이상으로 진취적인 데가 있어요."

이런 말을 했다.

"가정 문제에 대해서 말이야?"

"딴 경우에도 더러 느낀 점이지만요, 가정 문제에 대해선 더욱 놀랄 만큼 혁신적이세요."

"사태가 그쯤 됐으니까 그렇지."

헤어진 아내를 만나보고 난 뒤, 씨의 가정은 정말 거의 필연적으로 해산하지 않을 수 없는 사태에 이르고 말았다. 먼저 보연이가 집을 나가버리고 만 것이다. 외삼촌댁에 가 있을 테니 걱정도 말고 찾지도 말아달라는 간단한 내용의 편지를 남겨놓고 보연은 자기의 짐과 함께 감쪽같이 사라져버렸던 것이다.

인구 씨는 물론 보연을 찾아 나서지는 않았다. 그 애 뜻대로 해주고 싶었던 것이다. 그것이 보연을 위해서나 씨 자신을 위해서나 좋을 것 같았다.

그래서 처남 내외를 만나 보연의 일을 잘 부탁한 다음, 당연히 생활비와 학비만은 불편이 없도록 책임을 지겠다는 약속을 했을 뿐이다.

이런 일이 있은 수일 후에, 이번엔 보경이마저 자기의 짐을 제 어미의 아파트로 옮겨버리고 만 것이다. 그러나 보경은 제 동생과는 달리 인사를 남기고 떠나갔다.

"절 친자식처럼 대해주신 아버질 전 무척 고맙게 생각해요. 저도 언제까지나 친아버지로 생각하겠어요. 그렇지만 엄마 일이 딱해서 제가 붙어서 돌봐드려야겠어요."

"엄마 일이 딱하다니?"

"아버지도 아시다시피 엄만 호인형 아니에요. 무슨 일에나 짜고 맵지가 못하고 헤프거든요. 이성관계도 그렇구 장사 관계도 그렇고."

인구 씨가 잠자코 고개만 주억거리니까, 보경은 자진해서 이런 설명까지 달았다.

"전 친아버질 만나서 따지려고 해요. 그래서 엄말 정실로 맞아들이든지, 아니면 톡톡히 위자료 받아내구 엄말 딴 데 재혼시켜 드리려구 해요."

인구 씨는 보경의 생부에 대해서 묻고 싶은 충동을 느꼈지만, 부질 없는 짓이라 여겨 참고,

"아무튼 서운한 일이다. 비록 몸은 헤어져 살더라도 부자간의 의리는 끊지 말자. 네가 대학을 나올 때까지 생활비와 학비는 당연히 내가 부담할 테니까 그 걱정은 말아라."

이랬더니,

"아니에요. 도리어 아버지께서 그런 걱정은 마세요. 그 대신 이젠 장애물이란 하나도 없으니까 안심하고 젊고 예쁜 새어머닐 맞아들이세요. 접때 요정에 나간다는 그 아가씨도 후보자의 한 사람이에요?"

보경은 이런 엉뚱한 소리를 하였다.

"무슨 쓸데없는 소릴 하느냐. 그 앤 친구의 딸이야. 아버지에 대한 괜한 공상이나 억측은 말구 너나 부디 남자관계라든지 모든 일을 실수 없이 잘 해나가도록 해라."

아버지답게 일러서 보경을 떠나보낸 것이다. 씨에게 이런 설명을 듣고 난 경희는,

"그럼 따님 말대로 어서 젊고 예쁜 새 부인을 맞아들이셔야겠군요."

누워 있는 인구 씨를 돌아보며 놀리듯이 웃었다.

"정식 부인은 싫어, 거추장스러워서. 경희하구처럼 이게 좋아. 서로 계약 내용만 충실히 지키면 복잡한 정신적 부담이나 상처를 입지두 입히지 않 아두 되구, 한편 싫증이 나면 얼마든지 딴 아가씨로 체인지할 수도 있고, 또 두세 아가씨를 동시에 거느릴 수도 있으니까."

"기운도 없으시면서 욕심도 많으셔."

경희는 바가지로 욕조의 물을 가득 떠서 인구 씨 위에다 부었다. 인구 씨 는 깜짝 놀라듯 튕겨 일어나면서 경희를 왈칵 끌어안더니,

"그러니까 이제부터 기운을 내야지. 서양 사람은 육십 칠십이 돼도 청년 못지않은 정열로 젊은 아가씨들의 꽁무니를 쫓아다닌다는데 이대로 폭삭 꺼져서야 되겠어?"

그러면서 품 안의 소녀를 힘껏 흔들었다.

경희는 숨이 막힌다고 앙탈을 하고 나서,

"정말 그런가 봐요. 일반적으로 서양 사람들은 한국 사람에 비해 월등히 정열적인가 봐요."

시인하는 말을 했다.

"무엇이든 그 사람들을 당할 수가 없어. 다이내믹한 서양 문명의 찬란한

성과는 따지고 보면 왕성한 섹스의 결정이야. 그런 논법으로 말하면 현대 문명은 섹스 문명인 거야. 우리는 서양 사람에게 섹스에 지고 있는 거야. 우리들이 그네들을 따라가려면 먼저 고리타분한 점잔병과 조로병부터 고쳐야 해."

"오우, 파이팅 파이팅, 우리 아저씨 의기가 대단하시다."

경희는 인구 씨의 볼에다 힘차게 자기의 볼을 비비었다.

"공감이면 경희도 더욱 협력해줘야겠어."

"어떻게요?"

"우리 집에 들어와서 나랑 같이 살잔 말이야."

"그 말씀이시군요."

"싫어?"

"그렇다구 절 맘대로 다루시려는 건 아니죠? 계약 조건은 엄수하시는 거죠?"

"물론이지. 내가 노리는 건 육체적인 섹스가 아니라 정신적인 섹스니까."

"그런 것도 있어요?"

"있지. 부단한 정신적인 자극과 도발, 그런 게 필요하다는 걸 깨달았어. 내 나이쯤 되면."

"그러니까 젊은 여자와 같이 지내면 그런 효과를 거둘 수 있다, 그런 말씀이군요?"

"그렇지. 마음이 팔팔해지면 따라서 그만큼 몸도 원기왕성해지게 마련이거든."

"지금까지도 예쁜 따님들과 같이 사시구선 뭐."

"딸은 달라. 아무리 젊고 예뻐도 그건 신성불가침의 상대니까. 도발당하기는커녕 도리어 아버지 노릇 어른 노릇 하느라고 점잔을 빼야 하니까 더

빨리 늙어버려."

"그러니까 항시 도발당할 수 있는 상대라야 한다는 말씀이군요. 그렇다면 저만 말고 아예 젊은 여잘 한둘 더 끌어들이면 어때요? 그만한 비례로 더 젊어지실 거 아니에요."

이 말에 인구 씨는 문득 경미 생각이 났다. 은하라는 요정에 나가는, 거기서는 향이라고 부른다는 매혹적인 눈을 가진 당돌한 소녀. 이왕이면 딸처럼 그 애까지 데리고 있으면 더욱 좋겠다는 생각이 씨에겐 들었다. 아주 희한한 착상이다.

～⊱ 2 ⊰～

젊은 아가씨와 같이 밤을 보내고 나니 역시 피로했다.

이튿날 아침 날이 새기가 무섭게 경희는 먼저 일어나 화장을 하고 바깥바람까지 쐬고 들어왔지만 인구 씨는 그때까지 이불 속에서 일어날 생각도 하지 않고 있었다. 그렇다고 깊은 잠에 빠져 있는 것은 아니고 자는 둥 마는 둥 하며 무거운 몸을 이리저리 뒤채고 있었다.

"어마, 여태 안 일어나셨어요?"

산책에서 돌아온 경희가 문 안에 들어서며 과장적으로 놀라 보였다.

"음, 이젠 일어나야지."

인구 씨는 이불 속에서 기지개를 켰다.

"잠꾸러기 아저씨!"

"고단해서 그래."

"간밤에 너무 무릴 하시더라."

경희는 수줍게 웃으면서 다가와 씨의 이마에 가볍게 뽀뽀를 해주었다. 그러고는 남자의 두 팔을 잡아 일으키며,

"배고파요, 얼른요."

어리광조로 졸랐다.

늦조반을 먹고 그들이 호텔을 나온 것은 중낮께였다. 대전서 좀 쉬다가 아예 점심까지 먹은 다음에야 서울을 향해 떠났다.

다정한 부녀나 숙질간으로 남들이 보리라 생각하니 인구 씨는 낯간지럽기도 했지만 신혼여행이라도 다녀오듯 흐뭇한 기분이었다.

서울로 돌아오는 고속버스 안에서 씨는 경희에게 경미 얘기를 들려주었다.

"그 애두 데려다가 셋이 같이 살면 어때?"

"탐이 나세요?"

"아냐. 그 애하군 경희하구처럼 될 수 없어. 친구의 딸이니까."

"친구의 딸은 뭐 여자가 아닌가요."

"내가 그렇게까지 무절제하고 난잡한 사내 같아?"

"친구의 딸을 욕심낸다고 그게 뭐 난잡한 일인가요. 핏줄이 섞인 여자라면 문제가 다르지만."

"친구의 딸이라면 준혈육이야. 내게 있어선."

"혈육 좋아하시네. 도리어 그런 사상이 위험한 거예요. 남남끼리 의남매니 뭐니 하면서 오빠니 누이니 하는 거라든지, 친구의 딸이니 준혈육이다, 반혈육이다 하는 건 따지고 보면 일종의 준비운동 아니에요. 언젠가 신문에서 떠들어댄 사건 기억 안 나세요?"

"무슨 사건?"

"실업계의 저명인사가 고아가 된 친구의 딸을 돌봐주다가 마침내 슬쩍 먹어버리고 만 거 말예요. 여자가 자살소동을 벌이는 바람에 백일하에 드러나 한동안 화젯거리가 됐잖아요."

"옳아, 그런 일이 있었지. 그렇지만 난 그렇지 않아."

"두고봐요. 그럼. 더구나 그 아가씨 요정에 나간다면서요? 예뻐요?"

"경희만은 못하지."

"배기 싫어."

"내가 그 애와 무슨 일이 있을까 봐 질투하는 거야? 벌써부터."

"어마마마! 우리가 뭐 사랑하는 사이기라도 한 듯이 착각하고 계신 거예요? 아저씬."

"그럼 그 앨 데려와도 괜찮아?"

"맘대로 하세요. 그야 아저씨 일인걸요."

"경희도 같이 와 있겠어?"

"먼저 그 아가씨 제가 선을 한번 보고 나서요. 비위에 안 맞는 사람과 한 집에서 살 수 없으니까요."

"건 그래. 그럼 언제 한번 같이 가서 만나볼까?"

"좋아요."

이리하여 두 사람은 같이 은하로 경미, 아니 향이를 만나러 가기로 한 것이다.

요정엘 가자면 맘 푹 놓고 실컷 놀다 올 수 있어야 하기 때문에 두 사람에게 모두 토요일 저녁이 가장 편리했다. 그래서 그들은 정기 밀회일인 다음 토요일 저녁에 만나서 은하를 찾아간 것이다.

골목 안에 있는 여염집 같은 한식 가옥이었다. 그러나 두 채를 터서 한 집을 만든 데다가, 제법 돈을 들여서 요정답게 꾸몄기 때문에 그럴 듯했다.

여대생 풍인 젊은 아가씨와 들어서는 인구 씨를 은하의 종업원은 약간 의아한 표정으로 맞아들였다. 안내된 방은 그리 넓지는 않지만 도배지랑 장판지랑 장식물에서는 은은한 맛을 풍겼다. 한쪽 벽에는 아직 생존해 있는 화가이긴 하지만 이름 있는 사람의 산수화도 한 폭 걸려 있었다.

엽차와 물수건을 날라온 소년에게,

"이 집에 향이라는 색시 있지?"

인구 씨가 물으니까.

"네, 불러드릴까요."

했다.

"그래. 색신 한 사람이면 되니까 우선 먹음직한 안주하고 맥주나 좀 가져와."

그러나 주문을 받아가지고 내려간 소년은 금방 되돌아와서,

"죄송합니다, 손님. 향이는 벌써 딴 좌석에 들어가 있습니다. 딴 색신 안 될까요?"

물었다.

"바꿔치긴 안 돼? 대신 딴 색실 들여보내고 향인 이리로 빼돌려봐."

"글쎄요. 그건 좀……. 손님께선 딴 색시루 안 될까요? 향이 말고도 예쁜 색시가 있는데요."

"암만 예뻐두 딴 색신 싫어. 일부러 향일 보러 온 거니까."

"그럼 잠깐 기다려보십쇼."

소년은 이러고 일단 물러갔다가 얼마 뒤에 맥주와 몇 가지의 안주를 날라오더니,

"틈 봐서 곧 빠져나온다고 합니다."

이런 말을 전해주었다. 그래서 인구 씨는 경희가 따라주는 맥주를 마셔

가며 향이를 기다리기로 한 것이다. 씨는 거품이 치솟는 액체를 단숨에 반 잔이나 죽 들이켜고 나서,

"자, 경희도 한잔해."

소녀의 컵에도 가득히 따라주었다.

"취하면 어떡해요."

"술이란 취하라구 먹는 거니까 취해야지."

"그럼 추탤 부려도 몰라요."

"맥주 몇 잔에 추태 부릴 정도로 취하진 않아. 몽롱하게 기분이 좋아질 정도지."

경희는 약간 낯을 찡그리며 맥주를 한 모금 마시고는,

"향이란 아가씨, 인기가 대단한 모양이죠."

이런 말을 했다.

"역시 젊으니까."

"젊다고 다 인기가 있나요. 어딘가 남자를 녹여내는 매력이 있어야죠. 황 진이처럼."

하기는 향이에게는 그런 매력이 숨어 있는지도 모른다는 생각이 인구 씨 에겐 들었다. 그러나 그것은 타락의 매력, 전락의 매력일지 모른다. 도리어 남자들이란 건전하고 노블한 매력보다도 독한 술에 취한 듯 그러한 매력 에 녹아나기 일쑤인 것이다. 향이의 매혹적인 눈과 당돌한 언동을 생각하 며 인구 씨는 까닭 없이 한숨을 토하였다.

향이가 나타난 것은 두 번째의 맥주병이 거의 비어갈 때였다. 문을 열고 들어서다 말고,

"어마."

놀라 보인 향이는 인구 씨와 경희를 번갈아 보더니 문을 닫은 다음 그 자

리에 무릎을 모으고 앉아서,

"어서 오세요."

공손히 허리를 굽히었다. 까만색의 양장을 하고 있었다. 가뜩이나 짧은 스커트 자락이 무릎을 모으고 앉을 때 끝까지 기어올라가 하얀 허벅다리가 통째로 노출되었다.

"인기가 대단한 모양이군."

"과히 나쁘진 않아요."

향이는 인구 씨 곁으로 다가와 바싹 붙어 앉더니 씨의 컵에 술을 따르며,

"안 오실 줄 알았어요, 전."

이러고 곁눈으로 쳐다보았다.

"왜?"

"제가 무서워서요."

"향이가 무섭다니, 건 또 무슨 소리야?"

"유혹당하실까 봐."

"그럴 리가 있나. 향이가 아버지 대리인 날 유혹할 리도 없고, 나 또한 딸 같은 향이에게 유혹을 당해서야 되나."

"그럼 어디 두고봐요."

인구 씨는 컵에 가득 찬 술을 들이켜고 향이에게도 권했다. 향이의 얼굴에는 이미 술기운이 돌고 있었다.

"향이는 왜 처음 만났을 때부터 왜 유혹이란 말을 즐겨 쓰지?"

"저는요, 남자만 보면요, 더구나 점잖은 체하는 남자만 보면 유혹해보고 싶어서 그래요."

"그렇다면 더욱 조심해야겠는걸."

인구 씨가 소릴 내서 웃으니까,

"속으론 은근히 바라고 계신 거 아녜요. 이런 멋진 아가씨의 유혹을 마다할 사내가 어딨어요."

경희도 이러고 따라 웃었다. 그러자,

"참, 이 아가씬 누구예요? 애인?"

향이는 인구 씨와 경희를 번갈아보며 물었다.

"난 그 위선적인 사랑 같은 건 안 해요. 특히 한국 남자완."

"그럼 정부?"

"그러구 보니 우리 사인 도대체 뭘까요? 동업자? 아니 단골 거래처?"

재미난다는 듯이 경희는 인구 씨를 쳐다보며 웃었다.

"동업이니 거래니 하는 걸 보니 두 분이 사이좋게 뭔가 하긴 하나보군요. 남자와 여자가 하는 동업이라면 뻔하겠군요, 뭐. 같이 재미보는 거 아녜요. 그렇담 나도 한몫 껴주세요. 자, 그런 의미에서 우리 동업자 아가씨도 한잔."

향이는 맥주병을 내밀어 경희의 컵에 가득히 따랐다. 그러고는 자기도 부어 마시었다.

"그렇잖아도 동업잔 몰라도 우선 동숙자가 되어달라고 향이 아가씰 꾀러 온 거예요."

경희가 이런 말을 하니까,

"동숙자? 같이 자잔 말이죠? 누구하구요?"

향이는 취기로 몽롱해진 눈을 크게 뜨고 인구 씨와 경희를 번갈아보았다.

"우리 셋이 한집에서 같이 살면 어떻겠느냐는 거예요."

"한집에서 셋이 같이 살자? 한 남자와 두 아가씨가 한집에서 같이 살자? 그럼 도대체 어떻게 되는 거죠? ……가만있어요. 얘기가 어지간히 복잡해지는 것 같으니까 저 좀 나갔다 오겠어요."

향이는 인구 씨의 어깨에 매달리듯 하면서 일어섰다.

"어딜 가려고 이래?"

"저쪽 구호실 좌석에요. 화장실에 가는 체하고 슬쩍 빠져나왔거든요. 그쪽에선 지금 내 몸뚱일 노리는 놈팡이들이 코가 석 자나 빠져서 기다리고 있을 거란 말씀이에요. 그러니까 가서 정식으로 보기 좋게 딱질 놓고 와야할 거 아네요. 전 본시 유혹을 당하는 건 싫어요. 당할 듯 당할 듯 실컷 애만 먹이다가 끝판에 가선 살짝 돌아서버리는 거예요. 그 대신 아저씨처럼 점잖은 체하는 신사 나으리를 이쪽에서 유혹하는 건 통쾌해요."

향이는 방을 나가려다 말고 뒤를 돌아보며,

"술이랑 안줄 더 들여보낼게 천천히 드시면서 얌전히 기다리세요. 곧 돌아올게요."

조작적인 웃음을 지으며 나가버린 것이다.

그러나 향이는 쉽사리 돌아오지 않았다. 딴 방에서들 남녀가 어울려 불러대는 노랫소리와 웃고 떠드는 소리만이 시끄럽게 들려왔다. 인구 씨는 무거운 부담감이 느껴지는 복잡한 심정이었다.

"그 아가씨 상처가 깊군요."

인구 씨의 컵에 맥주를 따르며 경희가 말했다.

"음? 상처?"

"정신적인 상처 말예요."

"그래. 어린 그 애에겐 지금까지 인생을 살아오면서 받은 마음의 상처가 너무 컸나 봐."

향이 일을 걱정하며 죽어간 창갑의 심정을 인구 씨는 알 것 같았다.

"정말 우리가 데리고 같이 살아야겠어요. 상처받은 인간들끼리."

"그러게 말이야."

"그 아가씨 만일 끝까지 아저씨를 유혹하려 들면 어떡하시겠어요?"

"그럴 린 없을 거야. 괜히 한번 떼를 써보자는 걸 테니까."

"그러니까 끝까지 떼를 쓰려 들면 말예요?"

"달래보구 타일러보구 정 말을 안 들으면 야단을 쳐야겠지."

"그렇게 간단히 교과서대로 될까요? 잘못하면 그건 도리어 그 아가씨를 몰락의 구렁으로 영원히 차버리는 결과가 될지도 모를걸요."

"그럼 어떡하면 좋지?"

"차라리 유혹을 당하세요."

"말 같잖은 소리."

인구 씨는 버럭 화를 내긴 했지만, 향이가 앞으로 어떻게 나올지 마음이 졸였다.

~~~ 3 ~~~

인구 씨에게 정작 더 난처한 일이 벌어진 것은 향이가 돌아오고 나서다. 향이는 삼십 분 이상이나 딴 좌석에 있다가 일층 심하게 취하여 돌아온 것이다.

"고마워요. 고마워요. 안 가고 기다려주셨군요."

문 안에 들어서며 향이는 안심한 듯한 얼굴이었다. 그렇지만 눈은 게슴츠레 풀려 있었다. 취기로 몽롱해진 그 눈은 그것대로 또한 특이한 교태를 내뿜었다.

"오늘은 일부러 향이를 만나러 왔는데 간단히 돌아갈 수 있나."

"진정이에요?"

"그럼 여기 있는 경희에게 물어봐."

인구 씨가 턱으로 경희를 가리키자,

"참말예요. 향이 아가씰 만나서 우리 세 사람이 같이 살 일을 의논하러 온 거예요."

경희도 거들어주었다.

"그렇담 우리 아저씨 최고다. 달리 봐야겠는걸요. 뽀뽀 해드릴게."

향이는 인구 씨에게 매달리듯 붙어 앉으며 그 입술을 씨의 볼에 갖다 대려 했다. 인구 씨는 질겁하듯 피했다.

"어마 뭐 이러실까. 제가 비록 이런 델 나올망정 함부로 아무에게나 해주는 키슨 줄 아세요?"

향이는 사뭇 못마땅한 듯 눈을 흘겼다.

"괜히 쑥스러워 그러시는 거예요. 속으론 좋으시면서도."

옆에서는 경희가 부채질을 했다.

"난 아버지 친구야. 그러니까 아무리 취중이라도 너무 버릇없이 굴면 못써."

인구 씨는 일부러 근엄한 표정을 지어 보였다. 그랬더니 이번에도 경희가 짓궂게 웃으면서,

"어디까지나 아버지 대리지, 아버진 아니잖아요."

사주하는 바람에.

"그래요, 대린 대리지 아버진 아니니까 무슨 짓을 해도 괜찮아요. 서양 사람들은 친부녀나 모자 사이에도 뽀뽀 하던걸요 뭐. 자 그럼 이번엔 진짜로 키슬 해드릴게요."

이러면서 향이는 물기가 자르르 흐르는 그 입술을 인구 씨에게로 바싹 접근시켜왔다.

"못써 이러면. 지나치게 까불면 나 화낼 테야."

인구 씨는 재빨리 소녀의 입술을 손으로 막으며 얼굴을 뒤로 물렀다.

"정말 시시해. 사람의 호의를 이렇게 무시하기예요. 술집 작부라서 더러워서 싫다는 거군요."

향이는 입술을 비죽거리더니 컵에 가득히 맥주를 따라 횟술이라도 마시듯 단숨에 죽 들이켰다.

"아냐. 그래서가 아냐. 아버진 그래도 날 믿구 향이 일을 부탁하구 돌아가셨는데, 내가 향이와 지저분하게 굴 수 있어. 낫살이나 먹은 게 의리와 체면이란 게 있잖아."

"지저분해요? 나 같은 작부와 입을 맞추고 살을 맞대는 건 지저분하단 말이죠? 좋아요. 도대체 아저씬 얼마나 고결무구한 예수님이나 부처님이기에 그렇게 도도하시우?"

"이봐, 향이. 그건 오해야, 그런 뜻에서가……."

"집어치워요. 아저씨 속 다 알아요. 내 얘기나 들어요. 아저씨가 얼마나 도도한진 몰라두요, 아무리 도도해봤자 결국 수캐 같은 남자엔 틀림없지 않우. 쟁쟁한 국회의원두, 대학교 교수님두, 모두들 잘난 체해도 내 몸뚱일 노리고 덤비는 꼴이란 꼭 수캐더라 그런 말예요. 내 아버지란 자도 마누라의 친동생을 널름 따먹은 친구고요……."

"향이 알았어, 알았어. 많이 취했군 그래."

인구 씨가 당황히 달래려 드니까.

"취하긴 누가 취해요. 이래 봬도 정신은 말짱하단 말예요. 그저 취한 체하고 나 하고 싶은 말 좀 해보는 거예요. 이까짓 맥주 정도에 취할 줄 아세요."

이러며 향이는 다시 컵에다 가득히 맥주를 따랐다.

"향이 아가씨. 과음하심 안 돼요. 몸에도 마음에도 해로워요."

경희가 다정하게 달래어도,

"흥, 팔자 좋은 소리 하시네. 누군 과음하고 싶어 하는 줄 아세요. 수캐 같은 놈팡이들이 억지로 퍼먹이니 마시구, 한 병이라도 더 많이 없애줘야 주인아줌마가 좋아하니 마시구, 이런 점잖은 체하는 신사나라나 경희 아가씨처럼 고상한 아가씰 대하면 나만이 억울하구 아니꼬워서 마시구, 그리구 또 뭐가 있더라, 그래 울고 싶어 마시고, 남자와 기분 내기 위해 마시고…… 우후후후, 그래요 아저씨. 우리 오늘 밤 기분 내요. 돌아가는 길에 단둘이 호텔루 가요 응. 괜찮죠? 경희 아가씨."

향이는 요염한 미소를 과장적으로 지어 보이며 전신을 인구 씨의 품 안에 안겨온 것이다.

인구 씨는 당황하여 슬그머니 소녀를 떠밀었지만 소녀는 물러나기는커녕 더욱 노골적인 자세로 파고들었다. 씨는 마치 도움을 청하듯 경희를 보왔다.

"전 상관없어요."

향이를 향해 이러며 경희는 재미난다는 듯이 웃기만 했다.

"자, 그럼 이젠 밤도 꽤 깊었으니까 일어나볼까. 경희랑 향이 배고프지 않아, 뭐든 식살 청해 먹고 나갈까."

인구 씨는 이런 핑계로 향이를 가만히 안아 물리치듯 하면서 자릴 일어선 것이다. 경희가 얼른 눈치 채고,

"저 배 안 고파요. 안주로 그만 배가 불러버렸어요."

냉큼 따라 일어서주었다. 향이의 주정이 은근히 겁이 났는지도 모른다. 그러자 향이도 인구 씨에 매달리듯 붙어 일어서며,

"찬성, 찬성. 우리 밖에 나가서 이차회 해요. 차라리 자축회라면 어떨까. 친구의 딸과 아버지의 거룩하신 친구와의 외도 자축회. 어때요 그럴듯하죠. 오라, 멋진 우리 경희 언니, 언니겠죠? 전 스무 살인데."

"그래요. 내가 언니겠군요. 두 살 위니까."

"제 본명은 경미니까 이름도 비슷해요. 그러니 우리 경희 언니를 사귀게 된 것도 축하해야죠. 그리고 나서 우리 얌전한 아저씨와 전 호텔로…… 양해해요, 언니."

향이는 묘하게 마디가 없는 헝클어진 발음으로 지껄이며 앞장서 방을 나갔다. 인구 씨와 경희도 얼굴을 마주보고 나서 따라 나갔다.

"아직 그렇게 늦은 시간도 아닌데, 향이도 귀가할 수 있어? 주인이 허락할까?"

"이제부턴 손님 없어요. 손님이 있구 없구, 이 향이가 일생일대의 멋진 파트론을 가지려는데 누가 막아요."

이리하여 그들 세 사람은 계산을 끝낸 다음 나란히 요정을 나온 것이다.

어느새 열 시 가까운 시간이었다. 봄날처럼 포근해서 그런지 밤거리에는 인파가 초저녁처럼 붐볐다.

몸을 가누지 못하고 매달려서 비틀거리면 어떡하나 하고 인구 씨는 내심 은근히 걱정했지만 향이는 비교적 정확한 걸음으로 따라 걸었다.

"어디서 해요? 자축회는."

"그런 건 다음으로 미루고 오늘 밤은 그냥 돌아가 쉬어. 나도 피곤해서 그래. 그 대신 택시로 바래다주지. 집이 어디지?"

"한집에서 같이 살자구 한 건 누구죠? 왜 벌써부터 절 떼버리지 못해 안달이서. 제 주정이 겁이 나서? 아니면 유혹이 무서워서?"

향이는 인구 씨에게 바싹 붙어서며 팔짱을 꼈다. 인구 씨는 몹시 당황했다. 술 취한 새파란 계집애와 팔짱을 끼고, 행인이 번다한 대로를 걷기가 씨는 창피스러웠다. 그래서 경희를 돌아보며,

"경희 어서 택시 좀 잡아."

또다시 구원을 청하듯 재촉했다. 아무 데서나 쉽게 택시가 잡힐 리가 없다. 그들은 할 수 없이 택시를 잡을 수 있는 곳까지 걸었다.

"택시 잡을 거 없어요. 그럼 차라리 이대로 곧장 호텔로 가요. 경희 언니 미안. 안녕."

향이는 이러고 인구 씨를 잡아끌었다. 인구 씨는 노상에서 향이와 승강이 벌일 수도 없었다.

"향이, 그럼 아예 우리 집으로 갈까. 도리어 호텔보다 조용해서 좋을걸."

"가족은요?"

"아무도 없어. 나 혼자뿐이야. 나이든 식모 아주머니하고."

"어머, 신사네요. 그럼, 그래요. 그렇담 어서 가요. 나, 아저씨 재인식했다."

향이는 눈을 빛내며 재촉했다. 그들은 가까스로 택시를 잡아탔다.

차가 떠나자,

"경희 언니도 같이 가는 거예요?"

향이는 석연치 않다는 듯이 물었다.

"셋이 같이 살자구 했잖아."

인구 씨는 이번엔 경희를 향해

"어때? 괜찮지? 자구 가두."

물었다. 경희는 아무 말 않고 웃으면서 머리만 까딱해 보였다.

"그러다가 경희 언니하고 질투쌈 하게 되는 거 아닌가. 우리 서로 싸우지 말고 잘해나가요."

이러고 나서 향이는 상반신을 지그시 인구 씨에게 기대왔다. 차가 진동할 때마다 여러 겹의 옷을 통해서도 젊은 육체의 탄력이 느껴졌다. 씨는 부지중 까닭 모를 긴 한숨을 눈치 채지 못하게 쉬었다.

그들 일행을 식모 아주머니는 얼떨떨한 낯으로 맞아주었다.

"오늘부터 이 아가씨들도 우리 집 식구가 되었소. 그러니 내 친딸을 대하듯 잘 돌봐줘요."

인구 씨가 멋쩍은 생각을 이런 식으로 얼버무리니까 경희와 향이도 각기,

"폐 끼치게 됐어요."

"잘 부탁해요."

이렇게들 인사를 건넸다. 식모 아주머니는 어이가 없다는 듯 미처 대꾸도 못하고 멍하니 서만 있었다.

인구 씨는 우선 두 소녀를 이 층으로 데리고 올라가서 보경이 쓰던 방을 열어 보이며

"이건 경희 방."

보연이가 쓰던 방을 보고는,

"이건 향이 방."

이렇게 방부터 정해주었다. 이리하여 경희와 향이는 갑작스레 씨의 가족이 된 것이다.

집에까지 오는 동안 술이 많이 깨서 그런지 염려했던 바와는 달리 그날 밤 향이는 그 이상 애먹이는 일없이 목욕을 하고 얌전히 올라가 잤다.

그리고 수일 내로 두 소녀는 전후해서 아주 짐까지 날라온 것이다. 인구 씨는 희망대로 젊음이 넘쳐흐르는 풋병아리처럼 싱싱한 매력의 두 소녀를 곁에 두고 무시로 감상할 수 있게 된 것이다.

그것은 진귀하고 향기로운 꽃을 보듯 씨에게는 과시 새로운 즐거움이었고 신선한 자극이었다.

물론 단지 감상이나 눈요기에만 그치는 것은 아니었다. 경희와는 계약 내용대로 여전히 일주일에 한 번씩은 밖에서 밀회를 했다. 그것은 너무나 건전한 외도요, 진실한 향락이었다.

경희는 날이 갈수록 남자로 하여금 최고의 절정감에 도취케 하는 기교를 몸에 익혀갔지만 단 한 번도 음란한 자세로 타락하지는 않았다. 거기 비하면 향이는 골치였다. 자주 취하여 돌아와서는 씨를 난처하게 하였다. 요정을 그만두고 당분간 쉬면서 향이의 성격과 취미에 맞는 건전한 진로를 같이 연구해보자고 권하여도 향이는 말을 듣지 않았다.

"요정에 나가 사내들을 우롱하는 게 제 성격과 취미에 꼭 맞는걸요."

인구 씨의 권고를 향이는 이런 투로 받아 넘겼다.

"거짓말 마라. 그런 생활이 취미에 맞을 리가 있어."

"정말이에요. 제 몸뚱일 노리고 잔뜩 몸이 달아서 매달리는 작자들에게 응할 듯 응할 듯하면서 애를 먹이는 거라든지요, 사회적 지위나 체면이나 마누라가 무서워서 점잖은 체하는 아저씨 같은 신사 족속이랑 명사 나부랭

이를 유혹하는 재미가 얼마나 통쾌하고 고소한지 아저씬 모르실 거예요."

이런 어이없는 소리를 하고 나서 향이는,

"어디 두고봐요. 아저씨도."

깜찍하게 눈을 흘기며 웃는 것이었다.

아닌 게 아니라 술이 좀 많이 취해 돌아온 날 밤은 향이는 노골적인 유혹 작전을 펴는 것이었다. 오늘 밤만 해도 그랬다. 열두 시가 거의 다 되어서야 어지간히 취하여 돌아온 향이는 발소리를 죽여가며 인구 씨가 거처하는 안방으로 들어온 것이다. 늦었는데 곧장 올라가 자지 않고 이 방엔 왜 들어오느냐고 인구 씨가 나무라는 말을 하려니까 향이는 자기의 손가락을 제 입에 갔다대면서,

"쉬잇, 자는 사람들 깨우지 말고 잠자코 계셔요."

속삭이듯 하고 향이는 씨 곁으로 다가와 펴놓은 요 위에 펄썩 주저앉더니 한다는 소리가 엉뚱했다.

⟪⟪ 4 ⟫⟫

"아저씬 여자 생각 안 나세요?"

이런 노골적인 말을 향이는 물어온 것이다.

"거 쓸데없이 아저씨 좀 놀리지 말고 어서 올라가 자거나 해."

"저 오늘밤 여기서 잘까 부다. 아저씨하구. 내일 첫새벽에 일어나서 살그머니 올라가버리면 경희 언니도 식모 아줌마도 눈치 못 챌 거 아니에요."

이러면서 향이는 두 손을 포개어 베개삼아 베고 요 위에 가 벌렁 누워버

Foon.

렸다. 그 바람에 가뜩이나 짧은 스커트 자락이 기어올라가 하얀 허벅지까지 노출되었다. 빨간 털실로 짠 짤막한 바지도 보였다.

"그럼 내가 향이 방에 올라가 잘게, 고단하면 그냥 여기서 잘래?"

"누가 고단하대요."

향이는 교태에 찬 눈을 흘기었다. 인구 씨는 가슴이 찌르르했다. 너무나 요염한 매혹의 눈매였기 때문이다. 차라리 그것은 일종의 독기(毒氣)였다.

인구 씨는 슬며시 외면을 하고 나서,

"그럼 빨리 올라가 자란 말이야. 지금이 몇 신데 이래."

작은 소리로지만 엄격한 말투로 나무랐다. 향이는 아무 말 않고 몸을 뒤집었다. 양손으로 턱을 괴고 요 위에 엎드린 채,

"아저씬 정말 절 딸처럼 여기세요?"

느닷없이 이런 질문을 던져온 것이다.

"물어볼 필요도 없잖아. 그렇잖으면 내가 왜 향이를 가만두겠어. 향이가 나한테 짓궂게 굴기 전에 내 쪽에서 먼저 향이를 유혹하려 들지."

"그렇담 여기서 같이 자요. 한 이불 속에서 벗고 자면서도 아무 일 없이 넘긴다면 제가 손을 들어버릴게요. 친아버지가 아니곤 그렇지 못할 거거 든요. 대개의 남자들이란."

인구 씨는 어처구니가 없다 못해 기가 막혔다. 그것이 향이의 진심인지 장난인지 알 수가 없었다. 씨는 선뜻 대꾸할 말이 없어서 엎드려 있는 날씬한 소녀의 몸매를 물끄러미 굽어보고만 있었다.

"자신이 없으시군요."

"천만에, 절대로 자신이 있지."

부지중 인구 씨는 힘주어 이런 대답을 해버렸다. 그리고 그것은 솔직한 심정이었다. 향이가 아니라 설사 클레오파트라나 양귀비를 갖다 안겨준다 해도 씨는 무사히 넘길 자신이 있었던 것이다.

"그럼 자요."

향이는 일어나 겉옷을 벗어 걸더니, 이불을 끌어당겨 덮고 드러누웠다. 그리고 나서 한 가지 한 가지씩 속옷을 벗어 이불 밖으로 밀어냈다. 마침내는 맨 마지막 속옷까지 밀리어 나왔다.

"들어오세요, 어서."

향이는 이불깃까지 들쳐주었다.

"그래."

인구 씨는 불을 끈 다음, 입고 있던 파자마 바람으로 이불 속에 들어갔다. 씨는 이렇게라도 해서 남자란 수캐인 동시에 또한 엄연한 인간이란 사실을 보여주고 싶었고 따라서 난잡한 향이의 콧대를 꺾어주고 싶었던 것이다.

이튿날 아침, 인구 씨가 눈을 뜨자 먼저 잠이 깨어 기다리고나 있었듯이,

"아저씬 참 멋있어. 아저씨가 만일 십 년만 젊었다면 전 목숨을 걸고 사랑할 거예요."

향이는 마치 고백하듯 한 것이다.

"사랑해 봐, 실컷. 아버지루 알구 말이야."

"음."

인구 씨는 가볍게 소녀의 벌거벗은 어깨를 안아주고 먼저 일어났다. 그러고는 깜짝 놀랐다. 반듯이 누운 채 씨를 쳐다보며 웃고 있는 소녀의 양 볼에 의외에도 눈물이 줄줄 흐르고 있었기 때문이다.

씨는 가슴속에 무엇인가 뭉클한 것을 느끼며,

"울긴, 향이답지 않게."

돌아앉으며 파자마 소매로 눈물을 닦아주었다.

"저도 아저씨 같은 아버질 갖고 싶었어요. 다음엔 아저씨 같은 신랑을……."

향이는 이러고 이불을 끌어올려 머리까지 푹 뒤집어써버렸다.

그런 이야기를 향이에게서 전해들은 듯, 하루저녁엔 셋이 모여 앉아 차를 마시는 자리에서,

"아저씬 의외로 멋있는 데가 있어요. 중고품답지 않게."

경희가 이러고 웃었다.

"경희에게 영향을 받아서 그럴 테지."

이 말을 냉큼 향이가 받아가지고,

"참말 아저씨와 언니 사이만 해도 멋져요. 얼마나 깨끗하죠. 바람을 피워도 그래야 돼."

감심한 듯한 눈으로 두 사람을 번갈아 보았다.

"그건 그래. 향이가 나보다 더 잘 알겠지만 도대체가 한국 남자들이란 모두 구질구질하거든. 나두 아저씨와 처음 계약 당시는 무척 불안했어. 제멋대로 나오면 어떡하나 하구. 그런 종류의 구두계약 따윈 사실 아무것도 아니거든."

"정말이야, 우리 아저씨 볼 데가 있어."

향이가 다시 맞장구를 치는 바람에 인구 씨는 사뭇 겸연쩍어서,

"이 계집애들이 왜 이래. 늙은일 놀리면 볼기 맞아."

이런 식으로 응수해서 모두들 와그르르 웃었다.

그런 일이 있은 뒤로는 향이는 눈에 띄게 달라져갔다. 인구 씨를 애먹이는 일도 별로 없었고 비교적 말도 잘 들었다. 인구 씨와 경희가 권하는 대로 요정도 그만두고 방향전환을 위한 준비로 우선 휴식기간을 갖기로 했다.

자포자기는 물론 위악적이거나 위선적인 태도를 버리고 이성적인 새로운 삶의 자세를 가누기 위해서는 무엇보다도 심신의 휴식이 필요하다는 것이 경희의 주장이었다. 남성에 대한 도전과 복수를 위해 향이는 지금까지 너무나 감정적으로만 살아온 것 같다는 것이다.

향이는 식모 아주머니와 함께 집 안에서 살림을 맡고 여가는 독서로 시간을 보냈다.

그들에게 있어서 가장 즐거운 시간은 저녁식사 때와 그 이후였다.

인구 씨가 하루의 일을 마치고 직장에서 돌아오면 학교에서 먼저 돌아온 경희를 비롯해서 향이, 아니 경미와 식모 아주머니가 저녁 준비를 해놓고 기다리고 있었다.

더구나 요즘은 향이가 여러 종류의 요리서를 뒤져가며 식모 아주머니와 의논해서 만든 식단이 저녁마다 바뀌고 다채로워서 씨를 흥겹게 해주었다.

"이건 또 뭐야?"

식탁에 다가앉아 낯선 반찬을 들여다보며 씨가 물을라치면,

"경미 아가씨가 우겨서 만든 거니까 맛이 있든 없든 제겐 책임이 없어요."

식모 아주머니는 미리 발뺌부터 했고 경미와 경희는 재미난다는 듯이 소리를 내어 웃었다.

경미의 실습 요리는 어쩌다 명작이 나오기도 했지만 대개는 실패여서 무슨 맛인지도 모르고 먹을 때가 많았다. 그러면서도 유쾌했다.

오래간만에 인구 씨는 가족적인 단란한 기분에 취하여 보는 것이다. 그럴 때면 돌연 보경이와 보연의 모습이 머리를 스쳐가서 일시 심사가 울적해지기도 하였지만 고통을 줄 정도는 아니었고 또 금방 잊어버릴 수가 있었다.

식모 아주머니도 처음 얼마 동안은 이런 분위기에 쉽사리 어울리지 못하였다. 무뚝뚝한 표정으로 저 혼자 따로 돌았다. 인구 씨에게조차도 못마땅한 태도로 대했다. 마누라야 잘못을 저질렀으나 할 수 없이 내쫓았다 해도, 마침내는 두 딸마저 내보내고 나서 정체불명의 낯선 아가씨들을 끌고 들어와 시시덕거리는 주인의 태도가 식모 아주머니에게는 비위에 거슬렸을 것이다. 십 년 가까이나 같이 살며 보경이와 보연에게 깊이 정이 들었던 식모 아주머니로서는 무리도 아니다.

그러나 차차 겪어볼수록 경희나 경미도 싹싹하고 살가운 데가 있는데다가 똑같이 팔자가 기박한 소녀들이라는 걸 알게 되자 요즘 와서는 도리어 동정심을 갖고 남 같지 않게 대했다. 물론 경희나 경미 쪽에서는 처음부터 식모 아주머니를 이 집의 늙은 고용인이라 해서 깔보거나 업신여기는 일 없이 동등한 인격적 대우를 해왔던 것이다.

그들은 저녁식사를 끝내고 차를 마시거나 과일을 먹으며 텔레비전을 보고 지껄이는 시간도 무척 즐거웠다. 그들 각자가 겪어온 경험과 텔레비전

에서 방영되는 갖가지 인생 문제를 놓고 기탄없이 논전을 벌이는 일은 단순한 재미에 그치지 않고 각자의 성격과 취미와 인생관을 명확히 보여주는 동시에 어떤 의미에서는 얻는 점도 많았다.

그런 경우에도 경희는 놀랍도록 이지적이고 계산적이었고 경미는 다분히 감정적이거나 감상적이었다.

한번은 무슨 얘기 끝에 경미가 이런 말을 했다.

"앞으론 아저씨와 언니가 일부러 밖에서 만나는 노고를 덜고 떳떳이 집에서 같이 주무세요. 도리어 한집에서 살면서 정기적으로 밖에 나가 만나고 온다는 게 우습잖아. 난 다 이해할게."

인구 씨는 멋쩍게 웃으며 경희를 돌아보았고, 경희는 태연히 이렇게 대답한 것이다.

"그럴 순 없어. 그렇게 되면 아저씨와 나 사이엔 통제가 무너져버려. 우리가 부부나 준부부라도 될 사이라면 모르지만 그렇지 않은 한 역시 일정한 거리와 한계를 두고 접해야 하니까 말야."

"그럼, 아예 부부가 돼버림 될 거 아냐."

"그건 좀 가혹한 얘기야. 아직 새파란 내가 그래 할아버지가 다 된 아저씨와 부부가 되란 말이야?"

"세상엔 그만한 연령 차이의 부부도 있잖아요."

"그야 있을 수도 있겠지. 재산이나 지위나 명성에 끌려서 아버지 같은 사람의 아내가 되는 여자도 있으니 말이야. 오나시스와 재혼한 재클린도 말하자면 그런 여자 아니야. 그렇지만 우리 이 아저씨에게야 재산이 있어, 지위가 있어, 명성이 있어. 도대체 뭘 보고 내 청춘을 바친단 말이야?"

경희는 이렇듯 계산이 밝고 태도가 명확했다.

"그렇게 나오면 아저씨가 불쌍하다. 대놓고 너무 노골적으로 그런 소리하지 마 언니."

경미가 이러고 웃어서, 인구 씨가 얼른 받았다.

"괜찮아, 경미. 경희의 말은 전부가 옳아. 그리구 난 이 상태대로 만족이야. 이 이상은 바라지도 않구."

"그럼 경희 언니가 대학을 마치고 미국으로 떠나가버리면 어떡하죠?"

"한 해 한 해 늙어가는 몸이니까, 그때쯤 되면 내게도 여자가 필요 없어질 테지."

"앞으로 일 년 남짓이면 언닌 떠나버릴 텐데요. 그때의 아저씨 나인 고작 오십이고, 남자 나이 오십이면 한창 아니에요. 그만 나이의 남자들이 도리어 젊은 애들 이상으로 여자에게 지근덕거리던데요, 뭘."

이번엔 경희가 냉큼 그 말을 받아가지고,

"세상에 흔하고 천한 게 여잔데 뭐, 딴 여잘 갈아대면 그만 아니야."

뭐가 걱정이냐는 듯이 말했다. 그러자 경미가 인구 씨와 경희의 얼굴을 번갈아 보고 나서,

"그럼, 내가 대신 인겔 받을까."

이러고 웃었다.

"그것도 좋을 거야. 어때요? 아저씨."

이런 말을 하고 경희도 따라 웃었다.

"글쎄, 그건 그때 가봐야지. 경미보다 더 멋진 아가씨가 나타날지도 모르니까 말이야."

인구 씨도 농으로 능쳐버렸다.

"그렇담 아예 지금 미리 예약을 해둬야지."

"세상에 그런 예약두 있나."

"왜 없어요, 하면 있죠. 아저씨가 정말 그런 약속만 해주신다면 저도 금

년 새학기엔 대학에 들어갈래요. 그러니까 경희 언니와 해약이 되고 나면, 저와 동일한 계약을 맺겠다는 예약서를 써주세요."

농담 반 진담 반으로 말하고 경미는 책상 위를 두리번거리더니, 양면괘지와 볼펜을 찾아내다가 인구 씨 앞에 밀어놓으며,

"자요, 여기다 분명히 써주세요. 그러면 저도 안심하고 앞으로의 제 인생의 방향을 정할 수가 있어요."

차츰 농담기가 사라지며 정색을 하고 나왔다. 취해 있는 경미가 아니고 보니 인구 씨 쪽에서도 단순히 농담으로만 돌려버릴 수는 없었다.

"적당히 써주세요. 그렇다고 아저씨나 경미나 손해 볼 건 없잖아요."

경희마저 농인지 참인지 모를 말로 권했다. 인구 씨는 잠시 생각해보고 나서 종이와 볼펜을 끌어당겼다. 그리고 이렇게 썼다.

우리는 한 가족이다. 우리는 친부녀 사이처럼 서로 믿고, 의지하고, 아끼며 화목하게 같이 산다. 1970년 2월 25일 강인구 안경희 김경미

"자 이거면 되겠지. 우리 사이에 이 이상 더 필요한 계약서도 예약서도 필요 없을 거야. 경미 학빈 내가 대지. 그러니 여기에 각자 무인들이나 찍어요."

이러면서 인구 씨는 그 종이를 두 소녀 앞에 밀어놓았다.

"내용이 전혀 다르잖아요."

경미는 어리둥절한 눈으로 인구 씨와 경희를 번갈아 보았고, 경희는,

"내용이야 어쨌든 경민 대학만 무사히 나올 수 있음 됐잖아."

이러면서 누구보다도 먼저 무인을 찍은 것이다. 이어 인구 씨도 찍고, 경미도 덩달아 찍었다.

　이런 장난 같은 짓이라도 그들에게는, 특히 경미에게는 새로운 삶의 자세를 가누는 계기가 될 수 있는 것이다. 그것은 인구 씨에게도 경희에게도 다행한 일이었다. 남남끼리 맺어지는 가족적 유대감이란, 혈육 간과는 다른 가치와 의미를 지닐 수도 있으니 말이다. 이리하여 그들 계약가족의 새로운 출발은 시작된 것이다.

동류 同類

꿍 1 꿍

시일이 흐름에 따라 강인구 씨를 중심으로 한 안경희와 김경미의 유례없는 공동생활은 차츰 자리가 잡혀갔다. 이들 세 사람의 계약가족은 단순히 혈통적이요 인습적이기만 했던 재래의 가족사에 도전하여, 적어도 새로운 가족제도의 가능성을 혹은 개연성을 제시해주는 것이기도 하다.

요즘도 피는 물보다 진하다는 퇴색한 구호를 외는 사람이 있지만, 개개인의 독자적인 개성과 인격이 존중되고 우선하는 현금에 있어서는, 도리어 뜻은 피보다 진해져가고 있는 것이 사실이다. 아무리 같은 핏줄의 부자나 형제간일지라도 뜻이 다르면 서로 원수가 되어야 하는 반면에, 비록 연고 없는 남남끼리라도 뜻이 같으면 생사를 더불어 할 수 있는 공동운명체로 결속되는 것이 현대인의 특징인 것이다.

그것은 주의 사상의 이동(異同), 이해관계의 격차, 애정상의 갈등에서 현저히 나타나고 있다. 뜻이 맞지 않으면 서로 이반하고 절연하고 죽이기도 한다. 이러한 현대인은 단순한 혈육지정이나 인습적인 제도로만 묶어놓기에는 너무나 자아의식이 강한 존재들인 것이다. 이들의 유대와 결속에는 무엇보다도 먼저 강렬한 공감과 공명이 필요한 것이다. 다시 말해서 사람이란 특히 현대인이란 결국 뜻이 다르면 헤어지는 수밖에 없고, 뜻이 같으면 저절로 뭉쳐지게 마련인 것이다.

이러한 현대감각 속에서 재래식 가정의 존속이 어려움은 너무나 당연한 일이다. 그러기에 대가족 제도에서 소가족 제도로 변천해오다가 마침내는 핵가족의 실현을 보게 된 것은 어쩔 수 없는 시대적 추세라 하겠다.

그렇다면 강인구 씨들의 계약가족도 이러한 추세에서 급격히 생성된 새로운 가족적 인간관계에 불과한 것이다.

그러한 그들 세 남녀의 관계는 비교적 원만히 깊어가는 것 같았다.

인구 씨는 경희와 비슷한 시간에 집을 나갔다가는 퇴근하는 길로 곧장 집에 돌아왔다. 전처럼 주석이나 다방을 밤늦도록 헤매는 일은 거의 없었다. 귀가하여 경희와 경미를 상대하는 것이 즐거웠던 것이다. 딱딱한 아버지의 권위나 체면 따위에 얽매이지 않아도 되는 게 좋았다. 부녀간의 높다란 담 같은 것이 없는 것이다. 필요하면 아버지와 딸처럼 굴 수도 있지만 먼저는 그냥 남녀요, 친구요, 애인이었다.

그런 만큼 과도의 책임감, 의무감, 그리고 도덕적인 부담감 같은 것이 강요되지 않았다. 서로 계약 내용만 지키면 되는 것이다. 소녀들도 마찬가지로 새로운 생활에 보람과 즐거움을 찾고 있는 모양이었다.

경희는 의외로 평소에는 착실한 생활을 했다. 아침에 일어나는 길로 자기 방뿐 아니라, 인구 씨가 거처하는 안방과 뜰까지 깨끗이 청소를 했다. 처음에는 며칠이나 계속될까 싶어서 인구 씨는 호기심을 갖고 주시했지만 한 달이 넘도록 단 하루도 거르지 않았다. 실내 장식품이나 세간이나 의류를 정돈하는 솜씨도 감탄할 만큼 깔끔했다.

비 내린 다음 날, 현관에 되는 대로 세워둔 우산을 펴서 그늘에 말려 간수하는 것도 경희가 맡아 했다. 흙투성이가 된 자기 구두는 말할 것도 없고 인구 씨 구두까지 깨끗이 털고 닦고 반질반질 약칠을 해놓는 것도 경희다.

비에 젖어 돌아온 날은 물론이지만, 평소에도 저녁마다 인구 씨의 양복에서부터 와이셔츠와 속내의 양말까지 일일이 점검할 것을 경희는 하루도 잊지 않았다.

"남자고 여자고 옷은 언제나 깨끗하고 단정하게 입어야 해요. 더구나 남자의 와이셔츠 칼라와 소매에 때가 끼든지 양말에서 냄새가 나면 아주 더러워 보여요."

경희는 이러면서 조금이라도 더러워진 내의류는 빨아달라고 식모 아주머니에게 추려서 내주었고, 양복에 커피나 그 밖의 음식 국물 같은 것이 떨어져 얼룩이 지거나 흙물이 튀거나 버스에서 기름이 묻은 자리라도 있으면 수건을 빨아 닦아내든지 휘발유로 문질러 지웠고, 조금이라도 구김살이 있으면 으레 물을 뿌려서 다리미질을 했다.

헤어진 마누라도 이렇게까지 꼼꼼하지는 못했고, 보경이와 보연은 흉내도 내본 적이 없었다.

이러한 경희를 감동 어린 표정으로 지켜보다 말고,

"경흰 도대체 나의 뭐지?"

인구 씨가 싱거운 질문을 던지면,

"오해하지 마세요. 전 아저씨의 와이프는 아니니까요."

경희는 소리 없이 웃으며 경고하듯 했다.

"그래, 아무리 탐이 나도 소용없는 짓이야."

"정말 탐이 나세요? 제가."

"탐이 나구말구."

"옷시중 들어 드린다고요?"

"그것뿐이 아냐. 잠자리에서도 그렇구 모든 점이. 경희는 마치 남자를 즐겁게 해주기 위해 태어난 여자 같아. 내가 경희와 부부가 될 수 없는 현실적 조건이 한스럽군."

경희는 과연 침실에서의 자세 또한 성실했다. 지나치게 수동적도 능동적도 아니요, 과도하게 야비하거나 경건하지도 않고, 무기교에 머무르거나 과잉기교에 흐르는 일도 없이 흥분과 열도에 따라 거기에 알맞게 보여오는 심리적인 육체적인 반응은 남자를 견딜 수 없는 황홀경에 몰아넣기에 충분했다.

인구 씨는 지금까지 마누라 이외에도 몇몇 여자와의 경험을 갖고 있지만, 일찍이 경희에게서처럼 만족을 느껴본 일은 없었다. 같은 여자이면서 남자에게 주는 매력의 차가 이토록 심한 데 씨는 은근히 놀라고 있었다. 그것은 그 여자의 이성관, 정조관, 행위관에서 오는 차이일 것이다. 다시 말하면 인간과 그 정신적 육체적 전 생활에 대한 본질적인 인식의 차이인 것이다.

경희는 반드시 침실에서만 빛나는 소녀가 아님을 인구 씨는 잘 알고 있었다. 그것은 동거생활이 시작되면서 더욱 실감케 해주었다.

경희는 학업에도 열심이었다. 경미와 식모 아주머니의 말에 의하면, 경희는 학교가 파하기 무섭게 곧장 집에 돌아와 저녁때까지 학습에만 전심한다고 한다. 특히 미국 유학을 위해 영어공부에는 일층 주력하는 모양이었다.

인구 씨가 경희에게 더욱 탄복하는 점은, 불우한 환경 속에서 여자로서는 가장 굴욕적인 경험을 했고 현재 역시 진부한 관점에서는 그러한 생활을 면치 못하고 있으면서도 추호도 비굴해지거나 상처받지 않는 너무나 건강한 그 정신력이다. 경희의 그러한 생활 태도는 기성도덕의 중독자들에게는 신랄한 경고요 교훈일 것이다.

이러한 경희에 비하면 경미는 다분히 병적이다. 자신에 대한 건전한 제어력과 기성관념에 대한 강인한 비판력이 거의 없다. 아버지가 이모에게 임신을 시켰고, 그로 인해 어머니가 자살을 해야 했던 사건이 가져다준 충격의 지배에서 경미는 아직도 벗어나지 못하고 있는 것이다. 게다가 여고 때 담임교사에게 정조를 뺏기게 된 이중 타격, 과시 반성을 모르고 처자도 돌보지 않을 정도로 계속되는 부친의 허랑방탕한 생활이 던져준 삼중 타격이 부친뿐 아니라 모든 남성에 대한 자포적 반항으로 나타난 것도 무리는 아닐지 모른다. 이러한 경미는 남성에 대한 반감과 증오에서 타락적 복수심에 불탄 것이다.

일단 이렇게 몰락 과정을 밟게 된 경미는 자포자기와 타락의 쾌감에 젖어버릴 수밖에 없었나 보다. 그러나 인구 씨의 보호를 받기 시작하면서부터 경미의 병적 소행도 눈에 띄게 변화를 보이기 시작했다. 얌전한 여염집 소녀 모양, 식모 아주머니와 살림 솜씨를 익히는 데도 열심이었고, 요즘 와서는 대학 입시준비에 몰두했다.

그러다가도 경미는 남성에게서 받은 상처의 여독과, 화류계 생활에서 배어버린 악취미가 완전히 가시지 않은 탓인지, 어쩌다가 노골적인 묘한 언동으로 인구 씨를 곧잘 당황하게 하는 수가 있었다.

"아저씬 어째서 저를 먹여주고 재워주고 앞으로 학비까지 대주시려는 거죠?"

경미는 인구 씨를 말끄러미 쳐다보다가 정색을 하고 불쑥 이런 말을 물어온 적이 있었다.

"별 이유 같은 건 없지. 그저 그러고 싶어서 그러는 거니까."

"동정?"

"경미가 누구의 동정을 받을 사람인가?"

"그러니까 궁금하단 말예요. 덮어놓고 아저씨의 도움을 받을 수도 없잖아요."

"덮어놓곤 아니지. 지금은 경미가 곤란하니까 나에게 도움을 받고, 나중에 대학을 나와서 돈을 벌게 되면 원금만 나한테 갚아주면 되잖아."

"제가 대학을 나와가지고도 그만큼 돈을 못 벌면요?"

"그러면 결혼하고 나서 갚아도 돼."

"저 같은 거 결혼하게 될지 안 될지도 모르지만 만약 결혼한다 해도, 그만 여유가 안 생기면요?"

"그렇담 할 수 없지 뭐. 내가 떼먹히는 수밖에."

"전 떼먹는 거 싫어요. 평생 빚을 지고 살아야 하니까요."

"그럼 어떡해? 갚을 능력이 없으면 할 수 없는 거지."

"몸으로 갚으면 안 돼요?"

경미는 그 매력적인 눈에 황홀한 웃음을 머금었다.

"그땐 내가 다 늙어빠질 테니까 경미의 몸 같은 거 아무 소용없을 거야."

"그럼 지금부터 갚죠 뭐."

"지금두 필요 없어. 경희 하나로 충분하니까."

"시시하다. 그만 나이에 무슨 남자가 그러실까. 아니면 경희 언니에게 홀딱 빠지셨나."

"그런지도 모르지."

무심코 인구 씨가 농담조로 대답한 말에,

"경희 언니의 잠자리 솜씨가 비범한가 봐, 어때요? 서비스 만점?"

경미는 이런 투로 나오며 요염하게 웃었다. 이러한 경미의 언동이 인구

씨를 놀리기 위한 의식적인 소행인지 아니면 모르는 새에 흘러나오는 본
심인지를 씨는 구별할 수가 없었다. 그만큼 꾸밈이든 본심이든 간에 그러
한 태도가 경미에게는 몸에 배어 있었다.

경희와 밖에서 밀회를 하고 느지막해서 돌아오는 토요일 밤이면 경미는
자지 않고 있다가 묘한 웃음으로 그들을 맞아주는 것이었다. 그런 때의 인
구 씨는 겸연쩍어서 경미를 똑바로 쳐다볼 수가 없었다. 뿐만 아니라 그들
이 금방 호텔에서 밀회를 마치고 돌아오는 길임을 확인할 때 남녀관계의
비밀에 정통해 있는 경미에게 어떤 불순한 자극을 줄지도 몰라 조심스러
웠다.

그래서 인구 씨는 호텔을 나오면서,

"경희 혼자 먼저 돌아가. 난 다방에라도 들어가 앉았다가 한 삼십 분쯤
떨어져 돌아갈게."

넌지시 이런 제안을 내보기도 했다.

"멋쩍어서요?"

"그것도 있지만, 우리가 호텔에서 나란히 직행하면 경미에겐 묘한 자극
이 될지도 몰라. 그건 그 애의 정신건강상 안 좋을 거야."

"그렇지만 그건 도리어 눈 가리고 아웅 하는 식이게요. 화류계 물을 먹은
아가씨라, 그런 문제에 대한 센스가 얼마나 놀랍다구요."

그러니까 차라리 솔직하게 공공연한 태도로 나가는 편이 나으리라는 경
희의 의견이었다.

아무튼 경희와 나란히 밤늦게 귀가하기란 인구 씨는 쑥스럽고 거북살스
러웠다. 더구나 그런 날 밤이면 경미는 미리 인구 씨의 자리를 펴놓고 기다
리다가, 방에까지 따라 들어와 옷 갈아입는 시중까지 들려 했다. 그런 참견
말고 어서 올라가 자라고 뿌리치듯 해도, 경미는 눈웃음 지으며 인구 씨가

자리에 들 때까지 붙어 돌아갔다.

한번은 그러한 경미를 피하기 위해,

"난 목간을 하고 갈 테니까 그런 거 팽개쳐두고 너두 어서 올라가 잠이
나 자."

내뱉듯 하고 인구 씨는 도망치듯 욕실로 들어가 물속에 잠겼다. 그랬더
니 잠시 뒤에 욕실 문이 방싯 열리며,

"아저씨, 등 밀어드릴게요."

가슴과 아래만 가린 눈부신 나체의 경미가 살그머니 들어서는 것이었다.

〜〜 2 〜〜

인구 씨는 순간 권위와 인격을 무시당한 것 같아 울컥 화가 치밀기도 했
지만, 이런 경우 어떤 태도를 취하는 것이 보다 현명한 일인가를 그의 연령
과 성격이 민감하게 판단해내고,

"그럴까. 정말 등 좀 밀어줄래?"

이러면서 태연히 욕조 밖으로 나와 앉은 것이다.

"어마, 용감하셔."

경미는 다가와서 뜨거운 물을 퍼내더니 씨의 등에다 부었다.

"용감하다니? 나보다도 도리어 경미가 용감한데."

"전 화류계 출신 아니에요. 아저씬 초로의 신사로서 아버지 친구고, 아버
지 대리고…… 펄쩍 뛰실 줄 알았어요."

"펄쩍 뛰지 않아 실망했어?"

"감탄했어요."

물기를 바짝 짜서 동그랗게 뭉친 수건으로 경미는 인구 씨의 등을 문지르며 대답했다.

"칭찬인가?"

"아저씬 확실히 보통 남자와 다른 데가 있어요. 구질구질하지 않구 담박하구 개방적이구……."

"불량노년이고, 또……."

"천만에요. 아저씬 조금도 불량하지 않아요. 그렇다고 신성하지도 않구요. 그게 참 좋아요."

"경미와 같은 종류가 돼서 그럴 테지."

"제가 훨씬 불량한 편 아닐까요?"

"불량한 체해 보이는 거지. 어리광부리듯."

"정말 그럴지도 몰라요."

경미는 몇 번쨀가 다시 뜨거운 물을 퍼서 인구 씨의 등에 끼얹었다.

"때가 별로 없네요."

"관둬, 그만했음. 팔도 아플 테니."

"그럼 저도 목간할까요? 같이."

"그래, 그럼. 어서 벗고 들어가."

이러고 나서 인구 씨는,

"잠간만. 어때, 이왕이면 나가서 경희도 불러오지. 셋이 혼탕을 해."

엉뚱한 제안을 한 것이다. 역시 나이에서 오는 영리함이요, 조심성이다.

"일시나마 저 혼자 아저씰 독점할랬더니 틀렸군요. 그래요, 그럼."

경미는 선뜻 말을 들었다. 수건으로 몸에 튄 물기를 대강 문대고 욕실 밖으로 나가더니 좀 만에 경희를 데리고 들어왔다.

"몰래 경미의 나체를 즐기시려던 거 아니에요?"

이러는 경희도 가슴과 아래만 가리고 있었다.

"몰래가 아냐. 공개적으로 즐기자는 거지. 그러니까 경희까지 불러내린 거 아냐."

"이왕이면 두 아가씨의 나체를 비교해가면서 동시에 감상해 보시자는 거군요."

"그럴지도 모르지."

"남자들의 욕심은 저렇다니까."

경희는 장난스럽게 눈을 흘기었다.

"그래도 울 아저씬 욕심이 없는 편예요. 깨끗하구."

경미도 말참견을 하고 돌아서서 브래지어와 팬티를 벗더니 수건을 물에 담가서 몸을 몇 번 적신 다음 천천히 욕조 속으로 들어갔다. 경희도 전라가 되어 두어 번 물을 퍼서 몸에 끼얹고는 탕 속에 들어가 경미와 나란히 잠기었다.

소녀들의 태도는 자연스러웠다. 인구 씨는 흐뭇하도록 어떤 안도감과 만족감을 느끼었다. 그것은 동시에 두 소녀와 자기 자신에 대한 신뢰감과 친밀감이기도 했다.

그도 비누칠을 한 전신에 연거푸 물을 끼얹고 나서 수건을 허리에 감은 다음 탕 속으로 들어갔다. 뜨거운 물속에 목까지 잠기도록 비스듬히 누우면서 두 다리를 소녀들 쪽으로 쭉 뻗었다.

소녀들도 허리에는 타월을 싸매고 있었지만 젖가슴만은 노출된 그대로였다. 경희의 유방은 눈에 익었지만 경미의 그것은 처음이었다. 경희보다도 나이 어린 경미의 젖무덤이 훨씬 크고 모양도 예쁜 데 인구 씨는 놀랐다.

경희의 유방은 맥없이 약간 아래로 처져 있었지만, 경미 쪽은 브래지어

를 뗐는데도 유방의 원형을 그대로 유지하고 있었다. 그것들이 물속에서는 약간 일그러져 보이긴 했지만.

"얘 젖가슴 참 예쁘지요. 탐스럽구."

거기에 끌리고 있는 인구 씨의 시선을 의식했음인지 경희가 한 손으로 경미의 유방을 들어 보이며 물은 것이다.

"그러게 말이야."

유방뿐 아니라 경미의 전신은 공처럼 통통 튈 것같이 탄력성이 강하게 느껴졌다.

"그렇지만 내건 언니처럼 유연성이 부족한걸요."

경미가 말하듯 살같이 희고 보드라운 맛은 경희가 훨씬 앞설 것이다. 특히 경희의 유방은 물 넣은 풍선 모양 조금만 힘을 주어 만지면 터질 듯이 말랑말랑해서 조심스러웠다. 똑같이 신비와 매력을 간직한 여체이면서도 여자에 따라 이렇게 달랐다.

"남자들은 언니하고 저하고 어느 쪽을 더 좋아할까요? 육체면에서만."

경미가 불쑥 이런 말을 물어왔다.

"그야 사람에 따라 다르겠지."

"아저씬요?"

"나? 난 둘 다 좋겠어."

"어마, 얌체다."

경미가 호들갑스럽게 소릴 질러서 세 사람은 한꺼번에 웃었다.

이런 일이 있은 뒤로는 세 사람은 너무나 자연스럽게 곧잘 혼탕을 했다. 조금도 어색하지 않았다. 추호도 추잡하거나 음란한 생각이 들지 않았다.

반면, 도리어 세 사람 사이의 친밀감은 급격히 강해져갔다. 부부나 친부녀처럼, 아니 그 위에 공모자적인 결속감마저 더해서 일층 더 다정하고 허물없는 사이가 되었다.

공통의 비밀이나 운명에 얽힌 사람끼리는 쉽게 가까워질 수 있듯이 이런 파격적인 생활에 안주할 수 있는 강한 동류의식이 그들 세 사람을 실감 있게 묶어놓았던 것이다.

이리하여 세 사람의 묘한 공동생활은 일치된 호흡과 질서 속에 조절되어 갔다. 경미에게서도 차츰 이색분자적인 언행이 사라지고, 삼자 일색의 기본색채로 조화해 갔다. 동일 종류만이 갖는 일종의 순화작용일 게다.

인구 씨는 마지못해 응해주는 술집 작부나 바걸 따위를 상대로 노닥거리는 것보다 경희랑 경미와 얼려 지내는 시간이 훨씬 즐거웠다.

경희와 경미는 말하자면 제일 급의 작부요, 바걸이요, 친구요, 애인이요, 딸일 수 있기 때문이다. 경희만은 제한된 아내이기조차 한 것이다.

일단 집에만 돌아오면 인구 씨는 술집에 간 기분도, 바에 간 기분도, 동지

끼리의 환담 기분도, 젊은 애인과의 밀회 기분도, 귀여운 딸들의 재롱 기분도, 살뜰한 아내의 보살핌도 다 맛볼 수 있는 것이다.

그러기에 요즘의 인구 씨는 사무실 문을 닫기가 무섭게 딴 데 발길 하는 일 없이 곧장 집으로 돌아오는 것이다. 그러면 으레 이 다양다능한 가족들이 저녁 준비를 해놓고 씨를 기다리고 있다. 식모 아주머니까지 끼어서 네 식구가 시작하는 식사 장면은, 모르는 새에 와자하니 유쾌한 시간이 된다.

경미와 경희가 인구 씨의 양쪽에 붙어 앉아서 번갈아 반주를 따라준다. 경희의 술 따르는 솜씨를 지켜보던 경미는

"언닌 아직 멀었어, 그래가지군 수캐들을 홀리지 못한다구. 이 유명한 아가씨의 프로 솜씰 좀 봐요."

반되들이 술주전자를 뺏어 과장적인 교태 어린 솜씨로 인구 씨 잔에 술을 따랐다. 확실히 익숙한 솜씨여서,

"그 쟁쟁한 전력에는 정말 못 당하겠어. 과연 멋있어."

경희가 진정 감탄한 듯이 치켜주면,

"이게 한숨과 눈물과 웃음과 몸을 팔아 습득한 솜씨라우."

장난 섞어 신파조로 말하고 나서,

"아저씬 뭐예요. 멋대가리 없이 벙글벙글하며 술잔만 기울이면 돼요. 이런 땐 으레 제 어깨나 허리에 팔을 감든지 손목이라도 슬쩍 잡아당겨야 할 거 아니에요."

경미가 그 매혹적인 눈을 귀엽게 흘기며 뽀로통해 보여서 와그르르 웃음판이 벌어지기도 한다.

이 밖에 경미는 자주 요정 내 깊숙이서 벌어지는 비화를 공개하여, 식구들을 놀라게도 하고 어이없게도 만들었다.

한번은 역시 저녁식사 도중, 행위 장면을 찍은 지독한 누드 사진과 그보

다 더한 도색영화 얘기 끝에,

"아저씨도 주석에서 더러 그런 장난해 보셨어요?"

경미는 이런 영문 모를 질문을 던져온 것이다.

"그런 장난이라니?"

"아저씬 젠틀하니까 그런 치사한 장난은 안 하실 거야."

경미가 멋대로 부정해놓고 장난스레 웃으니까,

"애, 속 시원히 얘기해봐. 무슨 장난이니?"

경희가 궁금한 듯이 캐물었다. 인구 씨도 은근히 호기심이 동해서,

"운만 떼놓고 비싸게 굴지 말고, 어서 말해봐."

넌지시 재촉해보았다. 경미는 식구들을, 특히 식모 아주머니를 돌아보고 나서,

"이건 함부로 공개할 얘기가 못 되는 걸요. 더구나 순박한 우리 아줌마 앞에선."

이러고 식모 아주머니를 또 한번 돌아보았다.

"애, 창피한 얘기니?"

경희가 인구 씨와 식모 아주머니를 번갈아 보고 물으니까,

"우리 여성족이 창피할 건 없어. 남자들 것이니까. 아무튼 남자들이란 못 하는 장난이 없어. 언니나 아주머닌 상상도 못할 거야."

이런 식으로 잔뜩 더 듣는 사람의 호기심을 돋우었다.

"그럼 내게만 귀에다 대고 살짝 얘기해줘."

"이거 이쯤되면 공짜론 안 되겠는걸요, 언니."

"애, 애 너무 비싸게 굴지 마. 남성족들의 지저분한 본성을 나도 좀 배우자꾸나."

"암요, 비싸게 굴어야죠. 내가 청춘과 순결을 팔아 배운 인간의 추악상인

데 그걸 그렇게 값싸게 내놓을 수 있어요?"

"정 그렇담 그만둬. 나도 앞으론 네 공부 안 봐준다."

경희가 새침해 보이니까,

"그래, 그럼. 언니에게만 살짝 알려드릴게."

이러고 경미는 그 입을 경희 귀에 바싹 갖다 대더니 잠시 동안 무어라고
소곤거렸다. 그러자 경희의 낯이 차츰 빨개지더니, 한 손으로 입을 가리고
터져 나오려는 웃음을 참다가 별안간 새침해지며,

"남자들이란 왜 그렇게 치사한 장난을 좋아할까?"

괜히 인구 씨를 향해 눈을 흘겼다.

"무슨 얘긴데들 그래?"

식모 아주머니까지 관심이 끌릴 정도라 인구 씨는 부쩍 궁금증이 더해서,

"남자들이 뭐가 어떻다는 거야? 속 시원히 말은 않구 왜 눈을 흘기구 야
단이지."

두 소녀를 번갈아 보았지만, 그들은 웃기만 하고 대답을 하지 않았다.

체모 없이 그런 얘기를 더 이상 꼬치꼬치 캐물을 수도 없어서, 그날 저녁
은 그 정도로 일단 그 얘기는 중단된 상태였으나, 인구 씨는 이상하게도 계
속 흥미가 끌렸다. 경미도 말했듯이 유흥가를 찾아 헤매는 주색꾼들 가
운데는 별별 난잡하고 해괴한 짓을 즐기는 괴기 취미자가 있는 것은 사실
이다.

주기가 얼근히 돌기 시작하면 야비하고 짓궂은 방법으로 여자를 들볶는
것쯤은 주석에서는 얼마든지 있는 일이요, 또한 지나치게 노골적인 포즈
의 누드 사진이 나돈다든지, 이쪽도 낯이 뜨뜻할 정도의 도색영화를 감상
할 수 있는 것도 대개는 그런 처소인 것이다.

인구 씨나 그 친구인 계 사장 같은 사람은 술을 마셔도 절제 있게 마셨고,

또 술이 취해도 지나치게 난잡하게 놀지는 않는다. 경미가 지적했듯이 그런 점에서는 씨는 젠틀하고 담박한 편이다.

그러한 인구 씨로서도 도색영화를 관람한 일이 있을 정도니, 술만 취하면 개차반이 되어버리는 추태파들이야 어떤 망측한 장난인들 못하랴 싶기도 하다. 그리고 보니, 지난번 저녁식사 때 경미가 공개하려다 만 경험담에 인구 씨는 일층 호기심이 쏠리었다.

그래서 하루는 저녁식사 후, 씨의 어깨를 두드리면서 텔레비전을 보고 있는 경미에게,

"접때 공개하려다 만 얘긴 뭐지?"

넌지시 인구 씨는 묻고야 말았다.

"아, 그 얘기. 궁금하시죠, 무척?"

이러고 나서 경미가 털어놓은 그 얘기란, 씨가 다 무안할 만큼 어이없는 내용이었다.

～％ 3 ％～

"술을 가득 담은 한 되들이 주전자를 차례로 돌려가며 들기 내길 벌이는 추태파도 있더라, 그런 말예요."

"들기 내길? 아, 한 되들이 주전잘 못 들어서?"

"어마, 누가 손으로 말예요."

"그럼 뭘로?"

묻다 말고 인구 씨는 멋쩍은 표정이 되어버렸다. 경미의 말뜻을 그제서

야 깨달았기 때문이다.

"인제야 속이 시원하세요? 아저씬 그런 장난은 못하시겠죠?"

경미는 씨의 어깨를 두드리던 손을 멈추고 씨의 얼굴을 재미난다는 듯이 빠끔히 들여다보면 물었다.

"정말 별 지저분한 녀석들이 다 있군."

인구 씨는 볼 부은 소리로 내뱉듯 했다. 남자들 가운데는 의외로 노출증 환자가 많음을 씨도 알고 있었지만 여러 사람이, 특히 여자들이 주시하는 속에서 그런 장난을 태연히 벌일 수 있는 놈팡이들의 심보를 씨는 알 수가 없었다.

"어디 그뿐인 줄 아세요. 제가 차마 공갤 안 해서 그렇지 그보다 몇 배 더 지저분하고 치사하고 야비한 장난을 하는 주당들이 얼마든지 있단 말예요."

이 말을 경희가 냉큼 받아가지고,

"어때요? 아저씨. 이 정도로도 남자의 추잡하고 야비한 그 본성을 가히 짐작할 수 있죠?"

보란 듯이 웃었다.

"그건 사실이야."

인구 씨는 솔직히 시인하지 않을 수 없었다. 남녀 문제에 국한해서 뿐 아니라 모든 인간행위에 있어서 여자에 비해 남자가 월등히 추악한 존재라고 씨는 원래부터 믿어왔던 것이다.

이런 일이 있은 뒤로는 저녁식사나 혹은 야식을 나누는 자리에서 인구 씨 잔에 술을 따르던 주전자를 경미는 빳빳이 세운 자기 손가락에 걸어 들어 보이면서,

"이거 어때요? 아저씨."

이러고는 경희와 함께 킬킬대고 웃었다.

"아저씨 무안하시게 놀리지 마. 우리 아저씨야 어디 그런 분이니."

경희가 은근히 나무라면, 경미도 얼른,

"미안, 아저씨. 아저씨 놀리는 거 아냐."

귀여운 콧소리로 어리광 부리듯 하며 인구 씨 어깨에 매달리는 것이었다.

"미안할 거 없어. 놀리고 싶음 어서 실컷 놀려. 아저씨도 지저분한 수캐의 한 마리니까."

인구 씨는 자애로운 태도로 경미의 어깨를 가볍게 끌어안고 어루만져 주었다. 경미는 감동적인 표정으로 인구 씨 볼에다 뽀뽀를 하고 나서,

"아저씬 저하고 일생 같이 살아요. 어떡함 좋을까요? 그러려면."

안타까운 심정을 말에 담았다. 인구 씨가 무어라고 대답하기 전에,

"그러려면 결혼하는 길밖에 없을걸. 부부 이외의 인연이란 언젠가는 헤어지게 마련이니까."

경희가 대신 이런 말을 했다.

"부부 말고 말이에요. 아저씬 나와 부분 될 수 없다니까. 나도 그래요. 임시부부라면 몰라도 영구적인 진짜 부부가 되기엔 아저씨와 전 연령의 차가 너무 심해요."

그러자 이번엔 인구 씨가 호젓한 음성으로 부드럽게 말했다.

"그러니까 이대로 아버지와 딸처럼 평생 같이 지냄 되잖아. 하긴 경민 언젠간 결혼하게 될 거니까 그때까지 이렇게 같이 지냄 되지 않느냐 말이야. 그러다가 1년 뒤면 경횐 미국으로 떠나버릴 거구, 경미마저 시집가버리고 나면 난 머리가 완전히 희어지구, 얼굴은 주름살투성이가 되구, 꼬부랑 할아버지가 되어 경희와 경미를 생각하며 외롭게 혼자 살다 죽어가는 거지."

인구 씨는 경희와 경미를 번갈아 보며 쓸쓸하게 웃었다.

"그건 싫어요. 그렇게 된다면 전 싫어요. 저 같은 거 아내로 맞아줄 온전한 남자도 세상엔 없겠지만, 설사 있다고 해도 전 아저씨만 외롭게 혼자 남겨두고 시집 안 가요. 차라리 아저씨 모시고 죽을 때까지 아저씨와 단둘이 살래요."

경미는 인구 씨의 어깨에 매달려 볼을 비비며 감상적인 말투로 속삭이듯했다.

"그럴 필욘 없어. 어차피 난 먼저 늙어 죽을 사람이니까. 다만 더 노쇠하기 전에 젊고 매력적인 경희와 경미를 딸처럼, 정부처럼, 친구처럼, 아내처럼 실컷 즐길 수 있는 것만으로 만족해. 난 경희와 경미에게 그 이상의 아무것도 바라지 않아."

"건 아저씨 말씀이 옳아. 우리의 계약 기간이 끝나면 넌 너대로 난 나대로 독자적인 각자의 길을 가는 거야. 또한 아저씬 아저씨대로의 마지막 생애를 어떡해서든 아저씨 나름대로 마무리하실 테니까. 외로운 건 아저씨뿐이 아냐. 따지고 보면 사람이란 누구나 외로운 거야. 넌 너대로, 난 나대로 말이야. 그 외로움이란 아무도, 세상의 그 누구도 대신할 수 없는 거야. 결국 각자 스스로가 짊어질 수밖엔."

"그럼 아저씬 재혼하세요. 언니가 미국으로 떠나고 나면 말예요."

"재혼?"

인구 씨는 비웃고 나서,

"재혼할 생각이 있으면 벌써 했지. 도대체 아내란 존재가 남편에게 얼마만큼 즐거움과 보람을 줄 수 있지? 경희 말투로 한다면 얼마만큼 외로움을 덮어줄 수 있느냐 말이야?"

안타까이 따져 묻듯 했다. 경희가 얼른,

"그래요. 뒤집어서 여자의 경우도요."

공감을 표명했다.

"여자의 경운 약간 다르지. 남편이 아내에게 참된 즐거움과 보람을 주진 못해도, 적어도 먹을 것과 웃은 줄 수 있거든."

"그렇지만 사람은 빵으로만 살 순 없잖아요. 하나님의 말씀, 아니 정신적 인 호흡이 필요하거든요."

"그러나 대다수의 여자는 빵과 옷을 위해서 남자에게 육체를 제공하고, 사랑이란 금분(金粉)으로 위장하는 거 아니야."

"이제 보니까, 아저씬 결국 결혼과 가정의 부정주의자시군요."

경미는 좀 서글픈 표정으로 말하고 나서, 한숨마저 내쉬더니,

"그렇지만 뭐니 뭐니 해도 아저씨에겐 따님들이 있잖아요. 늙으시면 결 국은 싫건 좋건 따님들에게로 돌아가시게 될 거예요. 따님들도 아저씰 모 른다고 못할 거구요."

마치 결론이라도 내리듯 했다.

"천만에. 난 차라리 딸애들이 경희와 경미만 못해. 그 애들두 이미 나에 게 대해 아버지로서의 의미와 가치를 포기한 지 오래고."

인구 씨는 단정적으로 말했다. 그것은 씨의 솔직한 심정이었다. 또 그래 서 당연하고, 그것으로 좋다고 생각하고 있었다.

인구 씨는 한 달에 한 번씩 작은딸 보연을 만나러 처남네 집을 찾아가곤 하였다. 한 달에 한 번 정도는 보연을 보고 싶기도 했고, 한편 생활비와 학 비를 전해주는 것이 목적이기도 했다.

그러나 보연은 언제고 부친을 서먹서먹한 태도로 맞아주었다. 무슨 말을 물어도 네, 아니요 식으로 간단히 대답했다.

"언니와는 자주 만나느냐?"

"네."

"어머니와도 더러 만나느냐?"

"아뇨."

"뭐든 불편한 일은 없느냐?"

"없어요."

이런 식이다.

"오랜만에 우리 같이 나가서 점심이라도 먹을까?"

권해도,

"전 생각 없어요."

달가워하질 않았다. 보연을 만날 때마다 인구 씨는 점점 더 멀어지는 거리감을 의식하곤 했다.

이러한 보연에 비하면 비록 헤어져 지낼망정, 그리고 피가 섞이지 않은 사이일망정 보경이 훨씬 부녀간다운 정이 흘렀다.

인구 씨가 다달이 대주려는 생활비와 학비도 보경은 거절했다.

"엄마에가 타 쓸게 걱정 마세요. 그렇지만 공짠 아니에요. 다방 일을 거들어주고 있으니까요."

이 밖에 보경이다운 이유도 있었다.

"제 걱정일랑 마세요. 그보다도 젊은 아가씨들과 재밀 보시려면 아빠도 자금이 많이 들 테니까요."

이러면서도 보경은 돈이 필요하면 사무실로 찾아와 타갔다. 따지고 보면 제 몫은 다 가져가는 셈이었다. 보경은 부친을 찾아올 때면 으레 전화부터 걸었다.

"아빠, 저 오늘 점심 좀 사주세요."

전화를 끊고 나면 보경은 금방 조르르 쫓아왔다. 보경은 으레 제가 앞장을 서서 양식집이 아니면 통닭구이 집으로 부친을 끌고 갔다.

맛있게 식사를 끝내고 나면,

"아빠, 나 만 원만."

손을 내미는 게 상례다.

"만 원씩이나 어디다 쓸래?"

"친구하고 어디 좀 갔다 오려고요."

"남자친구야?"

"왜요? 남자친구면 안 돼요?"

"안 될 건 없지만…… 남자친구와 만나는데 왜 네가 돈을 쓰니?"

"전 쩨쩨하게 남자한테 얻어먹지 않아요. 내가 돈을 쓰면서 달고 다니는 거죠."

"그 청년하구 결혼할 셈이냐?"

"그 청년이라뇨?"

"집으루 전활 걸어오곤 하던 그 청년 말이야."

"아, 그 애하곤 벌써 헤어졌어요."

"아주 헤어져? 같이 자기두 했다면서?"

"같이 잤음 어때요? 아빠답지 않게 시시한 말을 다 하셔."

보경은 시큰둥한 표정을 지어 보였다.

"조심해, 괜히. 남자와 달라서 여자란 처신을 함부로 하다가는 손해 보기 쉬운 거야. 그러니 손해 보지 않게 남자관계를 조심하란 말이다."

"네, 네, 교훈 명심하겠습니다."

보경은 국민학교 어린이 같은 표정과 말씨로 대답한 다음, 돈을 핸드백 속에 간직하고 총총히 돌아가버리는 것이다.

이러한 보경에게 인구 씨는 친자인 보연이보다 훨씬 더 정이 갔다. 뿐만 아니라 왜 그런지 보연이보다 보경이 쪽이 더 건전하게 느껴졌다.

근래에 와서는 일요일에 찾아가면 보연은 성당에 가고 대개는 집에 없었다. 보연이 다니는 학교가 가톨릭 계통이기도 하지만 보연은 어려서부터 저 혼자 성당에 다니었다. 본시가 그러한 애긴 하였지만 요즘 와서는 더욱 열심이라고 한다. 처남의 말에 의하면 보연은 고등학교를 나오면 대학에 진학하지 않고 수녀가 되겠다고 한다는 것이다. 그러한 보연의 인생 태도가 도리어 보경이보다도 인구 씨에게 불안하게 느껴지는 것은 웬일일까. 유리그릇처럼 조심스러워서일까. 순백은 더럼을 타기 쉽기 때문일까.

아무튼 인구 씨는 남자관계가 단정치 못한 보경이 쪽보다도 순수무구한 보연의 일이 더욱 소원하게 느껴지고 걱정이 되었다.

그런 어느 날 보경에게서 엉뚱한 전화가 걸려온 것이다.

"다음 일요일에 엄마 결혼식이 있는데 아빠 참석해주시죠?"

"결혼을, 너의 어머니가?"

"그래요. 제가 중맬 섰거든요."

인구 씨가 어안이 벙벙해서 아무런 대꾸도 하질 못했더니,

"총각 처녀의 결혼이 아니기 때문에 친척과 아주 가까운 사람만 이삼십 명이 모여서 축복해드리기로 했으니까요. 아빠도 경희, 경미 두 아가씨와 함께 꼭 참석해주세요."

보경은 일층 영문 모를 소리를 했다.

"아니, 너 경희와 경민 어떻게 아니?"

"왜 몰라요. 제가 그동안 집엘 몇 번 놀러 갔다고요. 아가씨들을 고르는 아빠의 눈이 보통이 아니서. 감탄했어요. 경희 아가씬 제가 존경해요."

전화를 끊고 나서도 인구 씨는 한동안 얼빠진 사람 모양 멍하니 앉아 있었다. 헤어진 아내, 특히 불륜행위를 저질러서 내쫓은 아내가 재혼을 한다고 하니 씨는 저도 모르게 복잡한 감정을 느끼게 되었던 것이다.

그렇다고 물론 저주하는 것은 아니었다. 이왕이면 축복해주고 싶은 심정이었다. 하지만 사십이 넘은, 그리고 불미스러운 과거를 지닌 그 여자가 어떤 남자와 인연을 맺게 되었는지는 몰라도 그 전도가 반드시 순탄할 수 있을까가 궁금하였다.

한편, 생활 걱정도 없고 남자에 궁할 리도 없으면서 여자로서는 한물간 나이에 그 여자는 왜 재혼을 해야 하는가 인구 씨는 이해가 가질 않았다. 이렇듯 그 여자의 재혼이 마음에 걸리면서도, 인구 씨는 결혼식에 참석할 생각은 아예 없었다.

그런데 결혼일인 그 일요일 아침에 예상하지 않았던 사태가 발생한 것이다. 느지막해서 아침식사를 끝내고 씨가 조간신문을 뒤적이고 있노라니까 경희와 경미가 외출준비를 하고 내려와서, 인구 씨더러 옷을 갈아입고 같이 나가자는 것이다.

"어딜 가게?"

"글쎄, 잠자코 따라오세요."

인구 씨는 직감적으로 전처의 결혼식에 가려는 것임을 깨닫고 싫다고 했다.

그러나 경희와 경미가 끈덕지게 졸라대는 건 물론, 식모 아주머니까지 권하였다. 마침내 경희와 경미는 씨에게 억지로 옷을 갈아입히다시피 했다.

인구 씨는 못 이기는 체하고 끌려 나갔다. 그들 일행이 택시로 서울 근교의 어느 절에 도착했을 때는 결혼식이 방금 끝난 뒤였다. 신혼여행이라도 떠나는지 신랑신부, 아니 구랑구부가 탄 차가 막 떠나는 참이었다.

순간 택시에서 내리는 인구 씨와 구부인 영실의 시선이 마주쳤다. 영실은 일시 놀라는 눈치더니 이내 자랑스럽게 웃었다. 웃는 얼굴대로 영실은 떠나가버렸다.

"고마워요, 아빠."

보경이 다가와서 반가워해주었다. 보연의 모습은 아무 데도 보이지 않았다. 인구 씨는 잠자코 고개를 끄덕거리며, 보경이와 경희와 경미를 향해 활짝 웃었다.

'막장 드라마'의 이면
— 손창섭 장편소설『삼부녀』

방민호
서울대학교 국문과 교수, 문학평론가

일본으로 떠나기 전 마지막 소설

얼마 전 일본에서 불행한 말년을 보내고 있는 손창섭의 이야기가 신문 지상에 떠올라 화제가 된 적이 있다. 소설 작가이기도 한『국민일보』의 정철훈 기자를 통해서였다. 그 무렵 필자 역시 병든 남편을 요양원으로 보내고 도쿄의 허름한 아파트에서 홀로 살아가고 있는 손창섭의 아내를 만나 손창섭 문학에 관한 몇 가지 중요한 이야기를 나누었던 기억이 있다. 그동안 필자는 손창섭 문학의 행방을 '추적하면서' 그의 장편소설인『유맹』(실천문학사, 2005)과『인간교실』(예옥, 2008)을 새로 펴내기도 하였고, 그의 문학을 정리하고 기억할 수 있는 방안에 관해 고심해보기도 하였다. 이번에 펴내는『삼부녀』는 이러한 작업의 연장선에 놓여 있다.

『삼부녀』는 손창섭의 장편소설들 가운데에서 특히 세간에 잘 알려지지 않은 작품이다. 손창섭은 이 작품을『주간여성』이라는 잡지에 1969년 12월 30일부터 1970년 6월 24일까지 모두 29회에 걸쳐 연재하였을 뿐 단행본으로는 펴내지 않았다. 『주간여성』은 한국일보사에서 펴내던 대중적인 주간 잡지다.

이 『삼부녀』를 끝으로 손창섭은 다른 작품을 발표하는 일 없이 불현듯 일본으로 떠났다. 일본에 거주하면서 당시 한국일보사 기자로 재직하던 이영희 씨를 매개로 발표한 작품들이 『유맹』(『한국일보』, 1976.1.1~1976.10 .28)과 『봉술랑』(『한국일보』, 1977.6.10~1978.10.8)이고, 이후 손창섭은 다른 작품을 남기지 않았다.

이렇게 보면 『삼부녀』는 손창섭이 인생의 기로에 놓여 있을 때 집필된 것이었다. 이 소설을 집필하면서 손창섭은 일본으로 떠나는 문제를 고심하고 있었을 것이다. 『삼부녀』에는 그런 고민의 흔적이 배어 있다. 이 작품은 외면상 통속적인 줄거리로 시종한 것 같으면서도 그 이면에 자신의 삶과 한국사회의 메커니즘에 대한 성찰적 시선을 함축하고 있다.

필자는 이 『삼부녀』의 『주간여성』 연재본을 지금부터 약 5년 전쯤에 서울 안국동에 있는 한국일보사 사옥에서 복사할 수 있었다. 그런데 나중에 작품의 서지사항을 상세하게 확인할 일이 있어 다시 찾아가 보니 원본이 사라지고 없었다. 지금 이 글을 쓰면서도 필자는 그 자료의 행방이 궁금하다. 사라진 자료가 제 발로 되돌아와 한국일보사의 새 도서실 어딘가에 얌전히 자리를 잡는 좋은 일이 일어나 있기를 바랄 뿐이다.

필자가 이 소설을 단행본으로 펴내고자 하는 데는 이 소설의 묘미를 통해 손창섭의 소설 세계를 새롭게 조명함과 아울러 자칫 유실되기 쉬운 자료에 조금이라도 실체적 안정성을 부여해 두고 싶은 뜻도 있다.

'계약가족'과 '공동생활'을 제안하다

그러면 이제 이 『삼부녀』의 이야기 속으로 들어가 보겠다. 이 작품은 손

244

창섭의 다른 작품들과 마찬가지로 여러 가지 매력을 지니고 있다. 그러나 이 작품의 가장 큰 특장은 역시 그 생생한 현재성에서 찾아야 할 것 같다.

이 작품은 지금부터 무려 40년 전에 대중적인 주간 잡지에 연재된 것이다. 우리는 『썬데이 서울』이니 『주간여성』이니 하는 잡지들이 어떤 이야기들을 담고 있는지 대략 알고 있다. 대작가 손창섭이 이런 잡지에 소설을 연재했다는 사실도 특이하다면 특이한 일이다. 이는 손창섭의 창작적 기호가 그만큼 별났음을 의미하는 것인데, 아무튼 이런 잡지들에 실리는 소설이라면 그 잡지의 메커니즘이랄까 코드랄까 하는 것과 적당히 타협하지 않을 수는 없는 법이다. 이것은 아무리 괴팍한 성품의 소유자였던 손창섭이라 해도 별수 없었을 것이다.

그렇다면 그 메커니즘 또는 코드란 무엇일까? 그것은 결국 세태적인 통속성에의 요구를 의미하는 것이 아닐까? 당대인들이 호기심 어린 눈으로 들여다볼 수 있는 이야기가 아니라면 어떻게 지면을 유지하고 견뎌낼 수 있을까?

실제로 『삼부녀』는 그러한 세태적 통속성을 노골적으로 드러내고 있는 작품이라고 말할 수 있다. 그것은 이 작품의 줄거리를 일별해봄으로써 즉각 확인된다.

자, 여기 한 가족이 있다. '삼부녀'로 이루어진 특이한 가족이다. 사십 대 후반의 아버지와 십 대에서 이십 대로 넘어가는 문턱에 걸린 두 딸. 강인구 씨와 보경, 보연이 그들이다. 그리고 이 가족 구성 속에 아내 또는 어머니의 자리는 없다. 그녀는 여동생의 남편, 즉 제부와 바람이 나 남편에게 이혼을 당한 탓이다.

어느 날 이 결손 가정의 가장 강인구 씨가 부동산업을 하는 친구에게 오늘날의 '원조교제'와 같은 제안을 받는다. 미모의 여대생에게 매달 얼마씩 원조를 해주는 대가로 연애관계를 맺으라는 것이다. 이 미모의 여대생 이름은 안경희. 이렇게 하여 딸 같은 나이의 경희와 인생의 위기감에 사로잡혀 있는 강인구 씨의 연애행각이 펼쳐진다. 누구나 알 만한 이야기다. 그런데 이번에는 강인구 씨의 또 다른 친구가 뜻하지 않게 세상을 뜨면서 그에게 딸의 후견인이 되어달라는 부탁을 남긴다. 요정에 나가는 이 문제아 딸의 이름은 김경미. 강인구 씨는 이 부탁을 거절할 수가 없다.

이야기가 전개되면서 상황은 소위 '막장 드라마'의 형국으로 치닫는다. 강인구 씨의 전처 영실은 남편이 재결합을 받아들이지 않자 새로운 남자와 재혼해버린다. 두 딸 보경과 보연은 가정의 파탄 속에서 각자 살 길을 찾아 집을 나가버린다. 큰딸은 어머니를 따라 다방 일을 하겠다고 하고 작은 딸은 수녀가 되겠다고 한다. 그런데 이처럼 강인구 씨만 남고 텅 비어버린 집에 경희와 경미가 각기 아내와 유사한 역할, 딸과 유사한 역할을 맡아 들어선다.

여기가 키포인트다. 이름조차 마치 친자매처럼 돌림자를 연상케 하는 경희와 경미가 강인구 씨의 집에 보경과 보연의 부재를 메우면서 들어온 것. 이것은 무엇을 의미할까?

이들 세 사람의 계약가족은 단순히 혈통적이요, 인습적이기만 했던 재래의 가족사에 도전하여 적어도 새로운 가족제도의 가능성을 혹은 개연성을 제시해주는 것이기도 하다.

요즘도 피는 물보다 진하다는 퇴색한 구호를 외는 사람이 있지만, 개개인의 독자적인 개성과 인격이 존중되고 우선하는 현금에 있어서는, 도리어 뜻은 피보다 진해져가고 있는 것이 사실이다.

아무리 같은 핏줄의 부자나 형제간일지라도 뜻이 다르면 서로 원수가 되어야 하는 반면에, 비록 연고 없는 남남끼리라도 뜻이 같으면 생사를 더불어 할 수 있는 공동운명체로 결속되는 것이 현대인의 특징인 것이다.

그것은 주의 사상의 이동(異同), 이해관계의 격차, 애정상의 갈등에서 현저히 나타나고 있다. 뜻이 맞지 않으면 서로 이반하고 절연하고 죽이기도 한다.

이러한 현대인은, 단순한 혈육지정이나 인습적인 제도로만 묶어 놓기에는 너무나 자아의식이 강한 존재들인 것이다. 이들의 유대와 결속에는 무엇보다도 먼저 강렬한 공감과 공명이 필요한 것이다.

다시 말해서 사람이란, 특히 현대인이란 결국 뜻이 다르면 헤어지는 수밖에 없고, 뜻이 같으면 저절로 뭉쳐지게 마련인 것이다.

이러한 현대감각 속에서 재래식 가정의 존속이 어려움은 너무나 당연한 일이다. 그러기에 대가족제도에서 소가족제도로 변천해오다가 마침내는 핵가족의 실현을 보게 된 것은 어쩔 수 없는 시대적 추세라 하겠다.

그렇다면 강인구 씨들의 계약가족도 이러한 추세에서 급격히 생성된 새로운 가족적 인간관계에 불과한 것이다.

위의 인용문이 보여주듯이 보경과 보연을 대신하여 경희와 경미가 강인구 씨의 집에 들어온 것은 전통적인 가족을 '계약가족'으로 대체하는 효과를 낳는다. 그리고 이것은 "새로운 가족제도의 가능성을 혹은 개연성을 제시"하는 것이다. 이 '계약가족'은 대가족에서 소가족(핵가족)으로 진화해온 가족제도에 공통적인 혈연 중심성을 해체하면서 현대인의 '자아의식'에 바탕을 둔 새로운 '유대와 결속'을 실현하는 가족제도다.

이러한 '계약가족'은 과연 현실에서 얼마나, 어디까지 실현 가능한 것일까? 『삼부녀』가 보여주는 '계약가족'과 '공동생활'의 사상은 시몬 드 보부

아르의 『계약결혼』(1963)을 떠올리게 한다. 이 이야기에 따르면 보부아르와 사르트르는 처음에 2년간 계약을 맺어 공동생활을 하자는 사르트르의 제안에 따라 새로운 형태의 부부 관계를 맺게 된다. 그것은 '속박과 습관'에 사로잡히지 않는 '공동생활'을 이상으로 삼은 것이고, 이 점에서 그들의 사상은 『삼부녀』에 나타나는 '계약'을 통한 '공동생활'의 수립이라는 사상에 선례를 제공한 것으로 보인다. 물론 여기에 손창섭의 일본문학 지식이 매개되어 있을 가능성이 있다. 이는 향후의 탐구 과제 가운데 하나다.

그러나 『삼부녀』의 '계약가족'이란 어느 면에서 보부아르와 사르트르의 계약결혼보다 일층 실현되기 어려운 성질의 것임에 틀림없다. 왜냐하면 이것은 부부 관계와 함께 자식 세대와의 관계까지 처리해야 하는 과제를 짊어지고 있기 때문이다. 부부란 혈연적으로 맺어진 관계가 아니지만 부모와 자식은 혈연적 관계를 형성한다는 점에서 이러한 의미의 가족을 해체하고 계약에 따라 자유롭게 결합한 새로운 형태의 가족을 추구한다는 것은 혈연 중심적 사유구조에 대한 철저한 비판 없이는 불가능하다. 『삼부녀』의 작가 역시 이를 의식하고 있었음은 분명한데, 이러한 논리적 난관을 극복하기 위해 그가 내세운 것은 가족 구성의 핵심적 요소를 부모 자식 관계가 아니라 부부 관계에서 찾는 것이다.

그러면서 씨는 자신의 힘으로는 수습하기 어렵게 된 자기네 가정 문제를 생각해보았다. 본시부터 그는 가정의 구성단위를 부부에 두고 있었다. 한 가정의 기본이 되는 기간요원은 부부뿐이다. 부부 이외의 가족, 즉 부모든 형제든 심지어는 자녀까지도 그것은 어디까지나 일시적인 준 요원으로서의 임시가족에 불과한 것이다.

그러므로 일단 결혼하고 나면 아니 결혼 이전이라도 성인이 된 자녀는 부모와 한집에 살아선 안 되는 것이다. 다만, 부모로서는 자녀가 대학을 나올 때까지 혹은 만 이십 세 이상이 되어 독립할 수 있을 때까지, 양육해야 할 의무와 책임이 있을 뿐이다.

그러기에 자녀가 대학을 나오거나 가난한 가정의 경우는 이십 세 이상의 성인이 되고 나면, 부모의 슬하를 떠나 각자 자기 나름으로 자기의 길을 찾아가야 하는 것이다. 그런 까닭에 한 가정의 모체는 어디까지나 부부요, 부부뿐이어야 한다.

이러한 가정관 내지 가족관과 주장을 지니고 있는 인구 씨인 만큼, 가정의 모체인 부부 관계가 결렬되었을 때, 이미 그에게는 가정은 없는 것이었다. 파괴되고 말았던 것이다. 그들 삼부녀는 파괴된 가정의 폐허 위를 방황하고 있었을 뿐이었다.

어차피 두 딸은 조만간 각자 자기의 길을 찾아 떠나야 할 사람이다. 그것이 딸이 아니고 아들이라도 씨에겐 마찬가지다. 떠나보내야 할 사람들이다.

그렇다면, 구태여 서로 상처를 받기 쉬운 정신 상태 하에서 셋이 동거를 해야 할 이유가 없다는 결론이 나오는 것이다.

이에 따라 인구 씨가 취할 태도는 자연 명확해졌다. 파괴된 가정을 조속히 재건하느냐, 아니면 차라리 깨끗이 분산해버리느냐.

이렇게 가족 관계의 요체를 부부 관계에서 찾음으로써 작가는 강인구 씨로 하여금 집을 나가버린 보경과 보연 대신에 경희, 경미와 새로운 '계약 가족'을 구성할 수 있는 알리바이를 확보한다. 이러한 논리에는 기존의 혈연중심적 가족제도에 내장되어 있는 인습적 억압성을 최대한 지양해 보고자 하는 작가 손창섭 자신의 생각이 투영되어 있다고 볼 수 있을 것이다.

부부 관계라는 것도 언제나 얼마든지 억압적 관계가 될 수 있는 것이지만 세대적 격절이 엄연하고 장유의 동양적 질서에 얽매인 부모 자식 관계는 훨씬 더 깊은 억압성이 내포될 수 있기 때문이다. 그렇다면 작가가 이렇게 새로이 구상, 실험하고 있는 '계약가족'의 장점은 무엇일까?

딱딱한 아버지의 권위나 체면 따위에 얽매이지 않아도 되는 게 좋았다. 부녀간의 높다란 담 같은 것이 없는 것이다.

필요하면 아버지와 딸처럼 굴 수도 있지만 먼저는 그냥 남녀요, 친구요, 애인이었다.

그런 만큼 과도의 책임감, 의무감, 그리고 도덕적인 부담감 같은 것이 강요되지 않았다. 서로 계약 내용만 지키면 되는 것이다.

위의 인용문에서 볼 수 있듯이 경희와 경미를 받아들임으로써 강인구 씨는 새로운 자유를 얻는다. 나아가 그는 조락해 가던 자신의 인생을 새롭게 만들어줄 활력을 얻는다. 이것은 자아의 선택 의지와 관련 없이 혈연적 관계에 의해 자신에게 필연적으로 할당된 아버지의 역할에서 자유로워진 데서 온 것이다. '아버지 됨' 또는 아버지라면 응당 그러해야 함에서 벗어날 수 있게 됨으로써 강인구 씨는 새로운 생활을 획득할 수 있게 된다. 또한 지극히 불행한 가족사를 배경으로 성장한 경희와 경미도 이 새로운 가족 생활에 탄력적으로 적응해나간다. 그 결과 "세 사람의 묘한 공동생활은 일치된 호흡과 질서 속에 조절되어" 가기에 이른다.

이렇듯 결말에 가까워지면서 『삼부녀』의 '막장 드라마'적인 요소들은 어느새 세태적 통속의 차원에서 질적으로 비약하여 새로운 가족 담론으로 나아간다. 어지러운 사건들의 이면에 감춰진 작가의 문제의식이 실체를 드러내는 것이다. 이러한 작가의 문제의식을 가리켜 필자는 '계약가족'과 '공동생활'의 사상이라고 부르고자 한다.

문제는 이러한 생각이 작품이 씌어진 지 무려 40년이 지난 지금에도 여전히 생생한 현재성을 지니고 있다는 사실이다. 혈연적 관계에 바탕을 둔 전통적 가족의 해체 현상은 한국에서도 물론 어제 오늘의 일은 아니다. 그러나 지난 몇 년 동안에야 비로소 한국사회는 이러한 가족 형태에 대한 비판적 성찰에 기초한 '대안가족'을 구상하고 실험할 수 있었다. 『다섯은 너무 많아』(2005)나 『가족의 탄생』(2006) 같은 영화가 바로 그런 예들이다. 또한 최근에는 일일 드라마 같은 데서도 대안가족 모티프를 활용한 예를 심심찮게 찾아볼 수 있다. 이러한 예들은 현대가족의 해체 및 대안가족의 구상과 실험이라는 것이 우리들 삶의 현안 가운데 하나임을 웅변해준다. 그러면 『삼부녀』의 손창섭은 오늘날 우리가 겪어 나가야 할 문제들을 앞서 보여준 선견지명의 소유자였다 하겠다.

그러나 더 중요한 것은 손창섭의 이러한 생각이 단순한 공상이나 꿈이 아니었다는 사실이다. 그는 자신의 생활 양식과 태도에서 이러한 '계약가족'의 사상을 실천했는데, 이것은 그가 딸을 입양해서 키운 사실에서 단적으로 드러난다.

손창섭, 한국사회의 고독한 회의론자

『삼부녀』에 나타난 '계약가족'의 이상은 작가 손창섭이 우리 문학에서 차지하는 위상을 새롭게 검토하도록 한다. 여기서 필자는 그것을 '외부성'이라는 개념을 중심으로 이야기해보고자 한다.

필자는 몇 년 전에 손창섭의 또 다른 장편소설 『인간교실』을 새로 펴내면서 그를 "고독한 정치가"로 규정한 바 있다. 즉 "비판적 내부자가 아니라 비판적 외부자의 시점에서 한국사회를 바라보았던 것, 한국적 현실이 아니라 그 삶 자체를 향해 비판을 감행한 것. 여기에 손창섭이 벌여나간 투쟁의 진정한 의미가 담겨 있었다."라고 단정했다.

이 외부자의 위치와 시선이야말로 손창섭이 1960년대 내내 써나간 연재소설들의 내적 논리이자 그 자신 한국을 떠나 일본으로 향하지 않을 수 없었던 이유일 것이다.

필자는 이 점에서 손창섭이 같은 전후세대 작가로 분류되곤 하는 장용학 등과 성격이 매우 다른 작가라고 생각한다. 장용학도 한글전용론에 한자사용론으로 맞설 만큼 이데올로기화된 민족주의에 대한 비판의식이 뚜렷했고 5·16 이후의 군사독재 체제에 대해서도 비판적인 태도를 견지하고 있었다. 그러나 손창섭과 비교해 이것은 어디까지나 비판적 내부자의 견지에서였던 것으로 보인다. 손창섭의 경우에는 정치적 체제비판에 머무르지도, 문화론적 차원의 내부자적 비판에 머무르지도 않았다. 그는 한국사회의 제반 메커니즘을 국외자적인 시선으로 지극히 회의적으로 평가하고 있었던 바, 『삼부녀』에 나타나는 '계약가족'과 '공동생활'은 무엇보다 이러한 비판의식의 산물이었던 것으로 판단된다.

『삼부녀』에는 한국사회의 부조리한 단면을 신랄하게 비판하는 대목이 자주 등장하는데, 이는 주로 작중 경희의 시선을 통해 포착되는 형태로 제시되곤 한다. 작중에서 경희는 이중적인 역할을 떠맡고 있다. 그 하나가 사십 대 후반의 강인구 씨의 사고방식을 젊은 세대의 입장에서 비판적으로 조명하는 것이라면, 다른 하나는 한국사회의 고질적인 인습 속에서 여러 수난을 겪으며 성장한 사람으로서 한국사회 자체를 비판적인 시선으로 조감하는 것이다. 작중에서 그녀는 자신이 벌이는 '원조교제' 행각을 한국사회의 부조리를 들어 자주 합리화하는 양상을 보인다.

"미안해 경희!"

인구 씨의 입에서는 부지중 이런 말이 흘러나왔다.

"추호도 미안해 하실 거 없어요. 우리는 어디까지나 신성한 정당 거래니까요."

"신성하다니?"

"정신을 팔아먹는 족속들 ― 즉 양심과 애국심과 도덕과 신앙을 팔아먹으며 지도자연 하는 그따위 추잡한 위선자들에 비하면 정신을 깨끗이 보존하고 꿈을 키우기 위해서 단순히 썩어 없어질 육신만을 매매하는 우리의 행위야 얼마나 솔직하고 신성해요."

인구 씨는 입을 벌린 채 멍하니 소녀를 바라보았다. 경희는 언젠가도 이와 비슷한 말을 한 적이 있었다. 위선적인 기성세대에 대한 원한이 사무쳐 있나 보다. 이런 비약적인 논리는 현실 사회에 대한 시니컬한 비판이기도 하다.

그런데 경희의 이 비판적 시각은 기실 작가 자신의 것이라고 간주해도 무리가 없을 것이다. 경희의 시선을 통해 제시되는 작가의 한국사회 비판은 나라 곳곳에 만연해 있는 정신적 타락 현상을 지목하는 가운데 특히 남성들의 위선적인 사고방식에 초점을 두어 행해진다.

"결혼할 땐 으레 여자가 숫처년가 아닌갈 문제시하거든요. 여자의 인간성과 정신 내용은 중시하지 않구, 육체적인 순결 여부만 따지려 든단 말예요. 정신적 순결이나 진실성은 그것을 한번 상실하면 그 사람의 가치와 운명까지 좌우되지만 육체적인 순결 같은 거야 그까짓 게 뭐예요. 목욕탕에

만 한번 들어가서 깨끗이 씻고 나오면 그만 아녜요. 더구나 가소로운 건, 남자 자신은 실컷 바람을 피우고서도, 아내감은 꼭 숫처녀라야 한다니 그런 독선이 어딨어요. 한국에서야 어디 시집을 가겠어요. 난 이러이러한 남자 관계를 가져왔소 하면 더러운 벌레라도 보듯 침을 뱉구 도망쳐버릴 거 아녜요."

"숨기구 가지 뭐."

"그랬다 탄로 나면, 당장 쫓겨나게요. 한국 사람들이나, 한국의 사회 풍토란 그런 걸 들춰내구 소문 내긴 또 지독히 좋아하지요."

한국사회의 어떤 부분이나 단면을 향해서가 아니라 한국 사람들, 한국사회의 풍토를 총체적으로 싸잡아 비판하는 경희의 태도를 이상적인 것이라 간주할 수만도 없겠지만, 여기서 중요한 것은 이러한 경희의 존재가 한국사회와 풍토의 외부에 서 있는 작가적 존재를 시사해 준다는 사실이다. 손창섭은 한국사회, 한국적 풍토에서 자연스럽게 공유되고 있는, 타락한, 인습적 사고방식들을 못 견뎌 했고 이것을 고독한 외부자적 위치에서 낯설게 보는 시각을 견지하고자 했다.

이러한 작가적 위치나 시선은 비단 『삼부녀』에서만 아니라 『유맹』이나 『인간교실』을 비롯한 여러 장편소설에서 공히 발견되는 성질의 것이다. 외부자적 위치와 시각에 대한 작가의 애착이 이들 작품에서 여러 가지 형태로 변주되면서 빈번히 드러난다. 특히 한국적인 자기중심성에 대한 작가의 비판은 남성의 '외부'로서 여성의 시각을 취하면서 전개될 때 강한 인상을 남기는 경우가 많다. 이러한 손창섭의 작가적 특성을 설명해줄 수 있는 보충적 논리를 어디에선가 찾아볼 수는 없는 것일까?

일본의 비평가 가라타니 고진은 한 에세이에서 데카르트의 '코기토 에

르고 숨'에 대한 재해석을 꾀하면서, 이 회의하는 존재로서의 자기란 "자기가 어떠한 시스템 또는 구조에 지배되고 있는가 하는 의문으로서 존재하는 초월론적인 자기"라고 하였다. 그에 따르면 데카르트는 이 "시스템 자체의 보편성을 의심했는데, 바로 그 의심에 타자, 즉 룰을 공유하지 않으며 또 자기 속에 내면화할 수 없는 타자가 존재하는 것"이었다.

긴 인용 때문에 오히려 뜻이 어려워졌는지 모르겠다. 필자는 고진의 생각을 손창섭에 관하여 다음과 같이 응용해보고자 한다. 손창섭은 고독한 회의론자였다. 그는 한국사회(와 풍토)라는 시스템의 외부에 다른 시스템이 있을 수 있음을 경험적으로 알고 있는 사람이었고, 바로 그 다른 시스템, 즉 외부자의 위치와 시선으로 한국사회를 지배하는 룰을 비판적으로 관찰해 나갔으며, 나아가 이 사회가 배제하고 있는 '타자'의 형상을 드러냄으로써 역설적으로 한국인들이 자기 자신을 성찰적으로 이해할 수 있도록 하고자 했다.

『삼부녀』는 그 한 예다. 손창섭은 한국사회의 뿌리 깊은 혈연 중심적 가족주의의 외부에 서서 그러한 전통적, 인습적 가족주의의 외부에 가족에 대한, 가족을 운영하는 또 다른 원리가 있을 수 있음을 알리고자 했다. 그에 따르면 한국사회의 가부장적 가족제도는 자식들만을, 여성들만을 억압하는 것이 아니라 가부장의 역할을 떠안아야 하는 남성들마저 자유롭지 못하게 한다. 그들은 자신들의 부패한, 위선적인 권력 메커니즘 속에서 인생의 진정한 기쁨을 잊은 채 나날의 삶을 연명해갈 뿐이다.

그는 이러한 한국적 부조리에 대해서 '계약가족'의 '공동생활'이라는 새로운 삶의 논리를 제안하고자 했다. 이것은 물론 실험적인 것이고 문학 작품 속에서나 정상적으로 작동할 수 있는 이상에 지나지 않을 수 있다. 그러나 이 실험과 이상은 우리들의 삶이 아직도 그 뿌리 깊은 한국적 메커니즘에 의해 운영되고 있는 한 언제나 현실적인 성찰 방법으로 작용할 수밖에 없다. 『삼부녀』가 지극히 현재적인 소설인 것은 바로 그 때문이다. 필자가 지금 손창섭이라는 존재를 지속적으로 환기할 수밖에 없는 것도 바로 그 것 때문이다.